詩經新繹

國風編

國風一：周南・召南・邶風・鄘風

吳宏一

目錄

詩經國風新繹·自序

吳宏一

一

本書重新譯解《詩經·國風》，主要是依據拙著《白話詩經》聯經版三冊增訂加注而成。譯文仍採直譯，解析更求詳盡，所加新注則以簡明為主。

回想從中學時代接觸《詩經》，至今已逾六十年。初由朱熹的《詩集傳》入手，後來兼採眾說，不主一家，一直在摸索之中。進臺大中文系讀書後，從大學本科到研究所，系中開設《詩經》專書課程，先後由屈萬里老師、何定生先生講授。屈老師是我敬愛的經師，治學嚴謹，望之儼然，對經史之學及先秦文獻的研究，特別重視資料的辨偽考證，真可謂深造有得，成就可觀。可是因緣湊巧，我選修過屈老師講授的《尚書》及「古籍導讀」等其他課程，卻獨漏他講授的《詩經》一科。何定生先生是顧頡剛的入室弟子，講《詩經》是由禮樂切入，據說他講課非常活潑，與屈老師大異其趣，但那時我正日夜忙於趕寫博士論文，連去旁聽也不可能。也因此，嚴格說，對於《詩經》的研讀，我其實並無「師承」可言，頂多算是「私淑」而已。

後來在臺大等校中文系教書，適值同事前輩裴溥言教授偕其夫婿糜文開先生出版《詩經欣賞與研究》等書，引起我很大的興趣。讓我覺得用白話來譯注解說《詩經》，要比傳統的文言簡注方式，更便於初學者閱讀。這是一項看似容易卻艱難的工作。

一九八〇年前後，石永貴先生入主台灣新生報，邀我撰寫《白話論語》一書，在該報連載，後由該報出版單行本。因為獲得讀者熱烈的反應，因而增加了我以白話譯解《詩經》的信心。一九八六年我應聘到香港中文大學任教，聯經出版公司劉國瑞董事長來訪，發現我辦公桌上正擺著一疊《白話詩經‧國風》的初稿，立刻要我答應該書將來由聯經出版。不久之後，石永貴先生調任中央日報社長，梅新擔任副刊主編，他們都邀我寫稿。於是《白話詩經》的〈國風〉部分，就以每週一篇、每篇兩三千字的方式，連載於《中央日報》的副刊「長河」版。刊出後，多家書店曾表示有意出版，我都以早已答應聯經婉拒。那時候我承蒙吳大猷院長的好意，正為中央研究院籌設中國文哲研究所，同時在臺大中文系專任，工作非常忙碌，眼睛又不好，曾住院手術，聯經出版公司的編輯吳興文先生自動為我剪報配圖，累積到一定的篇數，即由聯經正式出版發行。《白話詩經》的第一、二兩冊，就是這樣出版的。出版後也還受到讀者歡迎，分別印行三至五版，每版兩三千冊。

後來我離開臺灣，到香港中大、城大任教，因為眼疾未癒，教學工作又非常冗繁，《白話詩經》的撰寫，不得不暫時停頓。這一停頓，就是好多年。一直到二〇〇九年初，我在決定香港退休、回臺灣定居的同時，才終於完成十五〈國風〉的所有部分，交給聯經公司出版《白話詩經》第三冊。第三冊的「新繹」部分，引證比前二冊詳細，是基於讀者的建議。

退休返臺之後，閒居多暇，幾乎每天清晨六點左右就起床撰稿，至傍晚才休息，除吃飯、午休外，很少外出活動，也不應酬。雖然有時覺得累，卻樂在其中。這幾年間，不但完成了我《論語新繹》、《老子新繹》、《六祖壇經新繹》所謂「人生三書」的修訂工作，同時也完成了一些新著作，包括由遠流公司出版的《詩經雅頌新繹》（出版社建議易名為《詩經新繹．雅頌編》）二冊。《詩經新繹．雅頌編》是《白話詩經》的後續之作。以前聯經版的《白話詩經》三冊，只有十五〈國風〉，沒有二〈雅〉、三〈頌〉；只有語譯，沒有音注。如今，在我用「新繹」之名重新闡述古代經典的計劃中，《詩經新繹》成為我必須最早完成的工作目標。預定先完成〈雅〉、〈頌〉的部分，再回頭修訂十五〈國風〉，同時加注。

二

以前我受囿於時代風氣，只願意把《詩經》視為純文學，現在我認為它不只是春秋中葉以前民間的風土歌謠、朝廷的獻詩樂歌、廟堂的祭祀舞曲，不只與禮樂的關係密切，而且它確實是周朝用以宣揚政教風化的一本詩歌總集（說是選集也可以。請參閱拙著《詩經與楚辭》一書）。它在孔子整理編訂以前，應該至少經過周公制禮作樂、宣王中興、平王東遷前後三次的編訂過程。從周公的制禮作樂，到孔子所感嘆的禮崩樂壞，這個過程，真是一個值得探討的課題。無論如何，它在孔子採為教本、奉為經典以後，兩三千年來一直成為讀書人不能不接觸的傳統文化教材。歷代為它注疏解說的學者及著作很多，所謂漢儒、宋儒、清儒，所謂「毛詩」、「三家詩」、《鄭箋》、《孔疏》、《朱傳》等等，都反映了不同的時代風氣。在不同的時代風氣影響之下，幾乎《詩經》的每一篇，甚至每一章句，都各有不同的解釋。所謂「詩無達詁」，這也是一個值得我們探討的現象。

對於十五〈國風〉，我也一直以為產生的時代和地域，與周武王伐紂、周公東征以及周公召公受封的關係，非常密切。武王伐紂克商之後，為了化異求同、封藩建衛，曾經分封功臣及同姓親屬。例如封功臣呂望姜太公於齊（今山東臨淄附近），封周公旦於魯（今山東曲阜），封召公奭於燕（今北京），等等。並且褒封古代帝王的後裔。例如封黃帝的後裔於祝（今山東歷城附近），封神農氏的後裔於焦（今安徽亳州附近），封祝融的後裔於鄶（一作「檜」，今河南密縣附近），封堯的後裔於薊（今北京一帶），封舜的後裔於陳（今河南淮陽一帶），封禹的後裔於杞（今河南杞縣）。對於商紂的後裔也沒有趕盡殺絕，仍舊封其嫡子武庚於殷（今河南安陽），「以續殷祀」，只是將商朝王畿之地，分為邶、鄘、衛，派自己的弟弟管叔、蔡叔、霍叔分別駐守監管，合稱「三監」。

沒有想到克商之後，武王西歸鎬京，建立周朝不久就死了。繼立的成王，因為年幼，由周公、召公等人輔政。管叔、蔡叔不服，散播謠言，說攝政的周公將篡奪大位，加上紂子武庚也想復國，於是聯合奄（今山東曲阜）、徐（今江蘇北境）等等方國起兵叛亂。周公奉命東征，豳地之人從征的很多，經過三年，終於誅殺武庚、管叔，流放蔡叔，平定了「三監」之亂。同時，由於成王後來對於周公的公忠體國，已有深刻的認識，對於周公的制禮作樂，也認為確是治國理政之方，所以沿用了武王、周公所規劃推行的分封制度。

首先為了消滅殘餘的殷商勢力，命令諸侯在雒邑（今河南洛陽）營建東都，號稱「成周」，並遷殷商頑民於此，加以控制。另外，改封紂王庶兄微子啟於商丘，國號宋；改封武王弟康叔於朝歌，合邶、鄘、衛之地，國號衛。各賜以殷商若干遺族。又以周公、召公輔政，與畢公為三公，並將奄國舊地封周公長子伯禽，國號魯；以北燕之地封召公之後裔，國號燕，其用意皆在於「封建親戚，以蕃屏周」，鞏固周朝的統治。周公旦死於成王在位之時，召公奭則活到康王之世。成王、康王是西周分封諸侯最盛最多的時期。據傳所封有七、八十國，其中與周同為姬姓的，即有四、五十國左右。

根據《左傳‧僖公二十四年》的記載，西周初年分封的諸侯國，除上述之外，還封王季（季歷）之兄太伯、虞仲（仲雍）的後裔於吳（今江蘇蘇州）；封文王之弟虢仲於東虢（今河南滎陽附近）、虢叔於西虢（今陝西寶雞附近）。其他封給文王子輩的諸侯國，有叔振鐸的曹國（今山東曹縣），叔鮮的管國（今河南鄭州），叔度的蔡國（今河南上蔡），叔處的霍國（今山西霍州）、叔鄭的毛國（今河南宜陽），以及郕（今山東汶上縣附近）、聃（今湖北荊門附近）、郜（今山東成武附近）、雍（今河南焦作附近）、滕（今山東滕縣）、畢（今陝西咸陽附近）、原（今河南濟源附近）、酆（今陝西西安附近）、郇（今山西臨猗附近）等等。封給武王子輩的諸侯國，有成王同母弟叔虞的唐（今山西太原），還有邘（今河南沁陽附近）、晉（前身即唐，今山西曲沃附近）、應（今河南魯山縣一帶）、韓（今山西芮城一帶）等等。封給周公子輩的諸侯國，除伯禽之魯國外，還有凡（今河南輝縣）、蔣（今河南固始）、邢（今河北邢台）、茅（今山東金鄉）、胙（今河南延津）、祭（今河南鄭州附近）等等。這些姬姓國，上至燕，南至江、漢中下游，主要就分布在今陝西、山西、河南、山東、河北等省境內。和十五〈國風〉的地域基本上是重疊的。

此外，還有很多異姓國，包括有功於周朝和有親戚關係的，最著名的是自古與姬姓聯姻的姜姓國，分封於齊、紀、向（俱在山東境內）和申、呂（俱在河南南陽附近）等地；其他還有莒（嬴姓）、郯（己姓）、鄫（姒姓）、鄅（妘姓）、摯（任姓）、鄧（曼姓）、楚（羋姓）等等，分布大江南北各地，真是不勝枚舉。總括而言，十五〈國風〉產生的地域，俱在其中矣。

分封諸侯的結果，使周王室通過血緣關係，建立了宗法制度，有了一定的禮制，可以統轄各地方的行政系統，大大地提高了周朝王權的地位。西周初年的成王、康王，可以說已由夏商王朝的諸侯之長，一躍而成為諸侯之君，擁有了天子之尊，真的可以號令諸侯。周公旦和召公奭也真的成為國之大臣。所謂「分陝而治」，「自陝以西，召公主之；自陝以東，周公主之」，可以想見當日概況。他們的後代也都同樣擁有尊崇的地位。後來的周厲王，因暴虐失政，國人起義，他在公元前八四一年出奔彘（今山西霍縣）時，據說朝中即由召穆公虎和周定公二人共同行政，號稱「共和」（一說：「共和」是指由共伯和執政）。這兩位執政大臣，就是召公奭和周公旦的後裔。當人民起義時，厲王的太子姬靜，即後來的周宣王，更曾躲在召穆公家中；賴召穆公之助，才得以脫險。後來又靠召穆公等大臣的擁護和輔佐，也才能登上王位。

周宣王即位之後，勵精圖治，號稱「宣王中興」，開始起用西陲的秦人。先是以秦仲為大夫，後來又重用其子秦莊公，讓他們帶兵攻伐西戎。另外還命令尹吉甫、南仲等，出兵征討玁狁；更派南仲、皇父、程伯休等，率軍沿淮水東下，征伐徐國。先後幾次大勝利，奠定他的中興大業，也因此成為〈風〉、〈雅〉詩人歌頌的對象。

宣王雖然號稱中興，但其實西周王朝從昭王、穆王開始，已趨於衰落。周夷王即曾下堂見諸侯，可見諸侯已漸坐大，不聽中央的節制命令，而厲王的出奔，周、召的共和，更說明了周王朝早就出現內部矛盾和社會對立的情況。到了周幽王時，由於寵褒姒、黜申后、廢太子宜臼，最後被申侯聯合西戎、犬戎等外族，攻殺於驪山之下。西周遂告滅亡。太子宜臼不但被申侯、魯侯等擁立為天子，而且在秦襄公、鄭武公、晉文侯等擁護下，由西周都城鎬京（今陝西西安附近），遷都到東方的成周雒邑（今河南洛陽）。從此進入東周，亦即春秋時代。

「春秋」時代是依孔子所纂魯國史書《春秋》來命名的。孔子生於周靈王二十一年（公元前五五一年），在他出生以前，周王朝和諸侯之間，還維持一定程度的宗法關係，周公制禮作樂的影響也還存在，《國語．周語上》召公諫厲王所說的：「天子聽政，使公卿至於列士獻詩，瞽獻曲，史獻書，師箴，瞍賦，矇誦……」，以及諸侯在政治外交場合的賦詩風氣，也依然時而有之，並沒有滅絕。真正的禮崩樂壞，是在孔子長大以後才深切感受得到的。孔子嚮往西周的禮樂文明，崇尚周公的制禮作樂，因而他蒐集整理當時流傳的《詩》或《詩三百》（《詩經》早期的本子），來做為弟子研讀的教本。《論語．子罕篇》所謂孔子「自衛反魯，然後樂正，雅、頌各得其所」，《史記．孔子世家》所謂「三百五篇，孔子皆絃歌之，以求合韶、武、雅、頌之音」，從中可以看到孔子對整理《詩經》的貢獻。我們今天所看到的《詩經》，到這時候才可以說有了定本。

不只十五〈國風〉的很多篇章，和上述種種關係密切，即使是〈雅〉、〈頌〉部分，例如〈魯頌〉、〈商頌〉，也多淵源於此。

三

我一向不喜歡作偏勝的主張，研讀《詩經》的基本態度也一直是：兼採眾說，不主一家；只要古注舊說講得通的，就覺得應該兼容並蓄，不應該偏廢。例如周代有周代的禮制，只要詩篇中有可考定的，就應該信從，沒有憑空臆測的道理。讀書做學問，本來就應該尚友古人，實事求是。

為了幫助讀者在閱讀《詩經》之前，對《詩經》的內容概況及其流傳情形，先有一個概括的認識，因此我除了保留舊版《白話詩經》的「前言」之外，還參考近人的研究論著，另編〈詩經學關鍵人物及著述書目舉要〉一種，列於書前，提供給有志於研究的讀者，作參考或對照之用。杜甫詩說得好：「不薄今人愛古人」、「轉益多師是汝師」，願與讀者共勉。

最後，要對遠流編輯曾淑正女士的費心配圖和再三校對，表示誠摯的謝意。

二〇一七年九月二十八日初校後
二〇一八年二月再校

舊版《白話詩經》前言

一

《詩經》，是中國最古老的一部詩歌總集，也是中國最早的詩歌選本。它不但反映了從西周初年到春秋中葉那五百多年政治社會以及宗教思想的種種情況，而且，在文學史上，它也是後代一切純文學的鼻祖。

《詩經》，原來只叫做《詩》，或《詩三百》，或《三百篇》。到了戰國末期，它才和《易》、《書》、《禮》、《春秋》等書，被儒家尊稱為「經」。著成的年代，最早的詩篇，大約在西周初年，最遲的已在春秋中葉。它包含了這段期間的民間歌謠、士大夫作品和祭祀的頌辭。全部有三一一篇，其中〈小雅〉裡的〈南陔〉、〈白華〉、〈華黍〉、〈由庚〉、〈崇丘〉、〈由儀〉等六篇，只有篇名沒有詩，所以實際上只有三百零五篇。稱它為《詩三百》或《三百篇》，都是取其整數而言的。

《三百篇》在春秋時代是可以入樂的。當時通行賦詩的風氣，無論是在朝廷陳詩諷諫，或是在外交場合賦詩言志，往往要點一篇詩或幾篇詩叫樂工唱。這可以表示這人對那人，或這國對那國的願望、感謝或責難等等，大致都從詩篇裡斷章取義，而不一定用其本義。斷章取義是不管上下文的意義，只取其詩篇中的一兩句，就當前的環境，作感情的表白或政治的暗示。關於這方面的資料，據清代趙翼的統計，《左傳》引了二百十七則，《國語》引了三十則，當時賦詩言志的風氣，可以想見一斑。

賦詩言志的風氣，到了孔子的時代，已經逐漸不通行了。孔子卻將《三百篇》加以整理，用來討論為學做人的道理。例如〈國風．衛風．淇奧〉篇的「如切如磋，如琢如磨」兩句，本來說的是治玉，將玉比人；他卻用來教導學生做學問的工夫。〈碩人〉篇的「巧笑倩兮，美目盼兮，（素以為絢兮）」等句，本來說的是美人，所謂天生麗質；他卻取來比方作畫，說先有白底子，才會有畫，是一步一步進展的；作畫還是比方，他說的是文明，人先是樸野的，後來才發展了文明，文明必須修養而得，並不是與生俱來的。他如此解詩，因而說「思無邪」一句話，可以包括《詩三百》的道理。後來解釋《詩經》的儒生，都受到孔子的影響。

孟子說《詩》，有兩個原則，一是「以意逆志」，一是「知人論世」。前者主張不能割裂文字，曲解辭意；後者認為要正確了解作品，就必須先了解作者的生平事跡及其時代背景。到了漢代，《詩》雖然已被尊為「經」，但對於它的解說，卻已趨分歧了。

漢代傳習《詩經》的有魯、齊、韓、毛四家。《魯詩》出於魯人申培公，《齊詩》出於齊人轅固生，《韓詩》出於燕人韓嬰。這三家所傳的本子，都是用當時通行的隸書寫成的，所以稱為「今文經」。西漢時，都在朝廷中立有專門的博士。《毛詩》出於魯人毛亨（人稱「大毛公」）、趙人毛萇（人稱「小毛公」）。《毛詩》所傳的本子，是用先秦古文籀書書寫成的，所以叫做「古文經」。東漢時，才立於學官。這今、古文學派，各有其後繼者，為了爭奪博士職位和學術領導地位，互相批評，為時久遠。

大致說來，東漢以後，《毛詩》逐漸盛行，而三家詩則逐漸衰微。《齊詩》亡於三國，《魯詩》亡於西晉，《韓詩》亡於北宋，而《毛詩》則因鄭玄以經學大師為之作箋而大行於世。到了唐初，孔穎達奉敕作《毛詩正義》（又稱《毛詩注疏》或簡稱為《孔疏》），科舉考試以之為準，《毛詩》的地位於是更高了。

鄭玄兼通今古文，是東漢一代經學大師。他所作的《毛詩傳箋》（簡稱為《鄭箋》），雖然間採今文家的說法，參以己見，但主要還是發明《毛》意，以古文家為依歸。他接受孔子「思無邪」的想法，又摘取了孟子「知人論世」的見解，別裁古代的史說，拿來證明那些詩篇是什麼時代作的，為什麼事作的。這種以史證詩的思想，最先出現在〈詩序〉裡。

所謂〈詩序〉，原指詩篇前面一段題解式的文字。今文經派的三家詩，究竟有序無序，很難斷定，即使有，也已亡佚不見了。只有《毛詩》的古序獨存於世，我們就稱為〈毛詩序〉，簡稱〈詩序〉。相傳〈詩序〉的作者是子夏，但據後人考證，以為應是東漢的衛宏。也有人說，衛宏只是續補者。

〈詩序〉有〈大序〉、〈小序〉。鄭玄《詩譜》把〈關雎序〉一大段文字當成〈大序〉，〈葛覃序〉以下各篇序文看作〈小序〉。陸德明《經典釋文》則引舊說，以為開頭到「用之邦國焉」為〈小序〉；自「風，風也」到最後為〈大序〉。姚際恆《古今偽書考》又以為「發端一二語謂之〈小序〉，以其少也；以下續申者謂之〈大序〉，以其多也。」說法非常紛紜。假使我們採用鄭玄的說法，那麼，〈大序〉好像總論，旨在說明詩的教化作用；〈小序〉每篇一則，旨在以史證詩。〈大序〉所說明的詩的教化作用，似乎建立在風、雅、頌、賦、比、興所謂「六義」上。

事實上，所謂「六義」可以分為兩組，風雅頌是說詩的性質，賦比興是說詩的作法。〈大序〉只解釋了風雅頌，說風是風刺、感化的意思，雅是正的意思，頌是形容盛德的意思。這都是按教化作用來解釋的。照近人的研究，這三樣應該都以音樂得名。風是風謠，是各地方的樂調，國風就是各國風土歌謠的意思；雅就是「夏」，有「正聲」的意思，是周朝直接統治地區的音樂；頌有形容的意思，它是一種宗廟祭祀用的舞曲。

在三百篇中，風包括〈周南〉、〈召南〉、〈邶〉、〈鄘〉、〈衛〉、〈王〉、〈鄭〉、〈齊〉、〈魏〉、〈唐〉、〈秦〉、〈陳〉、〈檜〉、〈曹〉、〈豳〉等十五國風，有詩一六〇篇，大部分是民間歌謠，小部分是貴族作品；雅分〈大雅〉、〈小雅〉，有詩一一一篇，其中有六篇只有篇名沒有詩，〈小雅〉大部分是貴族的作品，小部分是民間歌謠，〈大雅〉則全是貴族的作品，其中有敘事詩，也有祭祀詩；頌分〈周頌〉、〈魯頌〉、〈商頌〉，有詩四〇篇，都是貴族的作品，這些樂歌用於宗廟祭祀和歌頌祖先。《詩經》的精華，是〈國風〉和〈小雅〉，尤其是其中的民間歌謠。

賦比興的意義，說法很多。大約來說，賦是鋪陳直敘的意思；比是比方，拿這件事物來比方那件事物。興是聯想，從這件事物聯想到那件事物。比、興都是譬喻，但是興往往在詩篇的開端。

《詩經》中詩篇的編排，〈國風〉係按國別依序編列，〈雅〉、〈頌〉則以十篇為一組，而以每組篇首的篇名為組名。例如〈小雅〉從〈鹿鳴〉至〈魚麗〉十篇為一組，就稱之為〈鹿鳴〉之什。

十篇以上帶有零數的詩篇，不另立篇什，就編排在最後一組之中。

《詩經》的作者，絕大多數姓氏已不可考，能夠知道的，只有寥寥幾篇。像〈鄘風．載馳〉篇的作者是許穆夫人，像〈大雅〉的〈崧高〉、〈烝民〉，作者是尹吉甫等。就產生的地域來說，除了極少數的篇章是現在湖北北部江漢一帶的作品之外，其餘的大約都是現在的陝西、山西、河南、山東四省境內。所以它的絕大部分，可以說是黃河流域所產生的北方文學。

《詩經》中的句子，雖然從二字一句到九字一句的句子都有，但卻以四字一句為主。詩中重疊複沓的地方很多，大概是古代樂工們在配樂演奏時，為了增加詠嘆的情調而改訂的。像〈周南〉的〈桃夭〉篇，我們在誦讀的時候，不但不會覺得重複冗煩，反而在往復不盡的詠嘆中，彷彿看到了春天鮮豔的桃花、青春美麗的新娘和幸福美滿的婚姻生活。《詩經》所使用的語言，既豐富而又多彩，有些詞彙，如「休息」、「婚姻」、「艱難」、「尸位素餐」、「秋水伊人」等，一直沿用到現在，可以想見它對後世的影響。

《詩經》所用的這種四言詩，後代的詩人如曹操、嵇康、陶淵明等，雖然都曾努力創作過，但畢竟已如餘影尾聲，是難乎為繼的了。也因此，在中國詩歌史上，雖然後來名家輩出，佳作如林，但《詩經》仍然有其不可動搖的地位。

二

《白話詩經》是我嘗試整理《詩經》的第一部書，曾經連載於《中央日報》副刊「長河」版。

我個人多年來一直有個心願，希望把四書五經全部白話譯解，使一般讀者易於接受，藉此使中華固有文化的命脈，能夠延續下去。這種工作不是沒人做，但各人的理念不同，因此結果也就因人而異。以翻譯為例，有人主張意譯，有人主張直譯。雖然意譯比較容易譯得流暢生動，但我仍然主張翻譯古籍的原文，應該採取直譯。因為直譯比較能夠忠實於原文，可以使讀者體會到原文的韻味，同時在核對閱讀時，了解原文每一字句的意義，從而提高讀者閱讀古籍的能力。因此，本書中的語譯部分，幾乎都採用直譯的方式。

其次歷來解說《詩經》的人，往往囿於門戶之見，要不然就喜歡憑空立說。在唐朝以前，往往囿於門戶之見，家有家法，師有師法，雖然東漢以後，《毛詩》獨尊，但從宋代開始，對《毛詩》之說，抱持懷疑、修正、乃至反對態度的，不乏其人。譬如說，舊說〈詩序〉是孔子弟子子夏所作，或子夏、毛公合作，都算是傳述聖人之言，不容懷疑，但宋朝如鄭樵的《詩辨妄》、王質的《詩總聞》、朱熹的《詩序辨說》、程大昌的《詩論》、王柏的《詩疑》等，都懷疑它是「村野妄人所作」，或「後人杜撰」，不必採信。因此，《毛詩》的地位便逐漸動搖了。元、明以後，朱熹的著作受到尊崇，他的《詩集傳》便慢慢取代了《毛詩》的地位；至少可以分庭抗禮。清代考據之風盛行，像閻若璩、毛奇齡、陳啟源、馬瑞辰、胡承珙、陳奐等人，都標榜《毛傳》、《鄭箋》，反對宋儒、朱熹之說；像馬國翰、臧庸、魏源、陳喬樅、王先謙、龔橙等人，則對三家詩作輯錄和考述的工作；至於像崔述、姚際恆、方玉潤等人，喜以己意說詩，往往據詩探求題旨，雖然較近於朱熹，但對舊說也都能折衷異同，各有取捨。他們的成績，都有度越前修的地方。

民國以來，有關《詩經》注解和研究的著作，數量之多，可謂不勝枚舉。由於受到歐西之學的衝擊和新文化運動的影響，說《詩》者往往勇於自是而輕於侮昔，同一篇詩，可以言人人殊，對於前人的成就，也往往一筆抹殺，這是多麼令人遺憾的事！因此，筆者不揣淺陋，想從商榷舊說入手，來整理這些寶貴的經典，使這些古人情感和思想的精華，能夠繼續發揚光大。

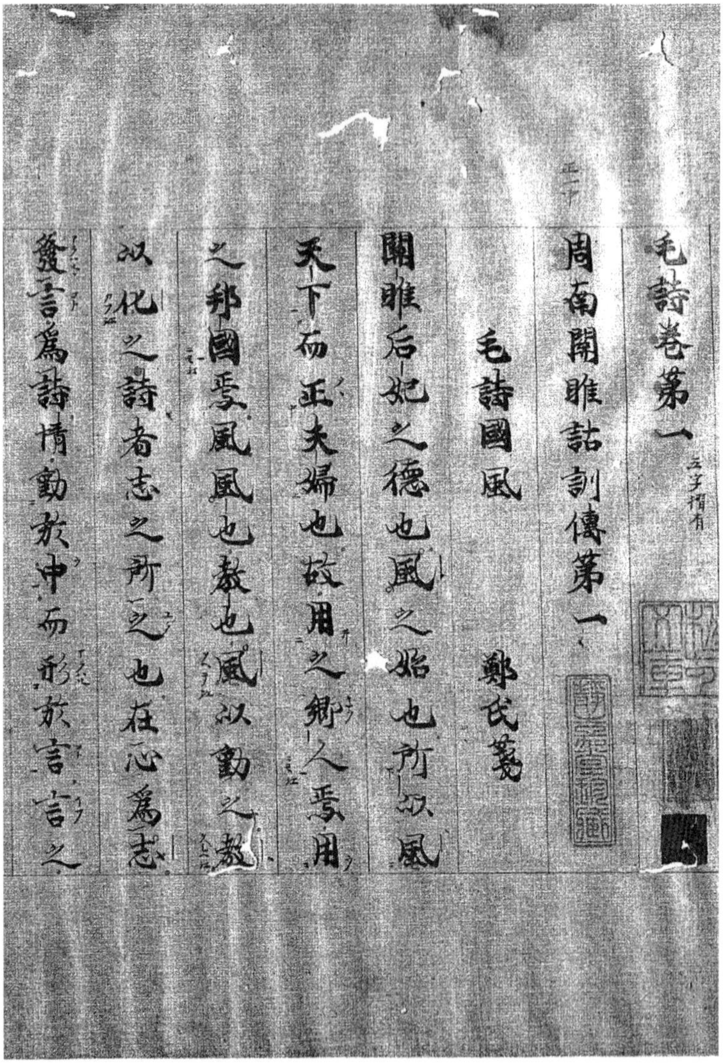
毛詩卷第一
周南關雎詁訓傳第一
毛詩國風　　鄭氏箋
關雎后妃之德也風之始也所以風
天下而正夫婦也故用之鄉人焉用
之邦國焉風風也教也風以動之教
以化之詩者志之所之也在心爲志
發言爲詩情動於中而形於言言之

《毛詩鄭箋》日本靜嘉堂文庫藏宋抄本

詩釋義

周南 本…人而成乎國俗謂之風發於正釋而彩
處…處也 雅稱美盛德告其成功謂之頌○

琴瑟 琴瑟ᄒᆞ고一云琴瑟로○ᄒᆞ고非 言告言歸 氏ㅣ告ᄒᆞ야歸寧을告고 라ᄒᆞ라或云告고…ᄒᆞᆫ

라按言既語辭不當說 害澣 어늬를澣ᄒᆞ며어늬를말려뇨當云ᄒᆞ람직ᄒᆞ뇨或云어늬를말리오則是皆

澣也非是 玄黃 玄이黃ᄒᆞ란디 云何吁矣 엇뎨吁ᄒᆞᄂᆞ니오一云吁ᄒᆞᄂᆞ뇨今按當云ᄒᆞ게ᄒᆞᄂᆞ

蓋註謂詳見何人斯篇而何人註云何爲使我…乎故當如此云云亦謂吁ᄒᆞ리뇨此亦近是或云吁ᄒᆞᆯ…

리ᄒᆞ리오是自寬之辭非也又云니른돌엇디ᄒᆞ리오吁ᄒᆞ리로다此說甚遠況云字語辭不可釋 綏之 …ᄒᆞ

다 宜其家人 宜케ᄒᆞ리로다 輖飢 周輖飢ᄒᆞᆫ듯ᄒᆞ라一云ᄃᆞᆺ이吾…ᄒᆞᆫ듯按輖字去聲者訓更爲則飢

當從後說若本註韻書所訓輖 載 是輕輖之輖當云輖히飢ᄒᆞ다 遐棄 棄티아니ᄒᆞ…○아…

…當ᄒᆞ야…닷다…

李滉《詩釋義》韓國奎章閣藏本

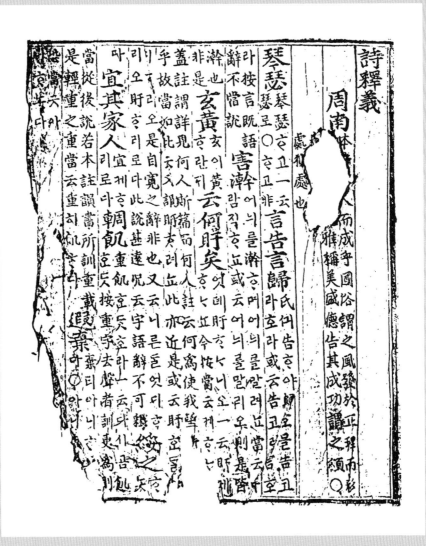

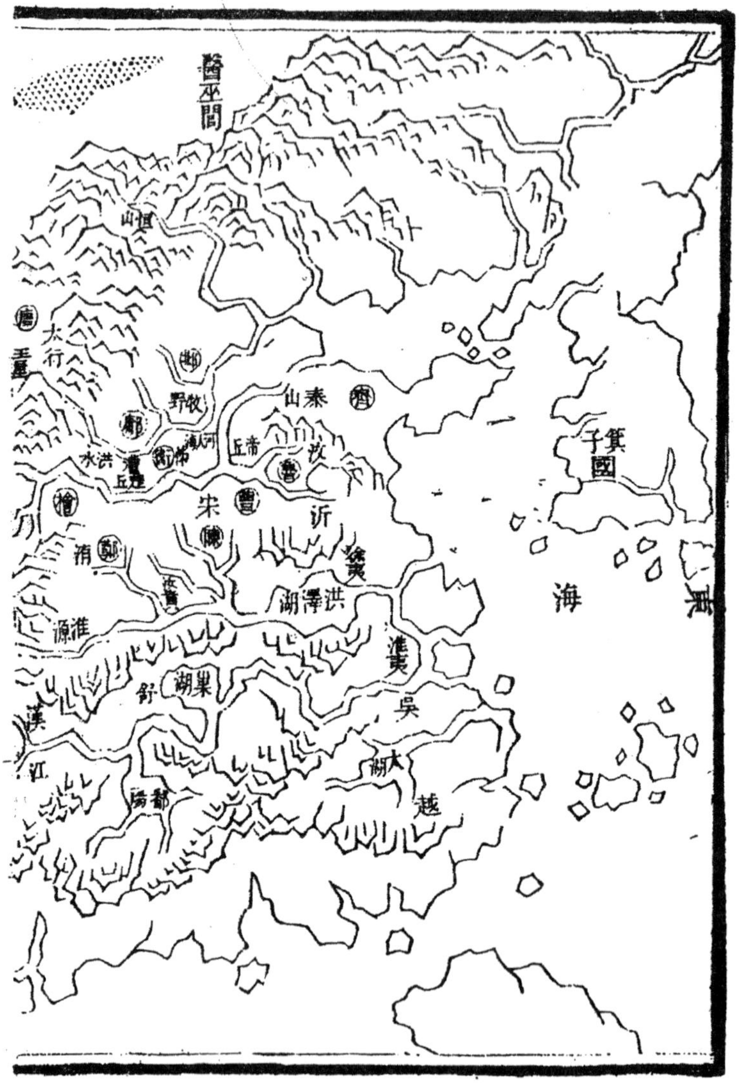

十五國風輿地圖（採自方玉潤《詩經原始》）

十五國風輿地圖（採自方玉潤《詩經原始》）

詩經地理圖

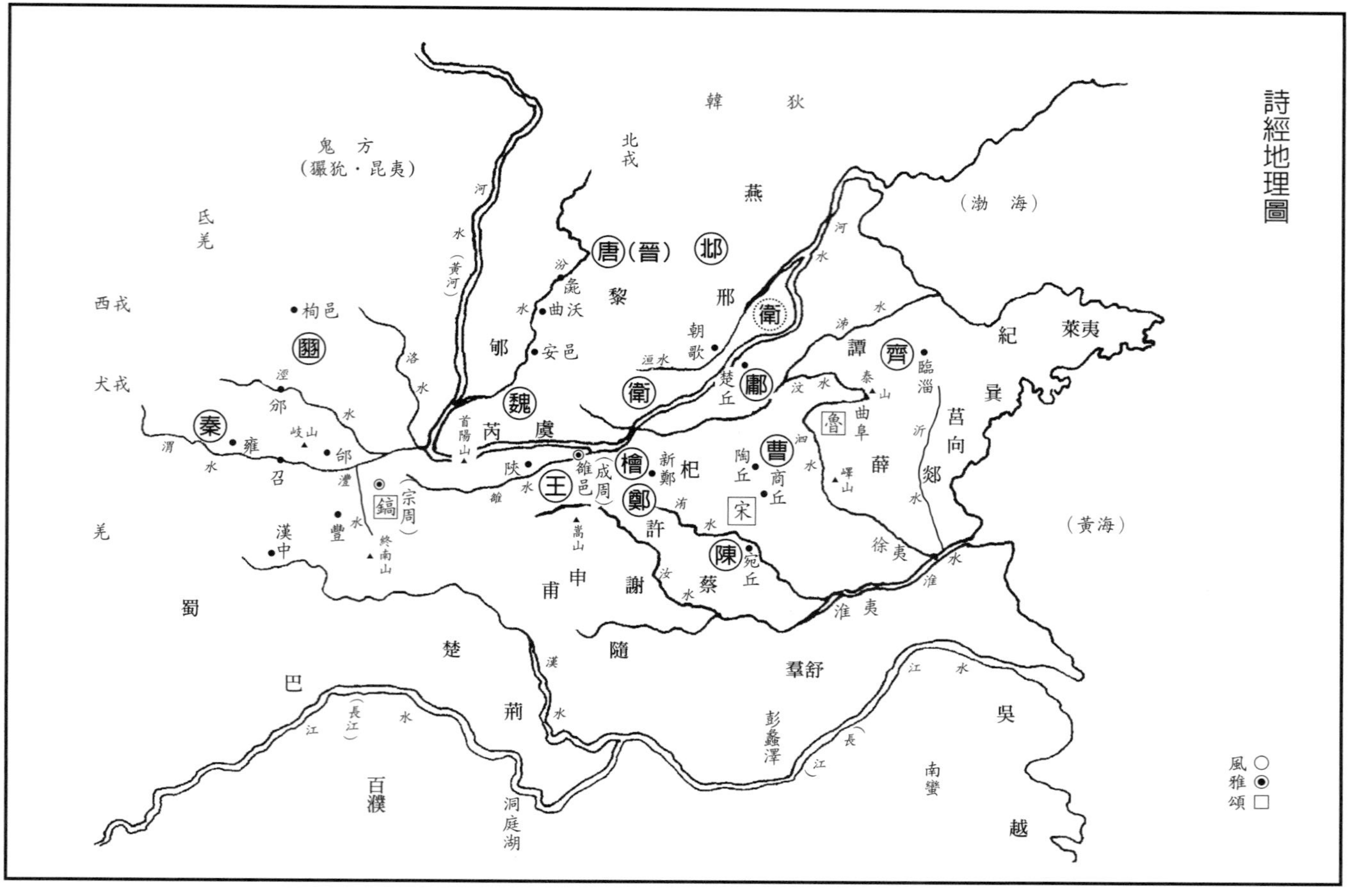

鬼方
（玁狁・昆夷）
氐羌
西戎
犬戎
羌
蜀
巴
百濮
楚
荊
洞庭湖
隨
羣舒
彭蠡澤
吳
越
南蠻
韓
狄
北戎
燕
（渤海）
（黃海）
河水
（黃河）
汾水
洛水
涇水
渭水
灃水
雒水
漢水
汝水
洧水
泗水
沂水
淮水
泲水
汶水
洹水
江水
（長江）
唐（晉）
邶
衛
鄘
齊
魏
秦
豳
王
檜
鄭
陳
曹
鄘
宋
魯
栒邑
邠
岐山
郃
雍
召
鎬
（宗周）
豐
漢中
終南山
首陽山
芮
虞
郇
安邑
曲沃
堯
黎
邢
朝歌
楚丘
陝
雒邑
（成周）
嵩山
新鄭
杞
許
申
甫
謝
蔡
宛丘
陶丘
商丘
泰山
曲阜
嶧山
薛
譚
臨淄
莒
向
郯
杞
萊夷
紀
曩
徐夷
淮夷
○風
◉雅
□頌

（吳宏一／繪製）

詩經學關鍵人物及著述書目舉要

【先秦】

・**孔丘**（BC551-BC479），《論語》通行本。《論語》記載他論詩十餘處。儒家詩教開創者，相傳曾刪訂《詩》三百篇。

・**子貢**（端木賜）（BC520-BC456），孔子弟子。相傳曾作〈詩傳〉，《漢魏叢書》本。

・**子夏**（卜商）（BC507-?），孔子弟子。相傳曾作〈詩序〉，永懷堂《十三經注疏》本。

・**孟軻**（BC389- BC305?），《孟子》通行本。引詩三十三處，提出「以意逆志」、「知人論世」的理論。

・**荀況**（BC313- BC238?），《荀子》通行本。以「引詩為證」體現「明道徵聖宗經」的文學觀。

附：左丘明，《左傳》通行本。全書引詩一百三、四十處，記載春秋時期政治外交場合賦詩明志、斷章取義的事實。

【漢魏六朝】

・**毛亨**、**毛萇**，《毛詩詁訓傳》（簡稱《毛傳》），《十三經注疏》本。漢初傳《詩》，有魯、齊、韓、毛四家。魯、齊、韓為今文學，毛為古文學。後今文三家散佚，《毛詩》獨傳至今。本書善用今字解古字，用本字釋借字，使人知曉古今語言的變化。

又：本書漢時傳授各篇有序，總稱〈詩序〉。

- **申培公**、**后蒼**、**韓嬰**等三家詩（《魯詩故》、《齊詩傳》、《韓詩故》等），見清人馬國翰輯《玉函山房輯佚書》。
- **韓嬰**，《韓詩外傳》，見許維遹《韓詩外傳集釋》，北京中華書局。今文三家詩已亡，惟存此書。本書引詩證事。據考證，此書曾經後人改動。
- **司馬遷**（BC145 或 BC135-?），《史記》，通行本。書中〈孔子世家〉、〈屈原賈生列傳〉、〈太史公自序〉等篇，皆有關於《詩經》的重要論述。

附：**劉向**（BC77-?），《說苑》、《新序》，四部叢刊本。書中大量引詩，或先講故事後引詩為證，或發議論後引詩證斷，可見漢人說詩風氣。

又：**班固**（32-92），《漢書》，通行本。書中記載漢代《詩經》研究的一些基本情況。

- **鄭玄**（127-200），《毛詩傳箋》（一稱《毛詩鄭箋》）三十卷（簡稱《鄭箋》），四部備要本、《十三經注疏》本。明嘉靖間刻本附鄭玄《詩譜》一卷，陸德明《音義》三卷。鄭玄出經學大師馬融門下，以《毛詩》為本，為《毛傳》作箋注，採錄《詩序》，兼取三家詩說，為兩漢《詩經》研究代表性著作。

又：《詩譜》一卷，列舉《詩經》各篇時代世次。此書已亡佚，後代學者迭有輯佚考證。

- **王肅**（195-256），《毛詩義駁》、《毛詩王氏注》、《毛詩奏事》、《毛詩問難》等，均見清馬國翰《玉函山房輯佚書》。王肅獨標古文學，攻擊鄭玄兼採今文，並為《毛詩》重作注釋。
- **陸璣**（261-303），《毛詩草木鳥獸蟲魚疏》二卷，《叢書集成初編》本。這是第一本考釋《詩經》名物的專著。本書僅對名物本身加以詮釋，宋代以後，如蔡卞《毛詩名物解》，才開始探討名物在詩中有何喻意。

【唐】

・**陸德明**（550-630?），《經典釋文》，《十三經注疏》本。本書綜合漢魏以來文字音訓研究成果，考述經學傳授源流，其中《毛詩音義》，詮釋音讀，羅列異文，對每個字都有音切和訓義。

・**孔穎達**（574-648），《毛詩正義》（一名《毛詩注疏》，簡稱《孔疏》），《四部備要》本。本書依據顏師古考定的《五經定本》，採取漢魏至唐初《詩經》訓詁義疏的研究成果，以疏不破注為原則，對《毛傳》、《鄭箋》再作進一步的闡釋，是漢學研究的集大成著作。以「三體三用」之說來解釋《詩》的六義，對後世影響很大。

・**成伯璵**，《毛詩指說》一卷，《通志堂經解》本。唐代規定訓詁疏釋必須依據《毛詩正義》，本書突破束縛，對〈毛詩序〉有所質疑，以為首句為子夏所傳，其餘皆毛公所續。

附：長孫無忌（599-659）等，《隋書經籍志》。本書收錄魏晉南北朝《詩經》專著書目，並簡要說明諸家學術源流及其演變，對唐以前《詩經》學流變，頗能考見其大概。

【宋】

・**歐陽修**（1007-1072），《詩本義》十六卷、《鄭氏詩譜補闕》三卷，《通志堂經解》本。他大膽疑古，主張論詩須求詩人之意，如此才能得聖人之志。本書對《毛傳》、《鄭箋》、〈詩序〉進行批評，開創了宋學自由研究的學風。清代龔橙也撰《詩本誼》，立意相同，可見歐陽修此書的影響。

・**王安石**（1021-1086），《詩經新義》，北京中華書局《詩義鉤沈》本。

・**蘇轍**（1030-1112），《詩集傳》二十卷，《續修四庫全書》本。注疏《詩經》，承成伯璵之餘，只取〈小序〉首句，其餘多有批駁，以為非一人之作。

・**程頤**（1033-1107），《伊川詩說》，二程全集本。推闡毛、鄭之說。

附：陸佃（1042-1102），《詩物性門類》八卷，《埤雅》本。

附：**李樗**、**黃櫄**，《毛詩集解》四十二卷，《通志堂經解》本。

附：**范處義**，《詩補傳》三十卷，《通志堂經解》本。

- **鄭樵**（1103-1162），《詩辨妄》不分卷、《六經奧論》，景山書社，一九三〇年版。重視詩樂，斥〈詩序〉為「村野妄人之作」，掀起廢〈序〉的運動。後來南宋周孚最不服氣，特地寫《非詩辨妄》駁斥之。
- **程大昌**（1123-1195），《詩論》一卷，《叢書集成初編》本。繼承蘇轍、鄭樵的觀點，考證研究《詩經》的體制、大小〈序〉、入樂等問題，是廢〈序〉派。
- **王質**（1127-1189），《詩總聞》二十卷，《叢書集成初編》本。也是廢〈序〉派的代表人物，按自己的理解重新解釋《詩經》。沿襲鄭樵的觀點，很重視《詩經》的音樂特質。
- **朱熹**（1130-1200），《詩集傳》八卷，通行本；《詩序辨說》一卷，《朱子遺書》本。他是理學大師，批評〈詩序〉，廢而不錄；批判前人的傳序箋疏，吸取當代研究成果，重新審定詩旨，闡述賦比興的定義。許多地方成就超過前人，但仍有主觀臆斷之處。本書是宋以後最廣為流傳的《詩經》傳本。
- **呂祖謙**（1137-1181），《呂氏家塾讀詩記》三十二卷。《叢書集成初編》本。博採眾說，喜發明微言大義，特別推崇理學家二程和張載，是尊〈序〉派領袖，本書堅守毛、鄭，本序說詩，是宋代漢學家的代表作。他的後繼者戴溪撰《續呂氏家塾讀詩記》三卷，段子武撰《段氏詩義指南》一卷，均從呂說。

附：**楊簡**（1141-1226），《慈湖詩傳》二十卷，《四明叢書》本。

附：**輔廣**，《詩童子問》十卷，《四庫全書》本。

- **嚴粲**（1197-?），《詩緝》三十六卷，《四庫全書》本。祖述呂祖謙之說，但也引用范處義、朱熹的意見，並採集眾說，以明己意。尤精於名物、音訓之考證。
- **王柏**（1197-1274），《詩疑》二卷，《藝海珠塵》本。王柏是朱熹三傳弟子，道學家，他認為《詩經》可疑者有七，既非孔子所定舊本，編次亦不可信，故應重新編定，並主張刪去三十二首淫詩。

・**王應麟**（1223-1296），《詩考》一卷，《叢書集成初編》本。搜輯魯、齊、韓三家詩遺說，另有《詩地理考》六卷，《玉海》附刊本。對《詩經》的國名、地名、山川等地理位置，一一加以考證，是研究《詩經》地理的開創性著作。

・**謝枋得**（1226-1289），《詩傳注疏》三卷，《知不足齋叢書》本。闡釋《毛傳》、《鄭箋》之微言大義，探索詩人用心之所在。

附：吳棫（?-1154），《詩補音》十卷，今藏天津市立圖書館。主叶韻說，為朱熹所採用。

附：段昌武，《毛詩集解》二十五卷，《四庫全書》本。

【元】

・**許謙**（1270-1337），《詩集傳名物鈔》，《叢書集成初編》本。許氏師從王柏，卻不為其所限，重在推闡朱子的《詩集傳》。

・**劉瑾**，《詩傳通釋》二十卷，《四庫全書》本。

・**劉玉汝**，《詩纘緒》，《四庫全書》本。

・**朱公遷**，《詩傳疏義》二十卷，《四庫全書》本。

元人《詩經》著述，大都是推衍解釋朱熹的《詩集傳》。

【明】

・**胡廣**（1370-1418）等，《詩經大全》二十卷，明刊本。明初胡廣等奉敕撰《五經大全》，多沿襲元人劉瑾之成就。

・**季本**（1485-1563），《詩說解頤》四十卷，明刊本。自出己意，不受朱熹之說所囿。

- **楊慎**（1488-1560），《升庵經說》十四卷，《叢書集成初編》本。
- **豐坊**（1500?-1570?），嘉靖二年（1523）進士。《詩傳孔氏疏》（又名《子貢詩傳》）、《詩說》（又名《申培詩說》），《叢書集成初編》影印本。二書實際是嘉靖年間豐坊所作，偽託古人。
- **陳第**（1541-1617），《毛詩古音考》四卷，《學津討源》本。否定朱子「叶韻」說，為先秦古音學奠定研究的基礎。
- **孫鑛**（1542-1613），《批評詩經》四卷，明刊本。標舉字句，圈點詞語，突顯其形式技巧之藝術特點。明代中葉以後，《詩經》之趨向文學化，此書實開風氣之先。
- **郝敬**（1558-1639），《毛詩原解》三十六卷、《毛詩序說》八卷，《湖北叢書》本。
- **朱謀㙔**（1564-1624），《詩故》十卷，明刊本。不主一家，兼採漢宋之說。
- **戴君恩**（1570-1636），《讀風臆評》一卷，明刊本。從純文學的觀點，憑直覺析論詩的章法結構及修辭特點，時有新意。
- **鍾惺**（1574-1625），《批點詩經》不分卷、《逸詩》不分卷，明刊本。
- **凌濛初**（1580-1644），《孔門兩弟子言詩翼》七卷，《詩經彙評》本。
- **何楷**（1594-1645），《詩經世本古義》三十卷，嘉慶乙酉刊本。尊孟子「知人論世」之說，勾稽古史傳說，重訂詩篇次序。可惜古史難考，難免有武斷處。
- **鄒肇敏**，萬曆四十一年（1613）進士，《詩傳闡》二十三卷，明刊本。
- **賀貽孫**（1605-1688），《詩觸》六卷，清刊本。

明人《詩經》著述，始則承襲宋元之餘瀋，中葉以後才擺脫漢宋門戶之見，不受限於《朱傳》，或純就藝術技巧立論，或重作考據，推求古音古史，亦自有其成就，不應視為空疏，輕言抹殺。

【清】

- **朱鶴齡**（1606-1683），《詩經通義》十二卷，《四庫全書》本。標榜呂祖謙東萊之學。
- **顧炎武**（1612-1682），《詩本音》十卷，《皇清經解》本。繼明陳第之後，將《詩經》韻字與《廣韻》韻部比勘，為古韻學作系統之研究。影響後來的江永、戴震、段玉裁、王念孫、江有誥等人。
- **錢秉鐙**（1612-1694），一名田澄之，《田間詩學》十二卷，《四庫全書》本。博採眾說，不主一家。
- **王夫之**（1619-1692），《詩經稗疏》四卷，《皇清經解》本。《詩廣傳》五卷、《薑齋詩話》三卷，《船山遺書》本。《詩經稗疏》考訂名物訓詁、器服制度。《詩廣傳》雜感二三七篇，宣傳自己的哲學、政治、經濟、倫理等觀點，發揮社會改良思想。《薑齋詩話》所收《詩繹》和《夕堂永日緒論・內編》，前者是專門研究《詩經》的詩話；後者是詩論。
- **陳啟源**（?-1689），《毛詩稽古篇》三十卷，《皇清經解》本。陳啟源為康熙時人，時宋學漢學並傳，他志在求古，復興漢學，以《毛詩》為本，反對《詩集傳》，對沉寂幾百年的漢學資料進行考查，不立新說，崇尚實學。
- **毛奇齡**（1623-1716），《詩傳詩說駁義》五卷、《詩札》、《白鷺洲主客說詩》、《毛詩寫官記》等，《西河全集》本。旨在駁斥朱熹〈國風〉有淫詩之說。朱子說「笙詩有聲無詞」，他則主張笙詩本有詞，只是後來亡佚而已。
- **閻若璩**（1636-1704），《毛朱詩說》一卷，《昭代叢書》本。精於考訂，勇於辯難。
- **李光地**（1642-1718），《詩所》八卷，《榕村全書》本。本朱子之說。康熙重視程朱理學，風氣使然。
- **王鴻緒**（1645-1723）等，《詩經傳說彙編》二十一卷序二卷，康熙欽定通行本。引用兩漢以迄晚明諸家之說，多達二、三百家，資料豐富。兼採漢宋，不專主《朱傳》，已有由尊朱而崇《毛詩》的趨向。
- **姚際恆**（1647-1715?），《詩經通論》十八卷，《續修四庫全書》本。不依《詩集傳》，也不循毛、鄭，自言「惟是涵泳篇章，尋繹文義，辨別前說，以從其是而黜其非」，他是獨立思考派。與他同時的惠周惕等人，也是如此。這是一種時代風氣。

- **陸奎勳**（1663-1738），《陸堂詩學》十二卷，清刊本。
- **黃中松**，《詩疑辨證》，清刊本。
- **方苞**（1668-1749），《朱子詩義補正》八卷，清刊本。
- **惠棟**（1697-1758），《毛詩古義》二卷，《昭代叢書》本。徵引經典舊說，解釋古字奧義，不講義理，是吳派大師。
- **牛運震**（1706-1758），《重訂空山堂詩志》（簡稱《詩志》）六卷，清刊本。
- **程晉芳**（1718-1784），《毛鄭異同考》十二卷，清刊本。
- **莊存與**（1719-1788），《毛詩說》四卷，清刊本。重在闡發詩中奧義，以求經世致用，為常州學派祖師。
- **范家相**，乾隆十九年（1754）進士，《詩瀋》二十卷、《三家詩拾遺》十卷，《四庫全書》本。在王應麟、何楷之後，蒐集三家遺說，並與姜炳璋、顧鎮一樣，兼採漢宋之學，不主一家。
- **姜炳璋**，乾隆十九年進士，《詩序補義》二十四卷，《四庫全書》本。
- **傅恆**（1720-1770）等，《欽定詩義折中》三十卷，《皇清經解》本。此書由乾隆欽定頒行，可以看出由宋轉漢的論詩風氣。姑附列於此，以資對照。
- **顧鎮**（1720-1792），《虞東學詩》十二卷，《四庫全書》本。
- **戴震**（1723-1777），《毛鄭詩考正》四卷，《皇清經解》本。師從惠棟，精古文字聲韻之學，長於考辨，主張與義理結合，是皖派創始人。
- **汪梧鳳**（1726-1772），《詩學女為》二十六卷，清刊本。
- **趙翼**（1727-1814），《陔餘叢考》，據乾隆刊本排印，北京中華書局。旁徵博引，多涉考據。

- **翁方綱**（1733-1818），《詩附記》四卷，《畿輔叢書》本。廣引眾說，超然於漢、宋之間。
- **段玉裁**（1735-1815），《毛詩故訓傳定本》三十卷、《詩經小學》四卷，《皇清經解》本。戴震弟子。戴震提出「以字考經，以經考字」，藉考證來闡述經義，段玉裁推而行之，作有系統的研究。
- **崔述**（1740-1816），《讀風偶識》四卷，《叢書集成初編》本。指摘〈毛詩序〉的謬誤，以個人見解即詞說詩，以求其意。其論采詩之說不足信、〈風〉詩無正變等等，皆具特識。
- **洪亮吉**（1746-1803），《毛詩天文考》一卷，《皇清經解》本。
- **莊述祖**（1750-1816），《毛詩考證》四卷，《皇清經解續編》本。是莊存與侄兒，不講微言大義，卻重考據訓詁。
- **郝懿行**（1755-1823），《詩問》七卷，清刊本。
- **牟庭**（1759-1832），《詩切》，齊魯書社本。出土頗晚。自出己意，常別立新說。
- **焦循**（1763［一作 1773］-1820），《毛詩補疏》五卷、《毛詩陸璣疏考證》一卷、《毛詩地理釋》四卷，《焦氏遺書》本。焦循、洪亮吉等同輩學者，皆博學而好古，喜考證而不講義理。

附：李富孫（1764-1843），《詩經異文釋》，《皇清經解續編》本。

- **阮元**（1764-1849），校刻《十三經注疏》，並撰《詩書古訓》七卷，《皇清經解續編》本；《三家詩補遺》三卷，《崇惠堂叢書》本。治學嚴謹，其版本校勘，態度認真，按語多能別同異，定是非。
- **牟應震**，乾隆四十八年（1783）舉人，《詩問》六卷、《毛詩名物考》六卷、《毛詩古韻》五卷等，清刊本。
- **王引之**（1766-1834），《經義述聞》三卷，通行本。戴震的再傳弟子。與其父王念孫講訓詁，重考證，解釋經傳中一百六十個虛詞，對讀者大有幫助。
- **李黼平**（1770-1832），《毛詩紬義》二十卷，學海堂刊本。

• **俞正燮**（1775-1840），《癸巳類稿》、《癸巳存稿》，商務印書館。

• **胡承珙**（1776-1832），《毛詩後箋》三十卷，《皇清經解續編》本。主《毛詩》，廣徵博引漢儒的詩說，以闡明《毛傳》的旨趣，也擷取兩宋學者見解，藉以疏證《鄭箋》的錯誤。

附：馮登府（1780-1840），《三家詩異文疏證》二卷，《皇清經解》本。

• **馬瑞辰**（1782-1853），《毛詩傳箋通釋》三十一卷，《皇清經解續編》本。本《鄭箋》，吸取乾嘉考據學成果，也吸取三家詩說，重新疏釋《詩經》，著重糾正《孔疏》錯誤，在文字訓詁上成就較大。

• **陳奐**（1786-1863），《詩毛氏傳疏》三十卷，《皇清經解續編》本。清代研究《毛詩》的集大成著作。他師事段玉裁，交友王念孫、引之父子，專主《毛傳》，傳〈小序〉，反宋、反鄭、反三家，是專治《毛詩》的一家之言。後來林伯桐的《毛詩通考》，申《毛傳》，斥《鄭箋》，顯然是受了陳、胡等人的影響。

• **夏炘**（1789-1871），《詩古韻表二十二部集說》二卷，《音韻學叢書》本。

• **龔自珍**（1792-1841），《五經大義終始》，《龔自珍全集》，北京中華書局。以詩作史，講求微言大義。

• **魏源**（1794-1857），《詩古微》十五卷，《皇清經解續編》本。講求經世致用，論述三家詩與《毛詩》之異同，認為應以三家為主，並認為三百篇皆可入樂，全為樂歌。稍後的龔橙，立論近似，有《詩本誼》一書。

附：丁晏（1794-1875），《詩譜考正》一卷，《頤志齋叢書》本。

• **陳喬樅**（1809-1869），《三家詩遺說考》、《四家詩異文考》等，《皇清經解續編》本。他與父親陳壽祺蒐集三家詩資料，不遺餘力，前後三數十年，成就可觀。

• **方玉潤**（1811-1883），《詩經原始》十八卷，《鴻濛室叢書》本。超出今古文各派論爭，不顧《朱傳》，也不管姚際恆《詩經通論》，只依本文涵泳詩義，時見文學情味，故能成一家之言。

• **俞樾**（1821-1906），《毛詩平議》四卷、《達齋詩說》一卷、《荀子詩說》一卷，《春在堂叢書》本。見解常有新穎獨到處。

- **王先謙**（1842-1917），《詩三家義集疏》二十八卷，乙卯虛受堂刊本。蒐集秦漢以迄清乾嘉之三家詩資料及相關論見，多所論述，折衷異同，是研究三家詩的必備參考書。

附：王闓運（1832-1916），《詩經補箋》二十卷，《湘綺樓全集》本。桐城名家，自方苞以至王氏及吳汝綸、闓生等人，皆好評點《詩經》。

- **皮錫瑞**（1850-1908），《詩經通論》一卷，北京中華書局。他對《詩經》堅持儒家的詩教理論，堅持孔子刪定《詩經》的觀點，反對非聖疑經。
- **王國維**（1877-1927），《觀堂集林》，北京中華書局。本書所收關於古代史料、名物、文字學、音韻學的考證論文，有很多創見，對《詩經》研究者也大有幫助。
- **吳闓生**（1878-1949），《詩義會通》，台北中華書局。折衷眾說之異同，用孟子「以意逆志」之說，不以文害辭，不以辭害意，要求學者沉潛其心，以求義理之所安，加以注解簡明，頗便讀者。

【現代】

- **郭沫若**（1892-1978），《卷耳集》、《中國古代社會研究》、《青銅時代》、《奴隸制時代》，人民出版社。嘗試將《詩經》譯成白話詩，開風氣之先。他對古代社會的研究，對閱讀《詩經》也大有幫助。
- **陳子展**（1898-1990），《詩經直譯》，上海古籍出版社；《詩三百演論》，上海復旦大學出版社。總結舊學，兼採今古文學之說，來解釋詩旨；融會新知，以現代科學知識和考古發現，來解釋詩中詞語。他所用的直譯，所加的按語，對後來的學者皆頗可借鑑。
- **聞一多**（1899-1946），《風詩類鈔》、《詩經新義》、《詩經通義》，《聞一多全集》本。注意《詩經》的藝術特點，倡導用民俗學方法研究《詩經》。以前《詩經》的傳統讀法，是經學的、史學的、文學的，聞一多的讀法則是民俗學的，社會學的。他把《詩經》當做社會史料和文化史料來看。

- **程俊英**（1901-1993），《詩經譯注》，上海古籍出版社；《詩經注析》（與蔣見元合著），北京中華書局。注解簡明，文字流暢。譯詩最有韻味，析論亦見功力。
- **屈萬里**（1907-1979），《詩經釋義》、《詩經詮釋》，台北聯經公司。實事求是，不作調人。既嫻熟先秦文獻，又究心經學歷史，所作詮釋皆平生積學所得，常誦古人「雙眼自將秋水洗，一生不受古人欺」詩句。

【外國】

日本

- **岡元鳳**，《毛詩品物圖考》七卷，坊間通行本。日本天明四年（乾隆四十九年，一七八四），日本初版。
- **竹添光鴻**（1842-1917），《毛詩會箋》十卷，台北大通書局景印本。
- **塩谷溫**（1878-1962），《詩經講話》，日本昭和十年弘道館刊本（港大馮平山圖書館藏）。
- **諸橋轍次**（1883-1982），《詩經研究》，日本大正十一年刊本（港大馮平山圖書館藏）。
- **白川靜**（1910-?），《詩經研究》，杜正勝譯，台北幼獅月刊社，一九七四年刊本。

韓國

- **權近**（1352-1409），《詩淺見錄》，韓國成均館大學校大東文化研究院韓國經學資料集成。
- **李滉**（1501-1570），《詩釋義》，奎章閣藏本，韓國成均館大學校大東文化研究院韓國經學資料集成。
- **申綽**（1760-1828），《詩次故》二十二卷，《詩經異文》三卷，日本昭和九年影印手稿本，韓國成均館大學校大東文化研究院韓國經學資料集成。
- **丁若鏞**（1762-1836），《詩經講義》十二卷，奎章閣藏本，韓國成均館大學校大東文化研究院韓國經學資料集成。

英國

・**理雅格**（James Legge, 1815-1897），《詩經》英文譯本，一八七六年倫敦初版。

法國

・**格拉納**（Marcel Granet, 1884-1940），《中國古代的祭禮與歌謠》，一九一九年法國巴黎初版。張銘遠譯，上海文藝出版社，一九八九年。

美國

・**龐德**（Ezra Pound, 1885-1972），《孔子頌歌》，一九五四年。

瑞典

・**高本漢**（K. B. Johannes Karlgren, 1889-1978），《詩經注釋》，董同龢譯，台北中華叢書本，一九六〇年。

國風解題

《詩經》有十五〈國風〉，相對於周王朝來說，這些地區所採集的詩歌，都可說是民間歌謠。即使有出於諸侯貴族的作品，也都是供中央王朝採擇觀風之用而已。

〈國風〉所收各地民歌，共一六〇篇。就產生的地域而言，〈周南〉、〈召南〉，以西周初年周公、召公分陝而治的南方地區為主，包括今河南南部、湖北北部、陝西南部以及長江中上游、漢水、汝水等流域。〈邶風〉、〈鄘風〉、〈衛風〉，以殷墟朝歌王畿周圍為主，包括今河南淇縣、新鄉、滑縣一帶，以及河北南部、山東西北部。〈王風〉、〈鄭風〉、〈陳風〉、〈檜風〉，以今河南洛陽、新鄭、淮陽、密縣等地為主；〈齊風〉、〈曹風〉，以今山東臨淄、定陶一帶為主，都是商周當時的都會地區。〈魏風〉、〈唐風〉，分別在今山西南部及汾水流域太原附近。〈秦風〉、〈豳風〉則在今陝西西部、甘肅南部，以及今陝西邠縣、栒邑一帶。就產生的時代而言，從公元前十一世紀前後的西周初年，到公元前六世紀前後的春秋中葉，都有作品傳世。雖然很多詩篇無從確定著成的年代，但從相關資料看，〈周南〉、〈召南〉、〈豳風〉傳世較早，是無庸置疑的。如果從邦國兼併、樂章流傳的角度看，那麼〈邶風〉、〈鄘風〉、〈唐風〉、〈檜風〉，似乎也應該比其他相關的〈國風〉早。

底下，我們將依《毛詩》編次的順序，來逐一介紹。首先介紹〈周南〉和〈召南〉，並在分別解題之前，先說明它們列於書前的意義。

〈國風〉的二〈南〉，〈周南〉和〈召南〉，據鄭玄的《詩譜》說，是「風之正經」，可以「用之鄉人焉，用之邦國焉」，當然這和西周初年周公旦、召公奭的受封，大有關係。

周公旦和召公奭的受封，前後有三次：第一次是西伯姬昌（周文王）遷豐之後，他把自己的岐邦周、召之地，分派給周公旦和召公奭做為采邑。第二次受封，是周武王伐紂克商以後，遍封功臣及同姓親屬。《史記．魯周公世家》說：「封周公旦於少昊之虛曲阜，是為魯公。周公不就封，留佐武王」；《史記．燕召公世家》說：「周武王之滅紂，封召公於北燕」。第三次受封，則是周成王已立之後，周公攝政之時。《史記．燕召公世家》說：「其在成王時，召公為三公。自陝以西，召公主之；自陝以東，周公主之。」這三次受封，和二〈南〉詩篇的關係，都至為密切。鄭玄《詩譜》說得很清楚：

文王受命，作邑於豐，乃分岐邦周、召之地，為周公旦、召公奭之采地，施先公之教於己所職之國。武王伐紂，定天下，巡守述職，陳誦諸國之詩，以觀民風俗。六州者（宏一按：指江、漢、汝水旁之諸侯國，包括雍、梁、荊、豫、徐、揚等地），得二公之德教尤純，故獨錄之。屬之大（太）師，分而國之。其得聖人之化者，謂之〈周南〉，得賢人之化者，謂之〈召南〉。言二公之德教，自岐而行於南國也。

表面上看，好像重點集中在周公旦、召公奭第一次或前二次受封之時，但文中既然說「得聖人之化」、「得賢人之化」、「言二公之德教，自岐而行於南國」，自應包含三次受封在內。如此也才能解釋鄭玄何以下文會這樣說：「時徐及吳、楚，僭號稱王，不承天子之風，今棄其詩，夷狄之也。其餘江、黃、六、蓼之屬，既驅陷于彼俗，又亦小國，猶邾、滕、紀、莒之等，夷其詩，蔑而不得列於此。」南國之詩為什麼只取錄〈周南〉、〈召南〉，十五〈國風〉中為什麼不列當時的一些小國及其風土詩歌，鄭玄在這裡都解釋清楚了。

所謂「二公之德教」，並非專言周公旦、召公奭二人之道德教化，而是指他們在周南、召南這兩個大地區所推行的文王之化、后妃之德。這一點，鄭玄在《詩譜》中，也講得很清楚：

初，古公亶父聿來胥宇，爰及姜女。其後，大（太）任思媚周姜，大（太）姒嗣徽音，歷世有賢妃之助，以致其治。文王刑于寡妻，至于兄弟，以御于家邦。是以二國之詩，以后妃夫人之德為首，終以〈麟趾〉、〈騶虞〉，言后妃夫人有斯德，興助其君子，皆可以成功，至于獲嘉瑞。

風之始，所以風化天下而正夫婦焉，故周公作樂，用之鄉人焉，用之邦國焉。

「得聖人之化者，謂之〈周南〉，得賢人之化者，謂之〈召南〉」，從這些話中，可以體會出鄭玄說《詩》，是從政教風化的立場出發的。〈周南〉、〈召南〉中的詩篇內容，多詠男女愛情、婚姻、家庭、生活的題材，不論它們原先作者是誰，因何而作，但是在周公制禮作樂以後，一旦被采詩者或獻詩者所用，被編《詩》者所輯，再經過太師比其音律，這些作品其實都已另外賦有禮教的意義與作用。宋代以後，儒者多喜據詩直尋本義；清末以來，學者多喜恢復其民歌原始面目，其實對《詩經》的傳承而言，不過是多提供一些具有時代性的不同讀法而已。

為了便於讀者參考核對十五〈國風〉與周王朝的時代世系，茲據《史記．周本紀》、《逸周書》、《中國歷代各族紀年表》、《新編中國歷史大事年表》等資料，列古公亶父至周靈王世系如下（×表夫婦關係）：

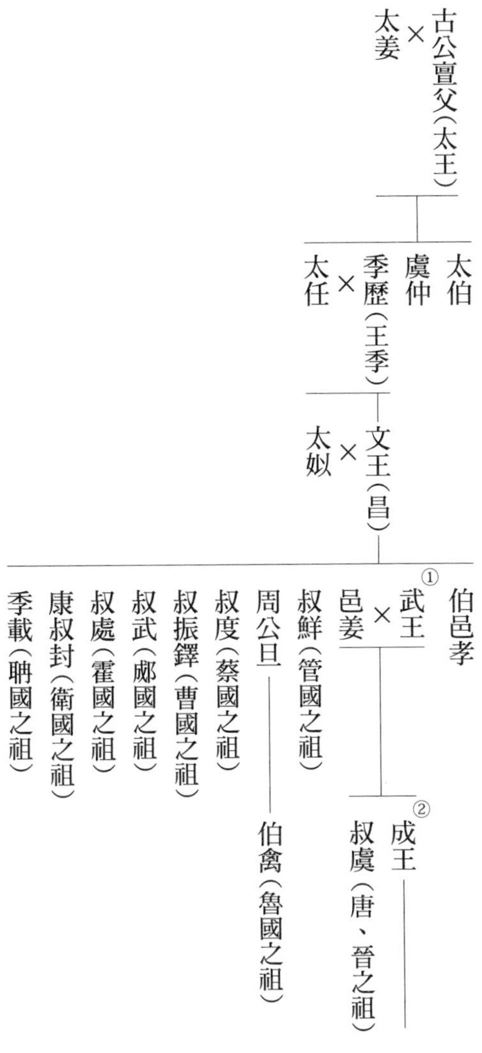

②成王（BC1042-1021）—③康王（BC1020-996）—④昭王（BC995-977）—⑤穆王（BC976-922）—

├⑥共（恭）王（BC922-900）—⑦懿王（BC899-892）—⑨夷王（BC885-878）—⑩厲王（BC877-841）（出奔彘 BC842）（共和 BC841-828）—⑪宣王（BC827-782）—⑫幽王（BC781-771）—

└⑧孝王（BC891-886）┈⑨夷王

—⑬平王（BC770-720）（公元前七七一年由鎬京遷都成周雒邑，東周即春秋時代開始）—洩父—⑭桓王（BC719-697）—⑮莊王（BC696-682）—

—⑯釐（僖）王（BC681-677）—⑰惠王（BC676-652）—⑱襄王（BC651-619）—⑲頃王（BC618-613）—⑳匡王（BC612-607）—㉑定王（BC606-586）—㉒簡王（BC585-572）—㉓靈王（BC571-545）

必須事先聲明，真正的周王世系，是從周武王算起的，但武王克殷的西曆紀年，從來說法紛歧，有人定為公元前一一二二年，有人定為公元前一〇四六年，……眾說紛紜，莫衷一是。前者如《中國歷代各族紀年表》、《中華通史大曆典》，後者如「夏商周斷代工程」研究報告、《新編中國歷史大事年表》。各有依據，出入頗大。一直到公元前八四一年共和元年以後，始趨於一致。因此，本書所列西周共和元年（公元前八四一年）以前之西曆紀年，僅供參考之用，不足以做為定準。也因此，周武王以前之王侯世系，所據不同，多不附西曆紀年。幸讀者明察。

周南

周南解題

〈周南〉和〈召南〉合稱「二南」，它們是《詩經》十五〈國風〉中，編次在最前面的作品。

根據歷史記載，起兵伐紂克商而建立周朝的，是周武王。但他的父親周文王在世時，雖然服從殷紂，卻已推行仁政，獲得眾多諸侯的歸附，擁有天下三分之二的領土，所以周文王的文德和周武王的武功，都是周人所樂於歌頌稱道的。周武王去世後，成王繼位，由於年幼，由周公、召公等人輔佐。周公攝政七年，天下太平，又制禮作樂，開啟了周朝的盛世。所以周公和召公也為周人所感念。「二南」的詩篇，相傳就是西周初年周公、召公管轄地區所產生的詩歌作品。

當時周公姬旦、召公姬奭被委任分陝而治。陝即今河南省陝縣。陝以東的地區，歸屬周公；陝以西的地區，歸屬召公。因為這些地區，在今陝西岐山之南，本來是周朝祖先初建周國的南疆，所以都稱為「南」。當然，詩無達詁，還有不同的說法。根據鄭玄的《詩譜》，這個「南」也可以指「自岐而行於南國」，包括江、漢流域的「六州」之地。另外有人以為「南」，原是一種古代樂器的名稱，後來才演變而成一種地方的曲調。因為這種曲調，起於長江、漢水一帶的所謂「南國」、「南土」或「南邦」，地在岐山南邊，所以稱之為「南」或「南音」。不過，也有人根據詩篇的內容去分析，例如〈關雎〉篇的「在河之洲」，河是指黃河；〈漢廣〉篇的「江之永矣」，江是指長江。黃河、長江之間有漢水和汝水，這也就是〈漢廣〉篇中所說的「漢有游女」，以及〈汝墳〉篇所說的「遵彼汝墳」。像〈召南〉中〈草蟲〉一篇的「陟彼南山」，〈殷其靁〉一篇的「在南山之陽」，南山都是指終南山而言。因而可以推知二南產生的地區，是在今河南臨汝、南陽以迄湖北的襄陽、江陵等一帶的地方。

〈周南〉收錄了〈關雎〉以下十一篇作品，都沒有事實可考，不容易推定作品產生的時代。所以歷來學者（包括朱熹）對〈周南〉的著成年代，大多沿襲舊說，或稍變其說而已。不過，也有研究者認為〈周南〉的產生地區，原本應在周公居守的洛陽附近，和〈王風〉的地域相同。洛陽是東周時的都城，因此〈周南〉的詩篇，頗有一些可能產生於西周末、東周初年。例如崔述《讀風偶識》書中就以〈汝墳〉篇為例，說：「此乃東遷後詩，『王室如燬』，即指驪山亂亡之事。」這也說明了〈周南〉的詩篇，也有可能是東周初年才收集的，其中包括周公西周管轄地區的早期民歌。

關雎

一

關關雎鳩，❶
在河之洲。❷
窈窕淑女，❸
君子好逑。❹

二

參差荇菜，❺
左右流之。❻
窈窕淑女，
寤寐求之。❼
求之不得，
寤寐思服。❽
悠哉悠哉，
輾轉反側。❾

【直譯】

關關和鳴的雎鳩，
並棲黃河的沙洲。
嫻靜美麗的姑娘，
是君子的好配偶。

長短不齊的荇菜，
左右順流採擇它。
嫻靜美麗的姑娘，
醒時睡時追求她。
想要追她追不到，
醒時睡時都心焦。
相思情意長又長，
翻來覆去睡不好。

【注釋】

❶關關，鳥和鳴聲。雎鳩，音「俱糾」，水鳥名，即魚鷹。

❷河，先秦常作黃河的專稱。下同。洲，水中的陸地。

❸窈窕，形容女子的嫻靜苗條。一說：猶言深閨；指女子住處的幽邃。

❹君子，古代指有才德的人或在上位有官爵者。通常是貴族。好逑（音「求」），佳偶、好對象。逑，一作「仇」，對象、配偶。

❺參差，長短不齊的樣子。荇，音「杏」，即莕菜，一名接余。

❻流，「摎」（撈）的借字，求的意思。

❼寤，醒。寐，睡。一說：寤寐，偏義副詞，猶言夢寐。

❽服，古音與「側」協韻。思服，思

三

參差荇菜，
左右采之。❿
窈窕淑女，
琴瑟友之。⓫
參差荇菜，
左右芼之。⓬
窈窕淑女，
鐘鼓樂之。⓭

長短不齊的荇菜，
左邊右邊採著它。
嫻靜美麗的姑娘，
彈琴鼓瑟親近她。
長短不齊的荇菜，
左邊右邊採下它。
嫻靜美麗的姑娘，
敲鐘打鼓歡迎她。

之又思。

❾ 輾轉，藉車輪的轉動形容失眠時的翻來覆去。反，俯臥。側，側臥。

❿ 采，古「採」字。

⓫ 友，作動詞用，友好、親近。

⓬ 芼，音「冒」，擇取。「摸」的借字。一說：煮熟進獻。

⓭ 鐘鼓，王國維說：「金奏之樂，天子諸侯用鐘鼓，大夫士，鼓而已。」隆重典禮才用的樂器。

【新繹】

〈關雎〉選自〈周南〉，是《詩經》的第一篇。〈周南〉是十五國風之一。西周初年，周公姬旦住在現今洛陽一帶，統治東方諸侯。〈周南〉據說就是在周公統治下的南方地區所採集的詩歌。也有人說：周南地區，在今洛陽一帶，南則指南方音樂，兼採有江漢流域的詩歌曲調。寫作時代說法不一，可以早到周文王，晚到東周之際。《詩經》通常採用每篇第一句裡的兩個字或幾個字，來作為篇名。〈關雎〉就是從詩中第一句「關關雎鳩」取其二字來的。

據〈毛詩序〉說，〈關雎〉篇寫的是「后妃之德也，風之始也」。這表示它在〈國風〉中地位非常重要。所謂「后妃之德」，是說「樂得淑女以配君子」。有人以為詩中的淑女指太姒，君子指文王，這就是所謂文王之化，后妃之德。〈國風〉中的詩篇，以二〈南〉為首，二〈南〉又以〈關雎〉冠首，可以看出在原始《詩經》編者的心目中，〈關雎〉篇必能反映周公制禮作樂的用意，和孔子溫柔敦厚的詩教。換言之，它和禮樂關係非常密切，大有移風易俗的功能。所以《毛詩》的〈關雎序〉，不只為〈關雎〉一篇作序而已，它還為全書作了概括的說明。也因此，筆者不嫌其煩，把它全文錄在文末，並加譯解，供讀者參考。

古人說：「詩無達詁」，幾乎《詩經》中的每一篇，無論是著成年代或主題內容，通常都有好幾種不同的說法。像〈關雎〉這首詩，漢代的儒者多從政教立論，古文學派《毛詩》從正面看，說是讚美文王之化、后妃之德，今文學派三家詩從反面看，說是諷刺康王好色晏起，不能早朝，意在勸戒、刺時。宋代以來，有很多人據詩直尋本義，認為這是一首祝福貴族新婚的詩歌，因為娶妻而用鐘鼓，在當時不是平民所能享用；又有人認為這純粹只是一首情歌，描寫一般男子對窈窕淑女的愛慕之情。可見說法頗不一致。在我們看來，漢儒的解釋雖然為配合政教風化，不免迂曲，但在世道人心上，也自有它的裨益，不必一筆抹殺它的價值。同樣的道理，人是感情動物，愛的表現，情的流露，都是天經地義的事情，只要能「思無邪」，也不必把宋以來一些學者的說法，斥為離經叛道。

我們以為〈關雎〉原是一首描寫貴族男子追求一位採荇菜的淑女的情歌。全詩可以分成三章。第一章因物起興，因為看到黃河沙洲上一對對的雎鳩，而聯想到淑女是君子的佳偶。《詩經》中的「河」，都指黃河而言。洲，則是水中的陸地。相傳雎鳩這種水鳥，雌雄之間，情意專一，不肯亂交，所以詩人用來起興，說：「窈窕淑女，君子好逑。」窈窕，可指淑女的品德賢淑和體態苗條，也可指她居住在幽靜的深閨之中。黃土高原多窯洞，此說深居窯洞裡的女子，年輕而又美麗，這是詩人細膩的寫實。難怪她出而採荇於河洲，君子見而悅之。

第二章是寫追求淑女不能得到時的苦悶。那個採荇菜的姑娘，左右採荇時的美好姿態，使追求她的男子，朝思暮想，難以忘懷。荇，是一種可以食用的水草。流，這裡有順著流水尋求、採取的意思。採荇，也用來比擬追求淑女。「寤寐思服」，是說不管醒時睡時都在想念。「思服」的「服」，古音與「側」同韻，意義則與「思」相同。

第三章承上章而來，是寫男子思慕淑女，「求之不得，輾轉反側」時幻想的情景。「琴瑟友之」是幻想彈奏琴瑟去結識她，親近她。「鐘鼓樂之」是幻想敲鐘打鼓去迎娶她，和她舉行婚禮，都是寫男子想像求得淑女後親愛、美滿的情景。古代鐘鼓並作，有一定的限制，只有天子諸侯才能用它。這樣說來，詩中的「君子」其身分之高貴，不問可知。即使歌詠的對象，不是文王，也必屬貴族無疑。

也有人（例如俞樾）把這首詩分為四章。第一、二章同前；第三章是「參差荇菜，左右采之」以下四句，寫親近淑女時的情景；第四章是「參差荇菜，左右芼之」以下四句，寫與淑女結婚時的情景。這樣解釋，層次分明，也頗為可取。

·荇菜·

另外，也有人把全詩分為五章的。每章四句，這樣一來，把原本第二章的「寤寐求之」以上四句和「求之不得」的以下四句分開了，層次似乎更為清楚。雖然一樣可取，但採用的人比較少。

至於它的篇章結構之妙，明代戴君恩的《讀風臆評》評得好：「詩之妙，全在翻空見奇。此詩只窈窕淑女、君子好逑便盡了，卻翻出未得時一段，寫個牢騷擾受的光景，又翻出已得時一段歡欣鼓舞的光景。無非描寫君子好逑一句耳。若認作實境，便是夢中說夢。局陣妙絕，分明指點後人作賦法。」

歷來講〈關雎〉篇的人，大多只注意它的文字內容，而忽略它的音樂性質。《論語．八佾篇》說：「〈關雎〉樂而不淫，哀而不傷。」〈泰伯篇〉又說：「〈關雎〉之亂，洋洋乎盈耳哉！」可見孔子談論它時，是就其用為樂章來說的。從現存的《儀禮》等書看，用為樂章時，〈關雎〉和〈葛覃〉、〈卷耳〉三篇連為一體。「關雎之亂」的「亂」，則僅就其末章而言。

附錄：〈關雎序〉全文

〈關雎〉，后妃之德也，風之始也。所以風天下而正夫婦也，故用鄉人焉，用之邦國焉。

風，風也，教也；風以動之，教以化之。

詩者，志之所之也。在心為志，發言為詩。情動於中而形於言，言之不足，故嗟歎之；嗟歎之不足，故永歌之；永歌之不足，不知手之舞之、足之蹈之也。情發於聲，聲成文謂之音。治世之音安以樂，其政和；亂世之音怨以怒，其政乖；亡國之音哀以思，其民困。故正得失，動天地，感鬼神，莫近於詩。先王以是經夫婦，成孝敬，厚人倫，美教化，移風俗。

故詩有六義焉：一曰風，二曰賦，三曰比，四曰興，五曰雅，六曰頌。上以風化下，下以風刺上。主文而譎諫，言之者無罪，聞之者足以戒，故曰風。至於王道衰，禮義廢，政教失，國異政，家殊俗，而變風、變雅作矣。國史明乎得失之迹，傷人倫之廢，哀行政之苛，吟詠情性，以風其上，達於事變而懷其舊俗者也。故變風發乎情，止乎禮義。發乎情，民之性也；止乎禮義，先王之澤也。

是以一國之事，繫一人之本，謂之風；言天下之事，形四方之風，謂之雅。雅者，正也。言王政之所由廢興也。政有小大，故有小雅焉，有大雅焉。頌者，美盛德之形容，以其成功，告於神明者也。是謂四始，詩之至也。

然則〈關雎〉、〈麟趾〉之化，王者之風，故繫之周公。南，言化自北而南也。〈鵲巢〉、〈騶虞〉之德，諸侯之風也，先王之所以教，故繫之召公。〈周南〉、〈召南〉，正始之道，王化之基。

是以〈關雎〉樂得淑女，以配君子。愛在進賢，不淫其色；哀窈窕，思賢才，而無傷善之心焉，是〈關雎〉之義也。

【今譯】

〈關雎〉，表現周文王后妃的美德，是十五〈國風〉的開頭第一篇。它是用來教化天下而端正夫婦之道的，所以它既可以用於鄉里，也可用於諸侯邦國。

風，就是諷喻、教育的意思；諷喻用來感動人們，教育用來教化人們。

詩，是心志的動向。還在心裡時，就叫作志，用語言表現出來，就是詩。情感在心裡醞釀成熟，就必然會表現在語言上，語言不足以表現時，就會嗟歎；嗟歎不足以表現時，那就要引聲長歌了；長歌還不足以表現情感時，那就會不知不覺地手舞足蹈起來。

情感要通過聲音表現出來，五聲交織成文，就叫做音樂。太平盛世的音樂安和而且喜悅，這反映了當時的政治是和順的。動亂時代的音樂怨恨而且忿怒，這反映了當時政治是暴戾的；亡國之時的音樂哀傷而且思念，這體現了當時人民是窮困的。所以，端正政治得失，感動天地鬼神，沒有什麼能超過詩歌。先王正是用這個來使夫婦的關係歸於正道，使父子兄弟之間能夠孝敬，使人倫淳厚，使教化淳美，使風俗習慣變得更好。

所以詩有六義：一叫做風，二叫做賦，三叫做比，四叫做興，五叫做雅，六叫做頌。上位者用風來教化下屬，下屬用風來諷刺在上位者。用婉約的文辭來勸諫，說話的人既不會獲罪，聽話的人卻能藉以警戒自己，所以叫做風。至於周朝王道衰微，禮義廢棄，政教失常，諸侯各國各行其政，百姓之家各有習俗，於是變風、變雅的詩就產生出來了。國家的史官了解到當時政治的得失，對於人倫道德的廢棄感到傷心，對於行政法令的苛虐感到悲哀，於是吟詠篇什，抒發情感，來諷諫君王，使人們了解當時社會的變亂，懷念太平政治的風俗。所以變風是發自真實的情感，卻又不超越禮義的規範。抒發真實的情感，是人的本性；不超越禮義的規範，是保持先王教化的恩澤。

因此，如果詩說的是一個諸侯國的事，表達作者一個人的心意，就叫做風；如果詩說的是天下的事情，表現四方的風俗，就叫做雅。雅，就是正的意思。說的是王政之所以興廢的原因。政事有小有大，所以有小雅，有大雅。頌，就是借助舞蹈儀容來贊頌美德，將成功之事告訴祖宗的神靈。這個就是四始，也就是詩的極致。

如此的話，〈關雎〉、〈麟趾〉的教化，原是王者的風，所以就放在周公的名下。所謂南，是說周王朝的教化，自北而南。〈鵲巢〉、〈騶虞〉的仁德，本來是諸侯的風，因為是先王用來教化人民的，所以就放在召公的名下。〈周南〉與〈召南〉，是最正大最基本的道理，也是王者教化的根本。

因此〈關雎〉樂於得到嫻靜美麗的姑娘，用來匹配君子。它愛在進用賢才，而並不過分傾慕美色；哀嘆窈窕美好的姑娘難求，藉以表達思慕賢才，毫無淫邪的傷善敗德之心，這就是〈關雎〉的本義啊。

宏一按：〈關雎序〉是〈毛詩序〉開宗明義的第一篇。〈毛詩序〉，簡稱〈詩序〉。《毛詩》在《詩經》的每一詩篇之前，都有一段文字，說明各篇的主題，就叫〈詩序〉。序有〈小序〉、〈大序〉之分。〈小序〉是指各篇前，用以記述主旨或創作背景的一二短語。像〈關雎序〉的「后妃之德也，風之始也。所以風天下而正夫婦也，故用鄉人焉，用之邦國焉。」這一小段文字，就叫

〈小序〉，自「風，風也，教也」以下所有的那一大段文字，就叫〈大序〉。〈大序〉強調詩的政教功能，說它可以「經夫婦，成孝敬，厚人倫，美教化，移風俗」，和孔子儒家的思想主張頗相契合，所以歷來學者多以為出自子夏之手。但也有人以為〈大序〉是子夏作，〈小序〉則是子夏、毛公合作；甚至有人（例如趙仲霖《詩經研究反思》）主張：〈毛詩序〉非一人一時之作，是由毛公及其前後學者陸續增訂而成，至東漢衛宏才整理定稿。

這篇〈關雎序〉，較之其他詩篇的〈詩序〉，篇幅長，文字多，所說「詩有六義」，又似有總結全書詩歌理論及創作經驗之意，所以唐代陸德明《經典釋文》稱之為「總論詩之綱領」，並引鄭玄《詩譜・序》之「舊說」如上述，將它分為「大序」和「小序」。後來的學者，大多採用這樣的分法，但也有各以己意推度而改變的。例如宋代朱熹在《詩序辨說》中，就主張自「詩者，志之所之也」至「是謂四始，詩之至也」為「大序」，其他為「小序」。其他的分法也還有，不具引。最值得注意的是，成伯璵除了引述「舊說」之外，在《毛詩指說》中，還特別強調應以〈關雎序〉為〈大序〉，其他各篇的序為〈小序〉，雖然贊成的人不很多，但畢竟突顯了這篇〈關雎序〉的重要性。

・雎鳩・

葛覃

一
葛之覃兮，❶
施于中谷，❷
維葉萋萋。❸
黃鳥于飛，❹
集于灌木，❺
其鳴喈喈。❻

二
葛之覃兮，
施于中谷，
維葉莫莫。❼
是刈是濩，❽
為絺為綌，❾
服之無斁。❿

【直譯】

葛藤這樣蔓延啊，
蔓延到了山谷裡，
葉兒長得真茂密。
黃雀成群在飛翔，
聚集在小樹叢上，
牠們鳴叫聲嘹亮。

葛藤這樣蔓延啊，
蔓延到了山谷中，
葉兒長得真蔥蘢。
把它割下把它煮，
織成細葛和粗布，
穿它永遠不厭惡。

【注釋】

❶ 葛，一種多年生的蔓草，纖維可以織布。覃，延長。
❷ 施，音「亦」，拖延、蔓延。中谷，谷中。
❸ 萋萋，草茂盛的樣子。
❹ 黃鳥，黃雀。于飛，正在飛。
❺ 灌木，叢木。
❻ 喈喈（音「皆」），黃雀鳴叫聲。
❼ 莫莫，同「萋萋」，茂密的樣子。
❽ 刈，音「異」，割。濩，音「穫」，煮。
❾ 絺，音「痴」，細葛布。綌，音「細」，粗葛布。
❿ 服，事、穿。斁，音「亦」，厭棄。

三

言告師氏，⓫
言告言歸。⓬
薄汙我私，⓭
薄澣我衣。⓮
害澣害否？⓯
歸寧父母。⓰

我要告訴我保姆，
我要省親回家住。
趕快搓洗我便衣，
趕快洗滌我禮服。
哪件該洗哪不用？
我要回家看父母。

⓫ 言，我。上古人自稱。一說：語助詞，無義。告，告訴、告假。下同。師氏，女教師、保姆。
⓬ 歸，女子出嫁。此指歸寧，回家省親。
⓭ 薄，通「迫」，有趕緊的意思。汙，搓揉去汙。私，近身內衣。
⓮ 澣，同「浣」，洗滌。衣，外衣、禮服。
⓯ 害，通「曷」，何。
⓰ 歸寧，出嫁女子歸省父母。

【新繹】

〈葛覃〉全詩三章，每章六句。據〈毛詩序〉說：「〈葛覃〉，后妃之本也。后妃在父母家，則志在於女功之事。躬儉節用，服澣濯之衣，尊敬師傅，則可以歸安父母，化天下以婦道也。」

這是說：〈葛覃〉一詩所說的，是后妃的基本修養。她在出嫁前，在家能夠躬儉節用，尊敬師傅，出嫁後自然容易使父母安心，使天下大化。後代學者很多人據此立說，像朱熹就如此申論道：「於此可以見其已貴而能勤，已富而能儉，已長而敬不弛於師傅，已嫁而孝不衰於父母，是皆德之厚而人所難也。〈小序〉以為后妃之本，庶幾近之。」

不過，後來對這首詩提出不同看法的人也不少，尤其是近現代的學者。有人以為這首詩是寫貴族婦女自詠歸寧父母；有人以為這首詩是寫女奴割葛、織布、洗衣、告假的勞動過程；也有人以為這首詩是寫村野女子出嫁的過程。種種說法，不勝枚舉。對於〈毛詩序〉的說法，大抵是不採信的。

事實上，〈毛詩序〉的說法，是就詩篇依照禮制、用為樂章的道理來說的。《禮記・內則篇》就曾經說過：「女子十年不出，姆教婉娩聽從，……十有五年而笄，二十而嫁」，意思是說女子到十歲以後，就要處在深閨之中，不隨便出門，開始學習婦道。女師教她說話要柔婉，容貌要端莊，要聽長輩的教導。要學績麻織布，也要學籩豆獻酒之事，以便將來要參加祭祀之禮。如此十五歲才能許嫁行笄禮，二十歲才能出閣嫁人。《詩經》中的其他篇章，也往往如此，它們都是從禮樂教化的立場來說的，我們不必據以析論本文。否則，從現代人的觀感來說，貴為后妃夫人，還要割葛、織布、洗衣，就令人匪夷所思了。

這首詩的題旨，我的看法是：寫一位貴族家庭的婦女，準備歸寧父母的作品。從詩中「言告師氏」一句看，家裡既有「師氏」（古代教導婦女的老師，猶如後世的保姆），當非平民之家；從詩中「歸寧父母」一句看，古代天子諸侯的夫人，沒有家國大事，是不能隨意歸寧父母的，大夫的妻子才一年可以歸寧一次。所以，這首詩中所寫的婦女，應是生在貴族之家，但不必是天子諸侯的后妃之流。

余冠英《詩經選》說：「這詩寫一個貴族女子準備歸寧的事。由歸寧引出『澣衣』，由『衣』而及『絺綌』，由『絺綌』而及『葛覃』。詩辭卻以葛覃開頭，直到最後才點明本旨。『黃鳥』

三句是借自然景物起興，似乎與本旨無關，但也未必是全然無關，因為群鳥鳴集和家人團聚是詩人可能有的聯想。」這段話分析本詩的結構，頗有見地，可供讀者參考。

有人說，明代以前的論《詩》者，多從經學、理學的觀點著眼，明代中葉以後，才開始有人從文學的角度立論。我們試看明人之評此詩，孫鑛《批評詩經》於篇前評曰：「首葛，次衣，次澣濯，極有次第。而意態飛動，則全在末章。」戴君恩《讀風臆評》於篇後評曰：「三章忽設歸寧一段，空中構相，無中生有，奇奇怪怪，極意描寫。從來認歸寧為實境，不但詩趣索然，更于事理可笑。蓋國君夫人無歸寧禮；設有之，亦何至澣洗煩擱，若里嫗村婦為耶？故曰說詩者不以辭害意。」言結構，言章法，多清新可喜，真足供參考之用。實不必以膚淺一筆抹殺之。

卷耳

一

采采卷耳，❶
不盈頃筐。❷
嗟我懷人，
寘彼周行。❸

二

陟彼崔嵬，❹
我馬虺隤。❺
我姑酌彼金罍，❻
維以不永懷。

三

陟彼高岡，
我馬玄黃。❼

【直譯】

採摘鮮亮的卷耳，
裝不滿斜口小筐。
感嘆我懷念那人，
把它擱在大路旁。

登上那巍巍高山，
我的馬疲累不堪。
我姑且斟那銅壺，
藉此不致長懷念。

登上那高高山岡，
我的馬毛色黑黃。

【注釋】

❶ 采采，採而又採。一說：同「萋萋」，多而鮮亮貌。卷耳，植物名，今名蒼耳。

❷ 頃筐，形狀像畚箕，前低後高的竹筐。

❸ 寘，同「置」，放下。周行（音「杭」），大道、周朝的國道。

❹ 陟，音「至」，登、爬上。崔嵬，音「催危」，高峻的山頂。

❺ 虺隤，音「灰頹」，是說乘馬腳疲腿軟。

❻ 姑，暫且。酌，斟酒。金罍，青銅製的酒器，其形似壺，上刻雲雷花紋。

❼ 玄黃，馬的毛色由黃變黑，表示馬病了。一說：眼花。

我姑酌彼兕觥，❽ 我姑且斟那角杯，
維以不永傷。 藉此不致長悲傷。

四

陟彼砠矣，❾ 登上那座石山喲，
我馬瘏矣，❿ 我的馬兒疲倦喲，
我僕痡矣，⓫ 我的僕從病倒喲，
云何吁矣。⓬ 為何如此憂勞喲。

❽ 兕觥，音「四工」，用犀牛角製成的酒器。一說：犀牛形狀的酒器。
❾ 砠，音「居」，多石頭的土山。
❿ 瘏，音「突」，過度疲勞。
⓫ 痡，音「鋪」，疲勞生病。
⓬ 云何，如何、何等的。吁，憂愁。一說：通「盱」，有遙望之意。

·金罍·

【新繹】

〈卷耳〉這首詩，寫一位婦女的懷人念遠之情。

全詩四章，每章四句。第一章寫思婦，寫她在採卷耳菜時，心不在焉的神態，有意在言外之妙。第二到第四這三章，寫遠行的人，寫她設想行人在外的種種情景；從「陟彼崔嵬，我馬虺隤」到「陟彼高岡，我馬玄黃」到「陟彼砠矣，我馬瘏矣」，一層緊似一層，山路越走越是險峻，馬兒越跑越是疲累，終於人困力竭，非借酒澆愁不可了。作者寫懷人念遠，不寫自己如何懷念對方，卻反過來寫對方如何想念自己，情意非常曲折，想像非常奇妙，讀來更覺情味深長。這是中國懷人詩歌中，一種常見的表現方法。像《詩經．魏風》的〈陟岵〉篇，甚至後代像宋人柳永〈八聲甘州〉的：「想佳人妝樓顒望，誤幾回、天際識歸舟。爭知我、倚闌干處，正恁凝眸。」都是同一機杼，採用這種寫法。

根據〈毛詩序〉說，此詩是歌詠「輔佐君主，求賢審官」的「后妃之志」，和〈關雎〉篇一樣，仍然不離「文王之化、后妃之德」的範圍。所以後代表示異議的人不少，像歐陽修在《詩本義》中就說：「婦人無外事，求賢審官非婦人責。」朱熹《詩集傳》雖然也以為與文王、太姒有關，但他卻主張「后妃以君子不在而懷念之，故作此詩。」甚至懷疑是為文王「羑里拘幽之日而作」。大致說來，越是後來的讀者，越是據詩直尋本義，不管舊注。明代何琇《樵香小記》說：「此必大夫行役，其室家念之之詩。」顯然以為這首詩和后妃「求賢審官」或「慕古懷賢」之類的說法，沒有什麼關係。

何琇的說法，事實上自有他的道理。因為詩中婦人所想念的人，有馬，有僕，飲酒時用金罍、兕觥。在青銅器時代，金罍是諸侯大夫才能用的器物；它是一種形狀像壺，上面刻有雲雷圖案的銅製酒器，只有諸侯大夫才能用它飲酒，要是天子的話，就得用玉飾的，而士則用梓飾的器具，這在古代是有所區別的。所以，我們據此也可以推知這位採卷耳菜的婦人，應該是諸侯大夫的夫人。

至於有人把這首詩解釋為：一位在外服役的小

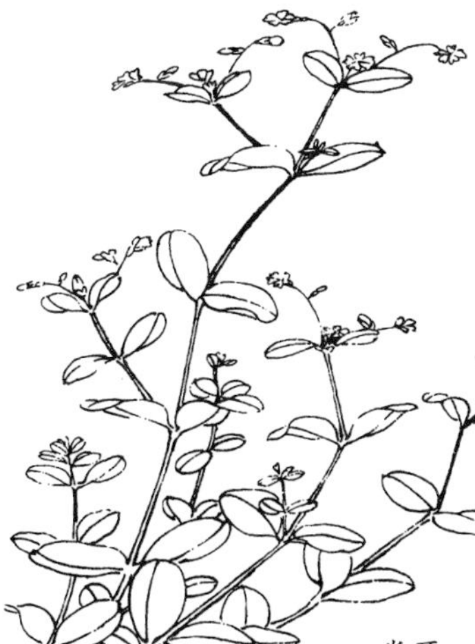

·卷耳·

吏，乘車登山，懷念他家裡的妻子；或者把整首詩解釋為：婦人又採卷耳，又策馬上山、藉酒自寬，都充分說明了「詩無達詁」的事實。

最後要說明的是：末章四句，每句都以「矣」字作結，讀來別有韻味。最後一句「云何吁矣」的「吁」字，有人解釋為吁嘆或憂愁，也有人以為同「盱」字，有張目望遠的意思，都各有道理，可備一說。

上文在〈關雎〉篇的「新繹」中，筆者曾從《詩經》和禮樂的關係，說〈關雎〉和〈葛覃〉、〈卷耳〉三篇，就用為樂章而言，三篇是連為一體的，又引孔子「〈關雎〉之亂，洋洋乎盈耳哉！」，說「亂」是樂曲的卒章（最後一章），那是曲終合樂的部分。如果「亂」指的是此篇的最後一章四句，那確實是「洋洋乎盈耳」的。

樛木

一

南有樛木，❶
葛藟纍之。❷
樂只君子，❸
福履綏之。❹

二

南有樛木，
葛藟荒之。❺
樂只君子，
福履將之。❻

三

南有樛木，
葛藟縈之。❼

【直譯】

南方有下彎的樹，
葛藟紛紛攀附它。
真快樂啊這君子，
福祿都來照顧他。

南方有下彎的樹，
葛藟紛紛掩護它。
真快樂啊這君子，
福祿都來扶助他。

南方有下彎的樹，
葛藟紛紛攀緣它。

【注釋】

❶樛，音「糾」，樹木下彎。
❷葛藟（音「壘」），野葡萄之類的植物，一名萬歲藤。纍，纏繞。
❸樂只，樂哉。只，語助詞。
❹履，祿。綏，定、安享。
❺荒，掩蓋。
❻將，扶助。
❼縈，繞。

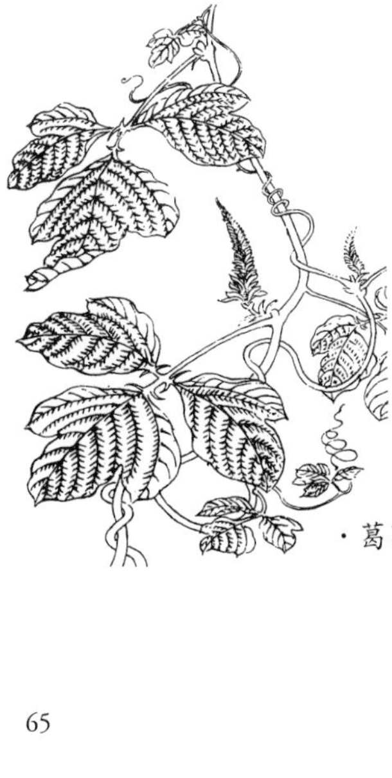

・葛藟・

樂只君子，　真快樂啊這君子，
福履成之。❽　福祿都來成全他。

❽成，成就、成全。

【新繹】

根據〈毛詩序〉的說法，這是一首眾妾歌頌后妃之德的作品。宋代朱熹據此申論，因而解釋這首詩中的「君子」，說是專指后妃而言。清代戴震在《杲溪詩經補注》裡，對於這種解釋，深不以為然，曾經駁斥道：「恐君子之稱，不可通於婦人。」在戴震的想法中，君子和婦人怎麼可以混為一談？

關於這一點，在我們的習慣用法裡，果然是很少用「君子」來稱呼婦人的，而且就古人應用「樛木」作為典故的例子來看，也通常如此。像潘岳〈寡婦賦〉中有云：

顧葛藟之蔓延兮，託微莖於樛木。

《昭明文選》李善注對這兩句話的解釋，就是：「言二草之託樛木，喻婦人之託夫家也。」顯然是把葛藟（野葡萄）的攀繞樛木，用來比喻婦人的託身丈夫。這和〈毛詩序〉的說法就不相同。清代崔述《讀風偶識》也說：「若樛木，則未有以見其必為女子而非男子也。」他以為這一首詩和下一篇〈螽斯〉一樣，「皆上惠恤其下，而下愛敬其上之詩」，因此他說此詩「或為群臣訟禱其君，亦未可知」。

尋繹這首詩的語意，我覺得這應該是「下愛敬其上」的作品，至於是「群臣訟禱其君」，或如後人所云「奴隸詠其主人」（甚或有人以為樛木既為下曲之木，可能並非讚美，而是意存諷刺），恐怕就難以確定了。

〈周南〉開頭幾篇詩，從〈關雎〉到〈樛木〉、〈螽斯〉等，朱熹等人大致都採〈毛詩序〉之說，以為是歌詠文王之化、太姒之德。崔述的《讀風偶識》對此有一段很好的批評：

〈周南〉十有一篇。〈關雎〉三篇，立夫婦之準；〈樛木〉兩篇，通上下之情。所謂家齊而後國治，上下交而其志同者也。非盛治之世，烏能若是？是以取之，以冠全詩。舊說以此五篇皆為太姒之德，然玩其詞意，未見其必為太姒者。《毛傳》、《鄭箋》亦但言為后妃，並未專指為何王之后。在文王太姒之德，固應如是；即文王太姒之化，亦當如是，正不必定屬之太姒也。

所謂君子云者，乃諸侯大夫之通稱，而〈葛覃〉之刈，〈卷耳〉之采，皆不似諸侯夫人事。……由是言之，〈周南〉固非一世之詩，概訓以為文王之化，失之遠矣。

崔述的這段話，不但對我們讀這首詩有幫助，對我們讀〈周南〉十一篇詩，也同樣有參考的價值。「文王太姒之化」說的是受到文王、太姒感化的後代帝王后妃，這和文王、太姒本身本來就有區別的。

〈樛木〉這首詩共三章，每章四句，每句四字。每一章的第一、第三兩句，文字都一樣，而第二、第四兩句，也不過是各易一字而已。葛藟由「纍」而「荒」而「縈」，是形容纏繞樛木的越來越緊，而福履由「綏」而「將」而「成」，也是形容幸福祿位的越來越盛。層次分明，脈絡清楚，而文字複沓的結果，也使讀者在吟誦時，能夠領略其中往復詠嘆的韻味。這個也是原始歌謠中常見的一種特色。

螽斯

一

螽斯羽，❶
詵詵兮。❷
宜爾子孫，❸
振振兮。❹

二

螽斯羽，
薨薨兮。❺
宜爾子孫，
繩繩兮。❻

三

螽斯羽，
揖揖兮。❼

【直譯】

螽斯鼓動翅膀飛，
一堆堆喲。
多像你的子孫，
成群結隊喲。

螽斯鼓動翅膀飛，
一團團喲。
多像你的子孫，
連綿不斷喲。

螽斯鼓動翅膀飛，
一群群喲。

【注釋】

❶ 螽（音「終」）斯，一種善於繁殖的蝗蟲。也稱斯螽，見〈豳風・七月〉。

❷ 詵詵（音「莘」），形容眾多、繁盛。

❸ 宜，古文作「多」，多。一說：合該，祝福的語氣。爾，你。指詩人祝福的對象。

❹ 振振，眾多仁厚的樣子。一說：振奮有為的樣子。

❺ 薨薨（音「轟」），《韓詩》作「翃翃」，成群飛的聲音。

❻ 繩繩，連續不斷的樣子。

❼ 揖揖，《魯詩》、《韓詩》俱作「集集」，群聚會合的樣子。

宜爾子孫，
蟄蟄兮。❽

多像你的子孫，
團結和順喲。

❽ 蟄蟄，群居和睦的樣子。

【新繹】

《詩經》的每一篇章，從字句的解釋到題旨的闡說，歷來都常有爭議。例如〈螽斯〉這首詩的開頭第一句「螽斯羽」，有人說：「螽斯」就是豳風〈七月〉中的「斯螽」，一名蚣蝑，是蝗蟲一類的昆蟲；有人說：「斯」是語詞，無義；又有人說：「斯」是介詞，等於文言中的「之」，白話中的「的」。像這種解釋分歧的地方，我不擬一一贅舉。我只覺得「螽斯羽」這句詩中的「斯」字，玄應《一切經音義》卷十既然引作「蜤」，可見「螽斯」原是蟲名，應該連讀，不必另作新解。又依照宋代朱熹《詩序辨說》的解釋：「螽斯聚處和一，而卵育蕃多，故以為不妬忌，則子孫眾多之比。」嚴粲《詩緝》中也說：「螽蝗生子最多，信宿即群飛，因飛而見其多，故以羽言之。」可知這句話一定和形容子孫的蕃多有關。

根據〈毛詩序〉等舊說，〈螽斯〉和上一篇詩〈樛木〉，是可以合在一起看的。〈樛木〉寫后妃沒有嫉妒之心，所以能夠和集眾妾；〈螽斯〉寫后妃因為不嫉妒眾妾，所以能夠子孫眾多。不同的地方是：前者歌頌多福多祿，後者歌頌多子多孫。《後漢書．荀爽傳》說此詩是歌頌「貴族」的子孫眾多，雖然與舊說不盡相合，但仍然是「下美上」之意。這是從稱頌讚美的觀點來說的。

晚近以來，疑經風氣很盛，有人以為螽斯是害蟲，會為害農作物，所以詩人以此起興，所詠的對象，應是諷刺剝削農人的貴族，而無歌頌之意。這跟上篇〈樛木〉一樣，有人就曾以為樛木下彎不直，怎麼可以用來比喻君子？這是從諷刺的觀點來看詩了。

尋繹詩中的語氣，我以為從頌美的觀點來解釋這兩首詩，應該是比較正確的。「樛木」下曲，便於葛藟攀緣，詩人所取者在此；「螽斯」振羽，眾多成群，詩人所取者在此。讀者不必強求詩中有何刺意。

這首詩凡三章，每章四句，都是三三四三的句式，而且和〈樛木〉篇一樣，每章的第一第三兩句，文字都是重複不變的，變化的只是第二第四句的寥寥數字而已。「詵詵」、「薨薨」、「揖揖」都有眾多盛大的意思，不過有人以為是指螽斯的聲音，有人以為是指螽斯的羽翼；而「振振」、「繩繩」、「蟄蟄」這一組形容詞句，固然後人大多解為眾多，我在譯文裡，也採用了這種說法，但根據《毛傳》的解釋，這三句分別是「仁厚」、「戒慎」、「和集」的意思。我們再看《韓詩外傳》卷九所舉的事例，兩次引用「宜爾子孫繩繩兮」，也都是把「繩繩」解釋為「戒慎」的意思，就可以明白舊說也有其一定的道理，是不可輕誣的。

・螽斯・

桃夭

一

桃之夭夭，❶
灼灼其華。❷
之子于歸，❸
宜其室家。❹

二

桃之夭夭，
有蕡其實。❺
之子于歸，
宜其家室。

三

桃之夭夭，
其葉蓁蓁。❻

【直譯】

桃樹這樣的茁壯，
燃燒一般它的花。
這個姑娘要出嫁，
實在適合那人家。

桃樹這樣的茁壯，
圓大斑斕它果實。
這個姑娘要出嫁，
實在適合那家室。

桃樹這樣的茁壯，
它的葉兒綠森森。

【注釋】

❶ 夭夭，一作「枖枖」，樹木成長茁壯的樣子。一說：形容枝葉披垂。

❷ 灼灼，通「焯焯」，形容花的鮮明。華，「花」的古字。

❸ 之子，這個人（女子）。子，古代男女的通稱。于歸，出嫁。

❹ 宜，善、適合。室家，指丈夫的家庭。下文「家室」、「家人」同義。

❺ 蕡，音「汾」，形容果實圓大。一說：通「斑」，形容色彩斑斕。有蕡，即蕡蕡、蕡然，這是《詩經》慣用的語法。

❻ 蓁蓁（音「真」），樹葉茂盛的樣子。

之子于歸，宜其家人。

這個姑娘要出嫁，實在適合那家人。

・桃・

【新繹】

〈桃夭〉是一篇歌詠男女婚嫁的詩，充滿了活潑歡樂的情調。

〈毛詩序〉說：「桃夭，后妃之所致也。不妬忌，則男女以正，昏姻以時，國無鰥民也。」這些話，在我們今天看來，自然是就詩篇用為樂章的道理來說的，我們析論本文時，可以不必採用。但在唐代以前，解說《詩經》的人，卻幾乎都把〈毛詩序〉的說法，奉為圭臬，沒有異議。唐宋以後，像成伯璵、歐陽修等人，雖然對〈毛詩序〉的作者有所質疑，但真正對〈毛詩序〉加以抨擊的，卻是從鄭樵和朱熹才開始的。鄭樵在《詩辨妄》中，說〈毛詩序〉是「傅會書史，依託名諡，鑿空妄語，以誑後人。」「又其為說，必使詩無一篇不為美刺時君國政而作，固已不切於情性之自然，……。」朱熹在《詩序辨說》中也說：「〈小序〉大無義理，皆是後人杜撰，先後增益湊合而成。……後世但見〈詩序〉巍然冠於篇首，不敢復議其非，至有解說不通，多為飾辭以曲護之者，其誤後學多矣。」對〈毛詩序〉的批評，不可謂不激烈。因此，朱熹在寫《詩集傳》時，便主張以詩解詩，而反對以序解詩。但是，〈毛詩序〉的說法，畢竟並非一無可取，又加上囿於時代的風氣，朱熹的《詩集傳》，事實上還有不少地方是根據〈毛詩序〉來引申闡述的。

例如這篇〈桃夭〉，朱熹就這樣解說：

文王之化，自家而國，男女以正，婚姻以時，故詩人因所見以起興，而嘆其女子之賢，知其必有以宜其室家也。

可以看出來，還是根據〈毛詩序〉來引申發揮，並沒有真正直接從詩的詞義來立論。一直到了清朝以後，像姚際恆、崔述、方玉潤等人，才能真正擺脫舊說，直尋本義。

姚際恆《詩經通論》論及〈桃夭〉一詩時，一方面駁斥舊說，以為「堯舜之世，亦有四凶；太姒之世，亦安能使子女盡賢，凡于歸者皆宜室宜家乎？」一方面直尋本義，以為「桃花色最豔，故以取喻女子，開千古詞賦詠美人之祖」。

崔述和方玉潤也都從民間歌謠的觀點，來直尋詩的本義。崔述的《讀風偶識》說：「此篇語意平平無奇，然細思之，殊覺古初風俗之美。」方玉潤的《詩經原始》說得更具體：

此亦詠新婚詩，與〈關雎〉同為房中樂，如後世「催妝」、「坐筵」等詞。特〈關雎〉從男求女一面說，此從女歸男一面說，互相掩映，同為美俗。

我個人對〈毛詩序〉的看法，一向主張可採則採，不必一味迷信，當然也不贊成一概抹殺，無端的疑古或反古。這首詩以盛開的桃花、圓大的果實、茂密的葉子起興，來形容當年合時的女子容貌；以欣欣向榮的桃樹，來比喻可託終身的美滿家庭；以「桃之夭夭」來點明結婚之及時，以「宜其室家」來顯示一切合乎禮儀，描寫都很生動，而且，這和〈毛詩序〉所說的「男女以正，昏姻以時」並不牴觸。可知到現時為止，〈毛詩序〉等舊說，仍然有其存在的價值。

假使要對詩中的文字多加講解，我們還可以說：「夭夭」是少壯的樣子，也是枝葉傾斜披垂的樣子；「有蕡」就是蕡然，有圓而大的意思，也有人以為它有斑爛鮮明的意思；形容出嫁的女子，由開花、結果到枝葉繁茂，暗示古人所說的多子多孫，是婚禮中最美好的祝福。「室家」、「家室」、「家人」，是為協韻而變動的。古人說夫妻所居叫「室」，丈夫家人所居叫「家」；也有人說：古時男以女為「室」，女以男為「家」。這些說法都是說明，婚禮一切合乎禮儀，品貌得兼的新娘，和新郎以及新郎的家人，都能和樂相處，一片喜氣洋洋。

這真是一首歌詠新婚之樂的詩篇啊！

兔罝

一

肅肅兔罝，❶
椓之丁丁。❷
赳赳武夫，❸
公侯干城。❹

二

肅肅兔罝，
施于中逵。❺
赳赳武夫，
公侯好仇。❻

三

肅肅兔罝，
施于中林。❼

【直譯】

嚴嚴密密張兔網，
敲打木樁叮噹響。
雄壯勇猛的武士，
是公侯的好屏障。

嚴嚴密密張兔網，
張設在大馬路口。
雄壯勇猛的武士，
是公侯的好幫手。

嚴嚴密密張兔網，
張設在郊野林中。

【注釋】

❶ 肅肅，緊縮嚴密的樣子。兔罝（音「雎」），捕兔的網。

❷ 椓，音「卓」，擊、敲打。丁丁（音「爭」），敲打木樁的聲音。

❸ 赳赳（音「糾」），勇武有力的樣子。

❹ 干城，防衛、屏障。干，盾。

❺ 施，設立。中逵，逵中。逵，音「魁」，四通八達的大路。

❻ 仇，同「逑」，匹偶、同伴。

❼ 中林，林中。林，此指野外。

・兔・

赳赳武夫，
公侯腹心。❽

雄壯勇猛的武士，
是公侯的好隨從。

❽腹心，心腹、親信。

【新繹】

〈兔罝〉是歌詠打獵武士的詩篇，舊說以為是寫「后妃之化」，實在是風馬牛不相及的說法，難怪清代何焯在《義門讀書記》中，要斥之為「成何文義」了。不過，近人在反對舊說之餘，又別立新說，以為它是刺時之作，寓有惋惜武士淪為貴族爪牙之意，恐怕也是矯枉過正的說法。

從以詩解詩的觀點來看，〈兔罝〉寫的是打獵的武士，從「椓之丁丁」敲打木樁開始，如何張施兔網，如何「施于中逵」，如何「施于中林」。「肅肅」二字，有嚴整緊密之意，也可想見武士行動的敏捷齊整。「赳赳」二字，是雄赳赳、氣昂昂的意思，可以想見武士器宇的軒昂英發。這樣的武士，詩人稱之為公侯的「干城」、「好仇」、「腹心」，是高度的頌揚。「干城」是城垣屏障；「好仇」是理想搭檔；「腹心」是推心置腹。由外而內，說明這「赳赳武夫」在公侯心目中的地位。宋代嚴粲《詩緝》依序說這三章分別是稱讚武士為「勇而忠」、「勇而良」、「勇而智」，實在有他的道理。從語氣上看，這應該是一首讚美的詩篇，不必求其寓有什麼「惋惜之意」。

從以史證詩的觀點來看，有人舉了《墨子．尚賢上篇》說的「湯舉伊尹於庖廚之中，授之政，其謀得；文王舉閎夭、泰顛於罝罔之中，授之政，西土服」這一段話，來解釋此詩。這種解釋，顯然是把「赳赳武夫」落實用來指閎夭、泰顛之輩了。這種說法和用「后妃之化」來解釋一樣，都失之於附會穿鑿。

我個人以為古代帝王公侯，原來就有定期狩獵的故事。像殷墟甲骨片上，就有殷王卜獵的記載；像《左傳‧隱公五年》也有「春蒐、夏田、秋獮、冬狩」的話，《穀梁傳‧昭公八年》更進一步的說：「因蒐狩以習用武事，禮之大者也。」帝王公侯打獵的故事，在古書中是常見的記載；射獵對他們來說，又豈止是有益身體的運動而已！

帝王公侯在打獵的時候，通常都有官吏武士陪從侍候。古代有官吏名為虞侯，就是掌管山澤田獵之事的。所以〈兔罝〉這首詩，我以為據詩直尋本義，解釋為歌詠獵者之詩，寫公侯出獵時，「赳赳武夫」為公侯張設兔網，陪從打獵，是直截了當的說法。不必像有些人那樣，迂迴求其深解，反而窒礙難通了。

至於「兔罝」的「兔」，聞一多等人疑當作「菟」或「虎」，說是「虎」的別名；主要的用意，是想要強調武士是多麼的「赳赳」。因為打虎總比獵兔來得威武，因此很多人就曲解兔罝為虎網了。

事實上，兔子並非像一般人想像中的小白兔那樣可愛，牠們繁殖極快，又會損害農作物，所以逐殺兔子，也是古人射獵以護農耕的原因之一。由於兔子狡詐善逃，捕殺並非易事，所以詩中赳赳的武夫，嚴密的布置張設兔網，施之中逵、中林，使兔子無所遁逃，既使公侯得享馳騁田獵之樂，又為人民農稼出力，有益於公家，難怪詩人要歌頌他們是公侯的「干城」、「好仇」、「腹心」了。

芣苢

一

采采芣苢，❶
薄言采之。❷
采采芣苢，
薄言有之。❸

二

采采芣苢，
薄言掇之。❹
采采芣苢，
薄言捋之。❺

三

采采芣苢，
薄言袺之。❻

【直譯】

鮮亮的車前子呀，
我趕快去採下它。
鮮亮的車前子呀，
我趕快去摘下它。

鮮亮的車前子呀，
我趕快去撿取它。
鮮亮的車前子呀，
我趕快去捋起它。

鮮亮的車前子呀，
我趕快去揣起它。

【注釋】

❶ 采采，採而又採。已見〈卷耳〉篇。芣苢，音「浮以」，一種有利婦女生育的草藥，名車前子。
❷ 薄，趕緊。已見〈葛覃〉篇。
❸ 有，通「右」，採取的意思。
❹ 掇，音「奪」，拾取。
❺ 捋，音「囉」，用五指握住，順手成把抹下來。
❻ 袺，音「潔」，手提衣襟把東西向上揣起來。

·芣苢·

采采芣苢，
薄言襭之。❼

鮮亮的車前子呀，
我趕快去兜起它。

❼ 襭，音「協」，用衣服的下襬把東西兜起來。

【新繹】

據陸文郁《詩草木今釋》說，芣苢是一種多年生的草本植物，夏日由葉間抽出花莖，長約十五到三十公分，上開許多黃白色的小花。它的嫩葉可以食用，種子黑色，叫做車前子，可以醫治婦女的不孕、難產等疾病，同時還可供絲織品用以增加光澤。這種植物雖然常生在道路上、牛馬蹄印中（所以又叫做牛遺、馬舄），味道臭惡，但是，因為它在古人心目中，暗示著衣食無缺，暗示著子孫繁衍，所以，一直為古人所樂於採食。

〈毛詩序〉解釋這首詩說：「芣苢，后妃之美也。和平，則婦人樂有子矣。」朱熹《詩集傳》進一步解釋說：「化行俗美，宗室和平，婦人無事，相與采此芣苢，而賦其事以相樂也。」這些都是從頌美的觀點，來概括說明〈芣苢〉一篇的詩教功能；而《毛詩》以外的魯、齊、韓三家詩，則舉實例來說明這首詩是為「傷夫有惡疾」而作。據馬國翰所輯的漢代申培《魯詩故》說：

> 蔡人之妻者，宋人之女也。既嫁於蔡，而夫有惡疾，其母將改嫁之。女曰：「夫不幸，乃妾之不幸也。奈何去之？適人之道，壹與之醮，終身不改。不幸遇惡疾，不改其意。且夫『采采芣苢』之草，雖其臭惡，猶始於捋采之，終於懷襭之，浸以日親，況於夫婦之道乎！

> 彼無大故，又不遺妾，何以得去？」終不聽其母，乃作〈芣苢〉之詩。
> 君子曰：「宋女之意，甚貞而壹也。」

薛漢《韓詩章句》也有類似的說法。三家詩常常援引古史軼事或民間傳說，來解釋《詩經》，於此可見一斑。三家詩的看法，雖然和《毛詩》不同，但是對於〈芣苢〉一詩，卻同樣都從頌美的觀點，肯定了它的價值，說它反映了「化行俗美」，反映了婦女的貞壹之德。

清代學者對《詩經》的看法，和以前往往不大一樣。像王夫之《詩廣傳》說：「芣苢，微物也；采之，細事也。采而察其有，掇其莖，捋其實，然後袺之；袺之餘，然後襭之。目無旁營，心無遽獲，專之至也。」並且由此而推論到「君子觀乎芣苢而知德焉」。這可以說是從採擷芣苢的動作裡，去體會詩教了。

在清人之中，解釋〈芣苢〉一詩，最能擺脫舊說的，當推方玉潤。他在《詩經原始》裡這樣說：

> 此詩之妙，在其無所指實而愈佳也。夫佳詩不必盡皆徵實，自鳴天機，一片好音，尤足令人低迴無限。若實而按之，興會索然矣。
>
> 讀者試平心靜氣涵詠此詩，恍聽田家婦女，三三五五，於平原繡野、風和日麗中，群歌互答，餘音裊裊，若遠若近，忽斷忽續，不知其情之何以移而神之何以曠，則此詩可以不必細繹而自得其妙焉。即漢樂府〈江南曲〉一首，「魚戲蓮葉」數語，初讀之亦毫無意義，然

不害其為千古絕唱，情真景真故也。知乎此，則可與論是詩之旨矣。

今世南方婦女登山採茶，結伴謳歌，猶有此風焉。

這一段話，實在是一空依傍，卻言之成理。我們試看這首詩，純用賦筆，只寫採擷芣苢時，重複的節奏，層遞的動作，沒有寫芣苢以外的任何事物，可是生動的畫面、明快的旋律、喜悅的心情，卻自然就使讀者如聞其聲，如歷其境，實在不愧是一篇情真景切、不假雕琢的佳作。

這首詩，按韻可分為三章，每章四句。然而每兩句之中，上句一直重複，下句也不過各換一字而已，章法非常奇特。因此，清代姚際恆《詩經通論》說此詩「實六章，章二句也。章法極為奇變。」但也可能因為字句重複太多的緣故，歷來頗有些人，對此詩不以為然。像清代袁枚《隨園詩話》卷三就有這樣的一段記載：

須知三百篇如「采采芣苢，薄言采之」之類，均非後人所當效法。聖人存之，采南國之風，尊文王之化，非如後人選讀本，教人摹倣也。今人附會聖經，極力贊歎。章艭齋戲倣云：「點點蠟燭，薄言點之。點點蠟燭，薄言剪之。」註云：「剪，剪去其煤也。」聞者絕倒。

章艭齋本名袁梓，是袁枚的從弟。他們的話雖然說得幽默有趣，但是像〈芣苢〉這類的詩，本來就可有一、不必有二的，本來就不是「後人所當效法」。

事實上，這首詩重複的字句雖然極多，但是每兩句才一換的「采」、「有」、「掇」、「捋」、「袺」、「襭」等字眼，作者用它們來描寫採擷芣苢的動作，卻有其依次層遞的作用。「采」是採取，「有」固然也是採取之意，但有得而藏之的意思，朱熹《詩集傳》就解釋為：「采，始求之也。有，既得之也。」這是一層。「掇」是拾取，「捋」是指從莖上抹下來的動作，胡承珙《毛詩後箋》就說：「掇是拾其子之既落者，捋是採其子之未落者。」這又是一層。「袺」是手提著衣襟裝，「襭」是把衣襟扱在腰帶間兜起來，朱駿聲《說文通訓定聲》就說：「兜而扱于帶間曰襭，手執之曰袺。」這又是另外一層。可見這前後描寫動作的八個字，自有它們層遞的作用。而且，「采采芣苢」的「采采」，對照《詩經》其他篇章，像〈卷耳〉篇的「采采卷耳」，〈蒹葭〉篇的「蒹葭采采」等等，當然解作「粲粲」，形容顏色光彩鮮亮的樣子，是比較恰當的，但是，有些人卻把此詩的「采采」解釋為採而又採的意思。假使我們採用後者的說法，那麼，這篇作品描寫採擷芣苢的動作，就實在多得令人眼花繚亂了。不過這樣解釋，也許會使這首詩更富於形象化吧。

前面的譯文，是採直譯的方法，假使為了突出詩中的節奏感，我想這首詩也可以意譯成下面的這個樣子：

鮮亮芣苢採呀採，
趕快把它採下來。
鮮亮芣苢採呀採，

趕快把它摘下來。

鮮亮茉莒採呀採，
趕快把它撿起來。
鮮亮茉莒採呀採，
趕快把它抹下來。

鮮亮茉莒採呀採，
趕快把它捧起來。
鮮亮茉莒採呀採，
趕快把它兜起來。

漢廣

一

南有喬木，❶
不可休息。❷
漢有游女，❸
不可求思。
漢之廣矣，
不可泳思。
江之永矣，❹
不可方思。❺

二

翹翹錯薪，❻
言刈其楚。❼
之子于歸，❽
言秣其馬。❾

【直譯】

南方有高聳的樹，
不能夠去逗留喲。
漢水有出遊女郎，
不能夠去追求喲。
漢水這樣寬廣啊，
不能游到對岸喲。
江水這樣漫長啊，
不能渡筏來往喲。

高翹錯雜的薪草，
我去割取那荊條。
這位女郎要出嫁，
我去餵飽她的馬。

【注釋】

❶ 喬木，高聳的樹。喬，樹枝上聳，故少樹蔭。
❷ 息，《韓詩》作「思」。思，語末助詞。
❸ 漢，漢水。游女，出遊的女子。
❹ 江，長江。永，長。
❺ 方，《魯詩》作「舫」，木筏。此作動詞用。
❻ 翹翹，高舉揚起的樣子。錯薪，雜亂的柴草。
❼ 刈，割。楚，植物名，俗名黃荊。
❽ 已見〈桃夭〉篇。
❾ 秣，音「末」，餵馬的飼料。此作動詞用。

漢之廣矣，
不可泳思。
江之永矣，
不可方思。

漢水這樣寬廣啊，
不能游到對岸喲。
江水這樣漫長啊，
不能渡筏來往喲。

三

翹翹錯薪，
言刈其蔞。⑩
之子于歸，
言秣其駒。⑪
漢之廣矣，
不可泳思。
江之永矣，
不可方思。

高翹錯雜的薪草，
我去割取那蔞蒿。
這位女郎要出嫁，
我去餵飽她小馬。
漢水這樣寬廣啊，
不能游到對岸喲。
江水這樣漫長啊，
不能渡筏來往喲。

⑩ 蔞，音「樓」，一種草本植物，今名蔞蒿。

⑪ 駒，六尺以下的小馬。有人以為當作「驕」，但「驕」與「蔞」不協韻。

·蔞·

【新繹】

〈漢廣〉，是寫愛慕漢水游女卻求之不得的詩篇。

〈毛詩序〉說這首詩是：歌詠「文王之道，被于南國，美化行乎江漢之域，無思犯禮，求而不可得也。」這是說江漢流域，因為受到文王的教化，風俗淳美，所以漢水之上，雖有出游的女子，但她們端莊貞潔，而愛慕的人對她們亦無犯禮之求。這種說法，真是把詩美化了。

根據劉向《列仙傳》所引的《魯詩》之說，和《昭明文選》郭璞〈江賦〉李善注所引的《韓詩》之說等等資料，三家詩都曾引用鄭交甫遇見漢水神女的民間傳說，來解釋這篇作品。大意是說：鄭交甫曾於江漢之湄，遇見江妃二女。二女就是所謂漢水神女。她們分別前，把身上的珠珮送給鄭交甫。交甫受而懷之，但辭行未十數步，懷中的珠珮即已不見，回頭再去看江妃二女時，她們也早已消失了蹤影。三家援此說詩，大約以為此詩即寫鄭交甫辭別不見江妃二女之後的惆悵之情。鄭交甫遇見江妃二女的故事，後代詩詞歌賦取材的很多，對於我們欣賞這首詩，也可以衍生一些悵惘若失的情緒，不過，拿它來和〈漢廣〉一詩對照，可以發現二者之間，仍然有所差距。三家詩常用古史佚聞來解說詩意，我們視為旁證、觸發即可，假使真的據以尋求篇旨原義，恐怕就往往會扞格而難通了。

清代方玉潤《詩經原始》據詩而直尋本義，這樣解釋說：

> 此詩即為刈楚刈蔞而作，所謂樵唱是也。近世楚、粵、滇、黔間，樵子入山多唱山謳，響應林谷。蓋勞者善歌，所以忘勞耳。其詞大抵男女相贈答，私心愛慕之情，有近乎淫者，亦有以禮自持者。文在雅俗之間，而音節則自然天籟也。當其佳處，往往入神，有學士大夫所不能及者。

方玉潤的意見，近人時賢採用的不少。像裴溥言先生的《先民的歌唱：詩經》，就說這篇作品是寫：「一個打柴的樵子，遠遠望見漢水對岸有位身手矯健的女子正在游泳，不禁對她產生了無限愛慕之情。」袁行霈析賞此詩時，也說：「此詩是一個樵夫所唱，他熱戀著一位美麗的姑娘，卻得不到她。在漢水之濱砍柴的時候，浩淼的水勢觸動了他的情懷，遂唱出這支絕妙的詩歌。他明知所愛的人不可得，卻仍不能忘懷。不僅如此，還要幻想得到她的時候如何如何。」我個人也覺得這種說法比較可取，只是我認為不必強調一定是樵夫所唱。假使刈楚刈蔞者，必是樵夫，那麼別人也可以根據詩中的秣馬秣駒，來強調此人必是馬夫了。事實上，楚蔞之刈、馬駒之秣，都是古人日常習見之事，不必非樵夫、馬夫不可。更何況詩中所寫的，也不過是詩人的想像之辭而已。

這首詩分為三章，每章八句，後面的四句都是重複的，一字不換。姚際恆說這就叫做一唱三嘆。第一章「南有喬木」的「南」，指江漢流域，也可進一步說是指漢水的南岸。就因為在水的另一方，所以即使有高大的喬木，也無法去休息納涼了。詩人用這兩句來襯托下一句「漢有游女，不可求思」。

據朱熹《詩集傳》說：「江漢之俗，其女好游，漢魏以後猶然，如大堤之曲可見也。」可知女子出游，乃是當地習見之事。「漢有游女」的這個「游」字，有人解作遊玩，有人解作游泳。雖然二者可以相通，但從下文的「不可泳思」、「不可方思」來看，解為游泳似乎比較貼切。水中游泳的女子，對於愛慕者來說，應該更容易引起遐思吧。「不可休息」的「息」字，《韓詩》作「思」，和下句「不可求思」可以對應，而且全篇的用法也一致了，因此，近人多據此改

「息」為「思」。如此的話，「休」則與「求」協韻。

「漢有游女，不可求思」這兩句，事實上，就是本篇的題目中心。上下的句子都是為它而鋪陳的。「漢之廣矣，不可泳思。江之永矣，不可方思。」因為漢水太廣闊，無法游涉而過，長江太漫長，無法乘筏而渡，所以詩人面對著浩浩烟浪，茫茫江水，徘徊瞻望之際，也只有長歌浩嘆而已。

第二章、第三章都是詩人寫求而不得時的想像之辭。第二章的「翹翹錯薪，言刈其楚」，和古諺的「刈薪刈長，娶婦娶良」同意，是說在叢生的薪草中，所割取者，唯此楚荊而已。後代「個中翹楚」的成語，就是由此而來。鄭玄《毛詩傳箋》亦云：「楚，雜薪之中尤翹翹者，我欲刈取之，以喻眾女皆貞潔，我又欲取其尤高潔者。」意思都差不多，都是用來形容對「漢之游女」的愛慕之情。就因為如此，所以有下面「之子于歸，言秣其馬」等等的擬想之辭。假使她願意出嫁，詩人願意像歐陽修《詩本義》所說的，甘心做她的僕役，為她刈取楚荊，為她餵飼馬匹，這也正如朱熹所說的，都是由於「悅之至」，因而不覺就「敬之深」了！

清代魏源《詩古微》說：

> 三百篇言娶妻者，皆以析薪取興。蓋古者嫁娶必以燎炬為燭，故〈南山〉之析薪，〈車舝〉之析柞，〈綢繆〉之束薪，〈豳風〉之伐柯，皆與此錯薪、刈楚同興。秣馬、秣駒，即昏禮親迎御輪之禮。

可見在《詩經》裡面，刈取薪楚，有如後世所說的洞房花燭，是用來做為新婚之夜照明之用的設備。不過，也有人（如聞一多）把「楚」和下文的「蔞」，都解作好草之名，都是馬的飼料，因而刈楚、刈蔞和秣馬、秣駒本來就是一件事。這樣的解釋，也可備一說。

第三章重複第二章，八句之中，只換了兩個字而已。所謂長言之不足，又繼之詠嘆者也。「言刈其蔞」的「蔞」字，有人說，就是蔞蒿。據清代陳奐《詩毛氏傳疏》說：「蔞蒿嫩時可食，老則為薪」，可見蔞比薪要嫩一些；同樣的，「言秣其駒」的「駒」，據《毛傳》說：「六尺以上曰馬」，「五尺以上曰駒」，可見駒也比馬要小一些。物體是愈說愈小，感情卻愈說愈深，正說明了詩人對「漢之游女」的思慕之情，是多麼的深切！

這篇作品，三章的末四句，重複了三次，加上全篇一直在「不可」、「不可」的詠嘆聲中，讀來韻味十足，套一句唐代詩人崔顥的名句，真是「烟波江上使人愁」啊！

汝墳

一

遵彼汝墳，❶
伐其條枚。❷
未見君子，
惄如調飢。❸

二

遵彼汝墳，
伐其條肄。❹
既見君子，
不我遐棄。❺

三

魴魚赬尾，❻
王室如燬。❼

【直譯】

沿著那汝水堤岸，
砍伐那大小枝幹。
沒有見到我良人，
憂慮有如餓早飯。

沿著那汝水堤岸，
砍伐那新生枝條。
已經見到我良人，
不曾把我輕甩掉。

魴魚倦了尾巴紅，
王家如在烈火中。

【注釋】

❶遵，循、沿著。汝，汝水。墳，大堤岸。
❷條，樹枝。枚，樹幹。
❸惄，音「溺」，飢餓。一說：憂愁。調，同「朝」，此指早餐。
❹肄，砍後又長出來的樹枝。
❺「不遐棄我」的倒裝句。遐棄，遠遠拋棄。
❻魴，音「房」，鯿魚。赬，音「琤」，赤色。
❼燬，音「毀」，焚。

·魴·

雖則如燬，
父母孔邇！❽

雖然如在烈火中，
父母恩義太深重！

❽孔，甚、很。邇，近。

【新繹】

據〈毛詩序〉的說法，〈汝墳〉這一篇作品，是歌詠「文王之化，行乎汝墳之國，婦人能閔其君子，猶勉之以正也。」這是說：在周南汝水流域一帶，因為受了文王的教化，所以當地的婦人，都很賢慧，能夠同情丈夫的遭遇，體諒丈夫處境的艱難，而且同情體諒之餘，仍然能用正道來勉勵他。丈夫有什麼委屈，用什麼正道來勉勵，序中都沒有具體的說明。三家詩（據馬國翰所輯的《魯詩故》和《薛君韓詩章句》）則說明：這是周南大夫因為家貧親老，勉強出仕，受命平治水土，備嘗辛苦，因而其妻憫之而作。可見對於這篇作品，《毛傳》和三家詩，古文和今文學派，都無異義。不過，他們都沒有確定這是什麼時代的作品。〈毛詩序〉上所說的「文王之化」，並不一定是指文王之時。把這首詩和紂王連在一起，應該是從《鄭箋》才開始的。

鄭玄《毛詩傳箋》云：

君子仕於亂世，其顏色瘦病，如魚勞則尾赤；所以然者，畏王室之酷烈。是時紂存，辟此勤勞之處，或時得罪。父母甚近，當念之以免於害，不能為疏遠者計也。

這顯然是把時代背景，推到商紂為虐之時了。意思是說：紂王為虐，這位大夫因為顧念父母在堂，不得不于役在外，然而勤而勞之的結果，顏色憔悴，身體瘦病，所以其妻對他有無限的同情。這比起〈毛詩序〉是要詳細一些了，到了孔穎達的《毛詩正義》，又更進一步加以闡釋：

> 言汝墳之國，以汝墳之厓，表國所在，猶江漢之域，非國名也。閔者，情所憂念；勉者，勸之盡誠。欲見情雖憂念，猶能勸勉，故先閔而後勉也。臣奉君命，不敢憚勞，雖則勤苦，無所逃避，是臣之正道。故曰勉之以正也。……
>
> 婦人言魴魚勞則尾赤，以興君子苦則容悴。君子所以然者，由畏王室之酷烈，猛熾如火故也。既言君子之勤苦，即勉之，言今王室之酷烈，雖則如火，當勉力從役，無得逃避。若其避之，或時得罪，父母甚近，當自思念，以免於害，無得死亡，罪及父母，所謂勉之以正也。

可見《鄭箋》、《孔疏》都在闡釋〈詩序〉的論點，而朱熹的《詩集傳》更據此申論，謂此大夫係以文王之命，供紂王之役；詩中的「王室」，即指商紂都城，「父母」則指周文王；然後說本篇第三章所言，「猶有尊君親上之意，而無情愛狎昵之私，則其德澤之深，風化之美，皆可見矣。」對於末句「父母孔邇」，大概朱熹也覺得很難確解，所以他又加以補充說明：「一說，父母甚近，不可以懈於王事而貽其憂，亦通。」不過，這樣一來，卻跟他上文「父母，指文王也」的說法，大不相同了。

崔述《讀風偶識》對〈詩序〉以迄《朱傳》的這些舊說，都不採信。他據詩直尋本義，以為此詩應是周室東遷以後的作品，而非商紂或周文王時所作。他說：「細玩此詩詞意，與〈序〉、《傳》所言，了不相似。竊意此乃東遷後詩。王室如燬，即指驪山亂亡之事。」晚近以來，懷疑舊說或別立新說的不少。像高亨的《詩經今注》，承沿崔述的餘緒，因為把「王室如燬」解作西周王朝遭受犬戎之難，所以這樣解釋這首詩：「西周末年，周幽王無道，犬戎入寇，攻破鎬京。周南地區一個在王朝做小官的人，逃難回到家中，他的妻很喜歡，作此詩安慰他。」雖然多為臆測之辭，但也正說明了晚近以來的學者，很多人認為這是西周末、東周初的作品。

這首詩凡三章，每章四句。第一章追述未見君子時的憂思，第二章是寫既見君子時的欣喜。汝墳，汝水的堤防，這裡借指周南汝水流域。大夫之妻沿著汝水堤防，去砍伐堤旁的枝幹，應當是用來烹煮魴魚等物，慰勞丈夫。第一章的「惄如調飢」和第三章的「魴魚赬尾」，應是前後互為呼應的句子。王先謙解釋這兩句，說是：「言己之君子伐薪汝側，為平治水土之用，勤苦備至也。治水需用薪柴，漢武帝時，命群臣從官負薪寘河，是其證。」雖然可備一說，但說伐薪之人是大夫而非大夫之妻，恐怕是王氏誤會了魯、韓二家說詩的原意。

第一章寫以前，第二章寫現在，第三章則寫對未來的期盼。這首詩中，第一章的「惄如調飢」和第三章的「魴魚赬尾」，歷來解說紛歧，頗不一致。據聞一多、陳子展等人的說法，「惄如調飢」一句，是指性行為，猶如《楚辭．天問》之言「鼂飽」，隱喻男女之間性愛的滿足與否；聞一多解釋「魴魚赬尾」時，更據《左傳．哀公十七年》「如魚竀尾，衡流而方羊」一語，以及鄭眾對該句的注解：「魚肥則尾赤，方羊遊戲，喻衛侯淫縱。」說〈國風〉中凡是提到魚的地方，都是兩性之間互稱對方的隱語，沒有一首是實指的，而且他進一步把「王室」解作「王孫」，把「如燬」解作「性的衝動像火一樣激烈」，因此，這首詩在聞氏等人心目中，就變成一首涉及「性趣」的情歌了。

事實上，聞氏等人的說法，在孔穎達的《毛詩正義》裡，已見端倪。只是《孔疏》引用鄭眾之說時，未曾附會，而聞氏等人則強為確指，說了一些「魴魚非實指，係稱男方」之類的驚人之語。

我個人以為近人的新解，並非一無可取，但是，也不以為舊說一無是處。例如「惄如調飢」一句，陳奐《詩毛氏傳疏》就說：「古人朝食曰饔，夕時曰飧。朝饔少闕，是為朝飢。」調飢，《韓詩》、《魯詩》皆作「朝飢」，就是早上挨餓的意思；高本漢以為「調」是「晝」的假借字，那更是說整個白天挨餓了。在此情形之下，其飢餓可想而知，而作者以此來比喻思念之深、渴望之切，並無不當。清代牛運震《詩志》就說：「惄訓思，思之情狀惄然也。借飢形思也」、「如朝飢，體貼入微」。第三章的「魴魚赬尾」，以魴魚尾赤來形容王室如燬的情景，也是很自然的聯想。「父母孔邇」和「王室如燬」本來就是對照來寫的，是說王室雖然如燬，父母則孔邇；也可以這樣說：父母雖孔邇，王室則如燬。不管怎麼解釋，都是說明：這位周南大夫處於兩難之中，所以他的妻子才會勉之以正道呢！

我一直這樣想：舊說只要講得通，是不應該輕言廢棄的。

麟之趾

一

麟之趾，❶
振振公子。❷
于嗟麟兮！❸

二

麟之定，❹
振振公姓。❺
于嗟麟兮！

三

麟之角，
振振公族。❻
于嗟麟兮！

【直譯】

麒麟的腳趾，
振作奮發的公子。
唉呀，麒麟啊！

麒麟的額頂，
振作奮發的公孫。
唉呀，麒麟啊！

麒麟的頭角，
振作奮發的公族。
唉呀，麒麟啊！

【注釋】

❶ 麟，麒麟，古代傳說中的仁獸，有人以為即長頸鹿。趾，足、蹄。
❷ 振振，振奮有為的樣子。已見〈螽斯〉篇。公子，王公之子，泛稱年輕的貴族子弟。
❸ 于嗟，感嘆詞。于，同「吁」。
❹ 定，「頞」（頂）的借字，額頭。
❺ 公姓，王公的同姓子孫。
❻ 公族，王公同宗及支系旁生的後代子孫。

【新繹】

〈麟之趾〉這首詩，根據〈毛詩序〉說，它是「〈關雎〉之應也。〈關雎〉之化行，則天下無犯非禮，雖衰世之公子，皆信厚如麟趾之時也。」所以它是歌詠衰世公子仍然信厚誠實的詩篇。

麟即麒麟。相傳牠的形狀特徵是：鹿身、牛尾、馬蹄，頭上一角，角上有肉。牠的聲音合乎鐘呂，行為合乎規矩，遊必擇處，不踐生物。嚴粲《詩緝》就說牠具有以下幾種德行：

> 有足者宜踶，唯麟之足可以踶而不踶……，有額者宜抵，唯麟之額可以抵而不抵……，有角者宜觸，唯麟之角可以觸而不觸。

所以，這是我國古代傳說中的仁獸。有人考證，以為牠就是現在我們所看到的長頸鹿。據說非洲索馬里語稱長頸鹿為「GERI」，聲音與麒麟非常接近。

在古代，因為麒麟是難得一見的仁獸，所以古人把牠當作祥瑞的動物，認為牠的出現，就是德政的效應。像唐代詩人李嶠，就有一首歌詠麒麟的詩：

> 漢祀應祥開，魯郊西狩迴。

·麟·

奇音中鐘呂，成角喻英才。
畫像臨仙閣，藏書入帝台。
若鷲能吐哺，為待鳳凰來。

這首詩就視之為祥瑞之物。因此，前人把「振振」解釋為仁厚，或盛多，或賢明，都是從稱讚頌美的觀點來解釋的，歷來也少有異議。可是，晚近以來，因為疑經風氣很盛，於是這篇作品也有了不同的說法。像聞一多就以為：這是一首以麟為贄的納徵之詩，跟召南〈野有死麕〉一詩，寫男求女，以麕為贄的作用一樣。聞氏又說：古時婚禮蓋以全鹿為贄，後世簡化，才換為鹿皮，本篇有趾有定有角，蓋以全鹿。聞氏解釋《詩經》，往往摒去舊說，喜從民俗的觀點，來另立新解，這又是一個明顯的例子。

除了聞氏之外，高亨也別創新說，他在《詩經今注》裡這樣說：

魯哀公十四年，魯人去西郊打獵，獵獲一隻麒麟，而不知為何獸。孔子見了，說道：「這是麒麟呀！」獲麟一事對於孔子刺激很大，他記在他所作的《春秋》上，而且停筆不再往下寫了。並又作了一首〈獲麟歌〉。這首詩很像是孔子的〈獲麟歌〉。詩三章，其首句描寫麒麟，次句描寫貴族，末句慨歎不幸的麒麟。意在以貴族打死麒麟比喻賢人遭到迫害（包括孔子自己）。

又說：

據《春秋》記載：「哀公十有四年春，西狩獲麟。」……蔡邕《琴操》記載：孔子看見麟，乃歌曰：「唐虞世兮麟鳳遊，今非其時來何求？麟兮麟兮我心憂。……」（《藝文類聚》卷十引）按《琴操》所載孔子的〈獲麟歌〉不類春秋時代的詩句，當是後人偽造。我認為〈麟之趾〉一詩，可能是孔子的〈獲麟歌〉，孔子把它附在《詩經．周南》之末。孔子的學生沒有把此事記下來。

這裡面很多是臆測之辭，顯然是把古書上說的孔子絕筆於獲麟一事，附會到這篇作品裡來了。

這首詩分三章，在寫作方法上，由麒麟的腳趾、額頭而頭角，由公子、公孫而公族，層次非常分明，姚際恆的《詩經通論》就這樣分析說：「趾、定、角，由下而及上；子、姓、族，由近而及遠。此則詩之章法也。」雖然說得非常簡短，但已經把此詩結構上的特色，和盤托出了。

召南

召南解題

〈召南〉收錄了〈鵲巢〉以下十四首詩。

西周初年，召公姬奭和周公姬旦分陝而治，召公坐鎮西都鎬京，統治西方諸侯，範圍包括現在河南西部、陝西南部及長江中上游一帶。相傳〈召南〉就是西周初年他統治地區的南方民歌。

不過，根據後人考證，〈甘棠〉篇中的「召伯」，不是指召公奭，而是指宣王末年征討淮夷有功的召穆公虎；〈野有死麕〉一篇，據《舊唐書．禮儀志》的說法，它應是周平王東遷以後的作品；至於〈何彼襛矣〉篇中「平王之孫，齊侯之子」的「平王」，魏源《詩古微》也認為是東周的平王宜臼。因此〈召南〉的產生時代，不應早於宣王之世，晚的可能已到東周初年了。

這是不是意味著〈召南〉和〈周南〉所收的詩篇，都有著作時代先後的問題有待解決？上文〈關雎序〉所謂：「〈關雎〉、〈麟趾〉之化，王者之風，故繫之周公」，「〈鵲巢〉、〈騶虞〉之德，諸侯之風也，先王之所以教，故繫之召公」，雖然認為二〈南〉都是「正始之道，王化之基」，但是不是也意味著〈召南〉是「諸侯之風」，而〈周南〉則是「王者之風」？如果是的話，那麼據周公召公分陝而治來論二〈南〉異同的說法，似乎有重估的必要。

其他參閱〈周南〉解題。

鵲巢

一

維鵲有巢，❶
維鳩居之。❷
之子于歸，
百兩御之。❸

二

維鵲有巢，
維鳩方之。❹
之子于歸，
百兩將之。❺

三

維鵲有巢，
維鳩盈之。❻

【直譯】

那喜鵲有了窠巢，
那鳲鳩進住了它。
這位姑娘要出嫁，
百輛車子迎接她。

那喜鵲有了窠巢，
那鳲鳩並棲著它。
這位姑娘要出嫁，
百輛車子護送她。

那喜鵲有了窠巢，
那鳲鳩擠滿了它。

【注釋】

❶ 維，發語詞。鵲，喜鵲，善築巢。
❷ 鳩，鳲鳩，即八哥。
❸ 兩，今「輛」字，一輛車。御，用車來迎接。
❹ 方，並、並棲。一說：同「放」，依靠；同「房」，居住。
❺ 將，扶持、護送。
❻ 盈，滿。借指陪嫁隨從的人很多。

・鵲・

之子于歸，　　　　這位姑娘要出嫁，
百兩成之。❼　　　百輛車子迎送她。

❼成，成全。指婚禮完成。

【新繹】

〈鵲巢〉是〈召南〉的第一篇，是一首歌詠新娘出嫁的詩篇。詩人看到喜鵲築巢，而鳲鳩入住，聯想到君子事業有成，建立家庭時，女子于歸，進住夫家，主持家事，和鳩居鵲巢的情況相彷彿，所以以此起興。「百兩御之」、「百兩將之」、「百兩成之」等句，是說迎接新娘的車子，有百輛之多，可見出嫁的這位新娘，不是平民的身分。因為出嫁時，有百輛車子來助成婚禮，在古代恐怕非諸侯大夫不能辦。《毛傳》就說：「諸侯之子嫁於諸侯，送御皆百乘。」百乘就是百輛。乘是從馬匹來說的，輛是從車輪來計算的。

這首詩，分為三章，每章四句。每章之間，各易二字而已。「維鵲有巢」的「維」字，是語首助詞，據胡適的〈談談詩經〉一文說，這個字等於口語中的「啊」；不過，把它解作「這是」、「那是」也不成問題。

開頭兩句是說，喜鵲善築窠巢，而鳲鳩雖不築巢，卻住進了它。鳲鳩，有人說是布穀鳥，但是從宋代嚴粲的《詩緝》開始，一直到清代的毛奇齡、馬瑞辰、王先謙等人，都一致認為鳲鳩應是鸜鵒，俗名八哥。湖南諺語：「阿鵲蓋大屋，八哥住現窩。」現在也還流行「鳩居鵲巢」或「鵲巢鳩佔」的成語，都好像是說鳲鳩撿現成的便宜。詩人看見這種情形，想到君子創業成家，備嘗辛苦，而女子一嫁到夫家，就享有丈夫的一切，因此把這兩件事聯想在一起，加以描寫。第二章的「方之」，第三章的「盈之」，都是以鳲鳩的為數之多，來比喻「之子于歸」時陪嫁媵妾之盛。

由於對「鳩居鵲巢」一事，歷來有不同的解釋，所以對此詩的欣賞，也就有了美刺等等不同的說法。例如：宋代梅堯臣〈詠鳩〉詩說：「一世為巢拙，長年與鵲爭。」就是說鳲鳩爭佔喜鵲的窠巢，多少含有貶抑的意味。因為把鳲鳩當作光撿便宜的鳥類，所以民國以來的說詩者，往往於此好立新說。像陳子展在《詩經直解》裡這樣說：「詩言鳩居鵲巢，以興國君夫人來嫁居君子之室。」然後進一步說：貴婦人被視為天生懶蟲或寄生蟲，《周易》言婦道無成有終之義，蓋自古代社會已有之矣。「據此可見三千年前詩人體物之妙，二千年來學者博物之精。」另外，像高亨在《詩經今注》裡，也說這是一首諷刺召南國君廢了原配而另娶新婦的詩。像這一類的說法，都是從諷刺的觀點來立論的，和〈毛詩序〉的說法並不相同。

〈毛詩序〉的說法是這樣的：「〈鵲巢〉，夫人之德也。國君積行累功，以致爵位，夫人起家而居有之，德如鳲鳩，乃可以配焉。」這是說國君（這裡指的應是召南的諸侯大夫）累積了很多德行功業，才能得到名爵祿位，而女子嫁給了他，就貴為夫人，可以享有他的一切。因此，〈毛詩序〉的作者以為夫人的德性，應如鳲鳩一樣，才可以德配君子。這樣的說法，顯然是不把鳲鳩當作光撿現成

‧鳩‧

便宜的鳥類，而是另有牠的德性了。

「德如鳲鳩」這句話，據鄭玄的《毛詩傳箋》，是說：「夫人有均壹之德，如鳲鳩然。」鳲鳩有什麼「均壹之德」呢？相傳鳲鳩這種鳥，在飼餵雛鳥時，早晨從上而下，傍晚從下而上，平均如一，永遠不變，所以詩人藉以勉勵新婚女子。關於這個道理，崔述的《讀風偶識》有一段話說得相當詳盡：

> 巢，鵲之巢，而鳩居之，言此國此家，皆夫之所有，非己所得私也。大凡女子之情，多私夫所有為己物，不體其夫之心，而惟己情是狥；故有視其前子庶子遠不如己子者，有疏其夫之兄弟而親己之兄弟者。不知此家乃夫之家，此國乃夫之國，當視夫之親疏以為厚薄。鳩但居鵲之巢而已，不得遂以為鳩巢也。必如是，然後可以配其夫。是以于歸之日，百兩御之。待之隆者，責之重也。方之者何？量度之也。盈之者何？生聚之也。鵲有巢而鳩居之，非但享其成業而已，亦必將有內助之功，然後可以無愧於婦職耳。

對於這首詩，假使沒有更明確更周全的說法，我以為〈毛詩序〉之說不必廢棄。只是，古今觀念大有不同，古人觀念如此，現代人對這首詩抱著什麼樣的看法，卻非我所敢問了。

采蘩

一

于以采蘩？❶
于沼于沚。❷
于以用之？
公侯之事。❸

二

于以采蘩？
于澗之中。
于以用之？
公侯之宮。❹

三

被之僮僮，❺
夙夜在公。❻

【直譯】

在哪裡採集蘩菜？
在池沼呀在洲渚。
在哪裡用得上它？
公侯的祭祀大事。

在哪裡採集蘩菜？
在山溪水澗之中。
在哪裡用得上它？
公侯的宮廟之中。

背負蘩菜來回忙，
從早到晚在公堂。

【注釋】

❶于以，在何處。以，通「台」（音「怡」），何。一說：于以猶爰以、粵以，皆語詞。蘩，菜名，白蒿。

❷沼，水池。沚，洲渚、水塘。

❸事，祭祀之事。一說：蠶桑之事。

❹宮，宗廟。一說：蠶室。

❺被，背負、把東西放在背上。一說：「髲」（音「皮」）的借字，用假髮編成的頭髻。僮僮，來往不停的樣子。一說：高聳美盛的樣子。

❻夙夜，早晚，猶言整天。公，公所、辦公處。

被之祁祁，❼
薄言還歸。❽

背負蘩菜多又多，
我們趕快回公所。

❼ 祁祁，眾多的樣子。
❽ 薄言，已見〈芣苢〉篇。

【新繹】

據〈毛詩序〉說，〈采蘩〉是一首描寫諸侯夫人能夠奉祭祀而不失職的詩篇。

蘩，菜名，有人以為就是白蒿，又名由胡、皤蒿、旁勃，是一種多年生的草本植物，春天生，秋天開花，可以食用，也可以用來蒸配他物。袁梅的《詩經譯注》就說它和蘋藻一樣，都是芼牲的水草。芼牲，就是加在肉上或雜肉為羹的菜蔬。蘩是古人常見的食物，並不貴重，但是卻可供祭祀之用，所以《左傳．隱公三年》就有這樣的話：「苟有明信，澗谿沼沚之毛，蘋蘩蘊藻之菜，筐筥錡釜之器，潢汙行潦之水，可薦於鬼神，可羞於王公。」又云：「〈風〉有〈采蘩〉、〈采蘋〉，〈雅〉有〈行葦〉、〈泂酌〉，昭忠信也。」杜預注：「〈采蘩〉、〈采蘋〉，義取於不嫌薄物。」胡承珙《毛詩後箋》更徵引經文多處，來說明蘩「為物薄，而用可重」。可見蘩之為物，雖然微薄，但在古代可以用來供奉祭祀，乃是不爭的事實。所以，〈毛詩序〉的奉祭祀之說，未始不可取。問題只在於採集者是否必為公侯夫人而已。

以常情推測，蘩為薄物，公侯夫人似乎沒有必要親自到山溪水澗

·蘩·

之中去採取。可能因為如此，所以高亨在《詩經今注》就把此詩解為：「這首詩的作者，是諸侯的宮女，敘寫她們為諸侯采蘩，以供祭祀之用。」其實，採集的人是不是宮女，也還有待商榷。我們今天所看到的〈國風〉，雖然可能已非民間歌謠的原始面目，但是我們不要忘了，它們畢竟原來還是民間歌謠，因此〈采蘩〉一詩，應該是心存忠信的「召南」之人，為公侯採集蘩菜，以供祭祀之作。只是後來經過孔子的整理、儒者的解說，它才和〈鵲巢〉、〈采蘋〉等篇，配上〈周南〉的〈關雎〉、〈葛覃〉、〈卷耳〉，被賦予了政教風化的意義。根據《儀禮》、《周禮》等書的記載，古代在舉行「鄉飲酒禮」、「鄉射禮」和「燕禮」時，這六篇詩歌是被當作禮樂來演奏的，由此可以想見它們在古人心目中的地位。在舉行射禮樂師演奏時，射手要配合音樂控制動作，〈采蘩〉這一樂章還被指定為士所專屬的節奏。它和〈采蘋〉專屬於大夫階層是不同的。

不過，從朱熹開始，這首詩除了奉祭祀之說以外，又有了採蘩以供養蠶的說法。朱熹在《詩集傳》裡這樣說：

> 南國被文王之化，諸侯夫人能盡誠敬，以奉祭祀，而其家人敘其事以美之也。
> 或曰：蘩所以生蠶。蓋古者后夫人有親蠶之禮，此詩亦猶〈周南〉之有〈葛覃〉也。

從「或曰」以下，就是說明此詩或與養蠶有關。這是把蘩解釋為「箔」，也就是養蠶的工具了。這種說法，後來也有人參酌採用，像程俊英的《詩經譯注》，就說此詩是「描寫蠶婦為公侯養蠶的詩」，另外還有人說：「周代諸侯佔有廣大的桑園和養蠶的房屋。宮女采蘩，供養蠶之用。蘩可以做蠶窩，以便蠶在窩上作繭。」不過，大抵說來，主張奉祀之說的人，還是比較多。

這首詩共三章，每章四句，每句四字。這是《詩經》中常見的一種格式。第一、二兩章，有如一問一答，說明採蘩的地點和用處。「于以」，猶言在何、在什麼地方。「公侯之事」，據屈萬里老師的說法：「古謂祭祀之事曰有事，甲骨文、周易爻辭，皆常用此語。」就因為把「公侯之事」釋為「祭祀之事」，所以下文「公侯之宮」的「宮」，一般人也就解作「廟」了。

前兩章句法重複，步調一致，但第三章則迥異於前。歷來的解說，尤為紛歧。「被之僮僮」、「被之祁祁」的「被」，舊說多解作「髲」字的假借。髲，就是用別人頭髮編成的假髻，這是當時婦女的一種首飾。「僮僮」、「祁祁」，也大多用來形容首飾之盛。要是依照這些說法，那麼第三章就是描寫在公廳祭祀行禮的婦女，首飾是如何的繁盛齊整了。我以前每次讀到這裡，總是覺得這種講法和前二章頗為隔離，不無突兀之感。後來看了清代牟庭的《詩切》一書，他把「被之」一句解作背負白蒿，才覺得稍釋於懷，認為可以和前二章互為呼應，所以這裡第三章的譯文，也就採用了他的說法。

草蟲

一

喓喓草蟲，❶
趯趯阜螽。❷
未見君子，❸
憂心忡忡。❹
亦既見止，❺
亦既覯止，❻
我心則降。❼

二

陟彼南山，❽
言采其蕨。❾
未見君子，
憂心惙惙。❿
亦既見止，

【直譯】

喓喓叫的是草蟲，
蹦蹦跳的是阜螽。
沒有見到我良人，
憂慮的心亂忡忡。
如果已經相見了，
如果已經相聚了，
我的心情就安定。

登上那南邊的山，
我去採集那蕨苗。
沒有見到我良人，
憂慮的心亂糟糟。
如果已經相見了，

【注釋】

❶喓喓（音「腰」），蟲鳴聲。草蟲，指螽而言，即蟈蟈。
❷趯趯（音「替」），跳躍的樣子。阜螽，即蚱蜢。蝗蟲的一種。
❸君子，良人。古代婦女對其丈夫的美稱。
❹忡忡（音「冲」），猶「衝衝」，心情激動的意思。
❺亦，如、若。止，語尾助詞。一說：之，指上文的「君子」。
❻覯，音「夠」，遇見。
❼降，放下。即今言放心之意。
❽陟，登、爬上。已見〈卷耳〉篇。
❾蕨，羊齒類植物，長於山中野外，嫩葉可食。

亦既覯止，
我心則說。⑪

如果已經相聚了，
我的心情就會好。

三

陟彼南山，
言采其薇。⑫
未見君子，
我心傷悲。
亦既見止，
亦既覯止，
我心則夷。⑬

登上那南邊的山，
我去採集那薇菜。
沒有見到我良人，
我的心裡真悲哀。
如果已經相見了，
如果已經相聚了，
我的心情就自在。

⑩ 惙惙（音「輟」），心憂氣促的樣子。
⑪ 說，同「悅」。《魯詩》作「悅」。
⑫ 薇，即野豌豆苗，一種山菜。
⑬ 夷，平、悅。是說心情平靜。

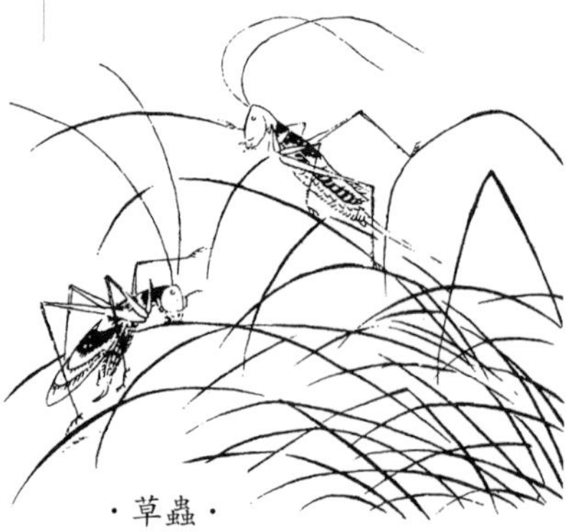
·草蟲·

【新繹】

〈草蟲〉一詩，歷來解說紛歧。據〈毛詩序〉說，此詩是寫「大夫妻能以禮自防也」。為何以禮自防，如何以禮自防，因為句中語焉不詳，無從知其究竟。《毛傳》、《鄭箋》、《孔疏》都以「歸宗」之義，來解釋這首詩。所謂歸宗，是指女子出嫁後，不為丈夫所容，被遣送回家。裴溥言、糜文開先生在《詩經欣賞與研究》一書中，參考《孔疏》和陳奐《詩毛氏傳疏》的注解，如此闡釋這種說法：

> 我們知道周代貴族娶妻，有反馬禮俗，男方對新娘如果不滿意，三個月之內，可以令她歸宗，退還給娘家。新娘必得等三個月廟見之後，才算完成結婚手續，而成為正式夫妻。……這等於試婚三月，新娘的提心吊膽，唯恐丈夫挑剔的日子是不好過的。頂大的難關是到了男家，同牢而食的正式見面，和見面以後洞房的初夜。新娘要過了這兩關，才可放心。所以詩中特別強調「未見君子，憂心忡忡」！要到「亦既見止，亦既覯止」，新郎不嫌棄她，方始「我心則降」，像石塊落地般可以安心。〈草蟲〉篇就是寫這種新嫁娘心理的詩。

裴先生的闡釋，生動活潑，使《毛傳》以來古文學派的說法，充滿了情趣，一點也不枯燥。王先謙《詩三家義集疏》中，則採劉向《說苑．君道篇》和《左傳．襄公二十七年》的引《詩》之說，以「好善道」來說明此詩的旨意，代表今文學派「斷章取義」的意見。這和古文學派以歸宗之義，來解釋詩旨，同樣都是漢代儒者早已有之的說法。

這些說法，到了宋代，大都不被採用。歐陽修的《詩本義》即謂此詩是：「召南之大夫出而行役，其妻所咏。」朱熹的《詩集傳》也說是：「南國被文王之化，諸侯大夫行役在外，其妻獨居，感時物之變，而思其君子如此，亦若〈周南〉之〈卷耳〉也。」近人時賢多採宋儒之說，以為此乃思婦懷念征夫勞人之作。不過，大都不說詩中的「君子」，是召南的諸侯大夫，而只是平民的身分。

從上所述，可見此詩的解釋，歷來就很歧異。今古文學派之間，漢宋儒生之間，都大有爭議。我個人以為就詩論詩，宋儒之說，是比較可以採取的。進一步說，詩中的「君子」，假使不指在上位的諸侯大夫，那麼，近人時賢的說法，又要比宋儒的說法更為合理。只是，〈小雅〉的〈出車〉一詩，全詩六章，其中第五章如下：「喓喓草蟲，趯趯阜螽，未見君子，憂心忡忡。既見君子，我心則降。赫赫南仲，薄伐西戎。」句子和〈草蟲〉重複的很多，而且，詩中的「南仲」，正是周宣王時平定外患的大臣。如此說來，宋儒說此詩是大夫行役在外、其妻所咏的作品，也不是無稽之談。

這首詩凡三章，每章七句，每句四字。在表現方法上，詩人的筆觸，一直跳動著，由秋天寫到春夏，由景物寫到情感，由現實寫到幻想。

第一章開頭二句，就寫出「秋景如繪」的景物。草蟲的鳴叫，蚱蜢的跳躍，一則點明季節，一則形容思婦憂心的忡忡。「未見君子」，是全篇的題目中心。就是因為沒有見到所懷念的人，才會心情憂傷，也才會有「亦既見止，亦既覯止，我心則降」的擬想。這裡「亦既」的「亦」字，作「若」講；元代許謙《詩集傳名物鈔》就說：「亦既見，意之之詞也。詩作於憂思之日，非既歸之時也。」有人把「亦既覯止」的「覯」字，根據《鄭箋》，說是「媾」的意思，指男女的交合，所謂「男女覯精，萬物化生」。我總覺得不妥。我以為「覯」亦「見」意，就是遇見、相聚的意思。讀者於此，似乎不必求其深解。

第二、三兩章的「陟彼南山」，有登高望遠之意。蕨、薇都是生長在山野中的植物，前者初春生葉，後者暮春結筴。詩中的「言采其蕨」、「言采其薇」，正寫季節的遞換。以下各句，都是重複第一章的句意，而各易一二字，以強調心裡的憂傷和想念的殷切而已。方玉潤的《詩經原始》，解釋這首詩，有一段話說得好：「始因秋蟲以寄恨，繼歷春景而憂思。既未能見，則更設為既見情形，以自慰其幽思無已之心。此善言情作也。皆皆虛想，非真實覯。」旨哉斯言！

清代道光年間，陳繼揆的《讀風臆補》，在晚明戴君恩的《讀風臆評》基礎之上，或注以經，或取諸史，更常以漢魏唐宋以下名家詩來貫通疏證，因而每能啟人心眼。例如對這首詩，他就這樣評道：「采薇蕨而傷心，正所謂『忽見陌頭楊柳色，悔教夫壻覓封侯』也。若杜審言『獨有宦遊人，偏驚物候新』，則與詩意相對照矣。」仔細想想，詩中情境真的非常相似，可以互相印證。

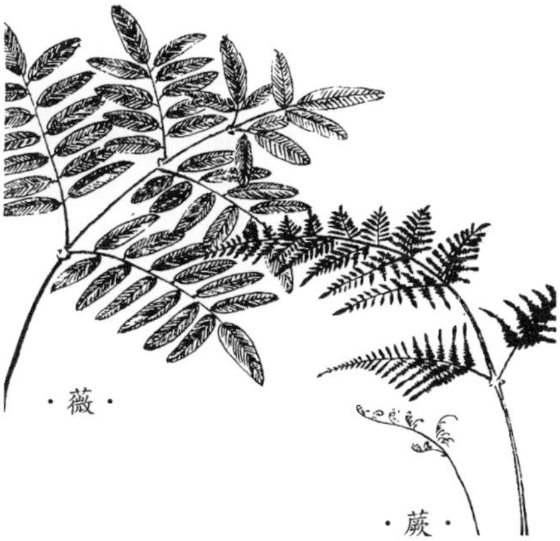

·薇·

·蕨·

·阜螽·

采蘋

一

于以采蘋？❶
南澗之濱。
于以采藻？❷
于彼行潦。❸

二

于以盛之？
維筐及筥。❹
于以湘之？❺
維錡及釜。❻

三

于以奠之？❼
宗室牖下。❽

【直譯】

在哪裡採集白蘋？
南面山澗的水濱。
在哪裡採集水藻？
在那水溝和池沼。

用什麼來盛放它？
方的筐和圓的籮。
用什麼來烹煮它？
三腳釜和平底鍋。

在哪裡來擺設它？
在宗廟的窗牖下。

【注釋】

❶ 于以，在何處。已見〈采蘩〉篇。蘋，一種形似浮萍、大而可食的水中植物。

❷ 藻，一種可以食用的水生植物。古人祭祀時，和蘋都常做為祭品。

❸ 行潦，道路上的積水。潦，雨後的積水。一說：行，通「洐」，溝水。

❹ 維，是。筥，用來盛物的圓形竹器。筐是方形的竹器。

❺ 湘，「鬺」（音「湘」）的借字，烹煮。

❻ 錡，音「椅」，和釜都是金屬製成的炊器。錡三足，釜無足。

❼ 奠，陳設祭品。

❽ 宗室，宗廟。牖，音「有」，窗。

誰其尸之？❾
有齊季女。❿

哪位會來薦祭它？
齊國嫁來的嬌娃。

❾ 尸，古代祭祀時，充當神靈接受祭拜的活人。後代多以遺像或畫像替代。此作主持、負責解。

❿ 齊，齊國。一說：齊通「齋」，誠敬的樣子。季女，少女。

【新繹】

〈采蘋〉是一首敘述女子祭祖的詩。這位祭祖女子的身分，古今的學者大都說是貴族，沒有異議，但是，這位祭祖女子應是已嫁的主婦或是待嫁的女子，歷來則有種種不同的說法。〈毛詩序〉說：「〈采蘋〉，大夫妻能循法度也，能循法度，則可以承先祖，共祭祀矣。」這是說祭祖的女子，已是出嫁的大夫之妻。《毛傳》說：「古之將嫁女者，必先禮之於宗室。」《鄭箋》也說：「古者婦人先嫁三月，祖廟未毀，教于公宮；祖廟既毀，教于宗室。」這是說祭祖的女子，是待嫁的新娘，在她出嫁之前三月，家人為她祭告祖廟，由師氏（女師）教她婦德、婦言、婦容、婦功等等待人處事之道。

以上這兩種說法，雖有不同，但是合在一起講，卻還是可以講得通。像王先謙《詩三家義集疏》就這樣說：「召南大夫之妻，娶異國之女，推其在家教成而祭之時而言。」屈萬里老師在《詩經詮釋》裡，解釋末句「有齊季女」時，也這麼說：「《儀禮》少牢饋食禮，薦韮葅醓醢者為主婦，而非少女。此齊字疑乃齊國之齊；蓋齊國之季女，嫁為南國某大夫之主婦也。」我個人覺得，這種合二者為一的說法較為可取。

這首詩凡三章，每章四句，每句四字。全詩從頭到尾，都是問答體，一句問，一句答，這和上文所謂「教成而祭」是可以對照的。方玉潤《詩經原始》說：「此詩非咏祀事，乃教女者告廟之詞。觀其歷敘祭品、祭器、祭地、祭人，循序有法，質實無文，與〈鵲巢〉異曲同工。蓋〈鵲巢〉為婿家告廟詞，此特女家祭先文耳。」說此詩「乃教女者告廟之詞」，可以參考《禮記》的〈昏義〉，能不能成立，固然有待商榷，但本詩一問一答，以及「歷敘祭品、祭器、祭地、祭人，循序有法」，則是顯而易見的形式特徵。

第一章是說祭品，蘋藻正是祭祖告廟時常用之物。我在析論〈采蘩〉一詩時，曾引《左傳．隱公三年》的一段話：「苟有明信，澗谿沼沚之毛，蘋蘩蘊藻之菜，筐筥錡釜之器，潢汙行潦之水，可薦於鬼神，可羞於王公。」說明蘩雖為薄物，古人卻可用以供奉祭祀，所取者就在誠敬而已。此詩中的「蘋」、「藻」也一樣，它們都是淺水流潦之中就可採摘的微物，但只要祭者有誠敬之心，它們也就可以是祭祖告廟時的祭品。

·藻·

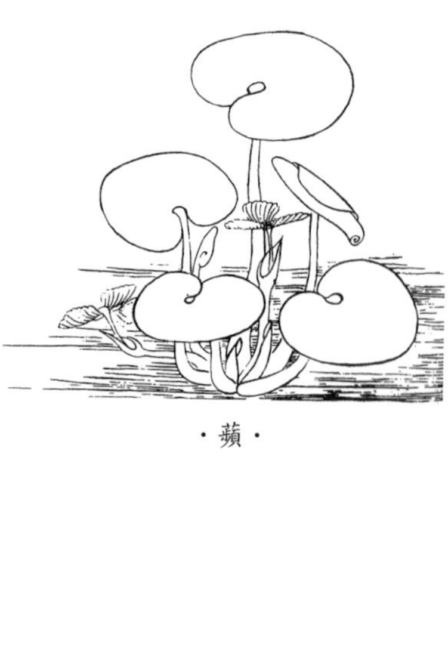

·蘋·

第二章是說祭器。此承第一章而來，是說把採集的蘋藻，盛放在筐籮裡帶回來，再用「錡」和「釜」這些祭器，把它們烹煮成菜羹。「湘」是「鬺」的借字，就是烹煮的意思。錡是三隻腳的鍋子，釜是平底無腳的鍋子，都不是什麼貴重的祭器，其取義也是在於誠敬而已。

第三章是說祭地和祭人。祭地是在宗廟的窗牖之下，這地點通常是在室中的西南隅。祭人是「有齊季女」。「有齊」，舊說齊即齋，是形容誠敬美好的意思，所以歷來多將此句解作：設羹薦祭或替身為尸的人，是誠敬美好的少女。可是，明代何楷的《詩經世本古義》，根據《左傳・襄公二十八年》「濟澤之阿，行潦之蘋藻，寘諸宗室，季蘭尸之，敬也」這一段話，以為：「有齊」的「齊」，應指齊地，而非「齋」的借字；「季女」即是「季蘭」。這種說法流傳以後，頗引起學者的注意，遂對「季蘭」一詞，紛作推測。有人說：「此季蘭必是當時實有其人」，有人說：「蘭，或季女之姓」，清代牟庭《詩切》則謂：「蘭，古嬾字。」真是所謂眾說紛紜，莫衷一是。因此，這裡的譯文，暫時採用舊說而稍變化之。

最後，要補充說明的有兩點：一、此詩在三家詩《齊詩》的排列次序中，原在〈草蟲〉一詩之前，前人多以之為是；二、《詩經》「于以」兩字連用者有十一次，其中九次見於〈召南〉，本篇用了五次，〈采蘩〉一詩用了四次，意思都是「於何」，用白話說，就是「在哪裡」的意思。這種用法是非常特別的，或許這是保存了召南地區當時特有的語法。

甘棠

一

蔽芾甘棠，❶
勿翦勿伐，❷
召伯所茇。❸

二

蔽芾甘棠，
勿翦勿敗，
召伯所憩。❹

三

蔽芾甘棠，
勿翦勿拜，❺
召伯所說。❻

【直譯】

枝葉遮蓋的甘棠，
不要剪除不要砍，
召伯住過這草房。

枝葉遮蓋的甘棠，
不要剪除不要折，
召伯歇息過這兒。

枝葉遮蓋的甘棠，
不要剪除不要攀，
召伯這裡納過涼。

【注釋】

❶ 蔽芾（音「沸」），樹木茂盛掩蓋的樣子。甘棠，棠梨樹。

❷ 翦，同「剪」，是說剪其枝葉。伐，砍，是說砍其樹幹。

❸ 召伯，舊說指召公奭，後來學者多以為指召穆公虎。茇，音「跋」，本義是草舍，此作動詞用，意思是短暫休息。

❹ 憩，音「氣」，休息。

❺ 拜，攀拔。與上文「敗」都有攀折毀損之意。

❻ 說，通「稅」，停車下馬休息。

【新繹】

〈甘棠〉是一首歌頌召伯的詩。召伯遺愛人間，召南地區的人民感念他的政績，所以藉不敢砍他所歇息過的棠梨樹，來表示對他的懷念之意和敬愛之忱。

詩中的「召伯」，究竟是指西周初年的召康公奭，或者是指周宣王時的召穆公虎，歷來是有爭議的。古代解說《詩經》的人，因為相信二〈南〉之詩，是西周初年的作品，所以不管是古文學派或今文學派，都一致以為這裡的「召伯」，必指召公奭無疑。召公奭和周公旦一樣，是周朝的開國輔政大臣，在周武王建立周朝之後，便受命和周公分陝而治，自陝而東，由周公管轄，自陝而西，則由召公治之。〈毛詩序〉說：「〈甘棠〉，美召伯也。召伯之教，明於南國。」《鄭箋》註明說這召伯就是召公奭。古文學者如此，今文學派的三家詩也莫不然。而且，三家詩多從聽訟決獄方面，進一步來闡釋召伯的政績。根據王先謙《詩三家義集疏》的引述，《魯詩》說：「召公巡行鄉邑，有棠樹，決獄政事其下。自侯伯庶人各得其所，無失職者。召公卒，而民人思召公之政，懷甘棠不敢伐，歌詠之，作〈甘棠〉之詩。」《齊詩》說：「召公，賢者也，明不能與聖人分職，常戰慄恐懼，故舍於樹下而聽斷焉。」《韓詩》說：「昔召公述職，當民事時，舍於棠下而聽斷焉，是時人皆得其所。後世思其仁恩，至乎不伐甘棠，〈甘棠〉之詩是也。」可見三家詩多從聽訟決獄方面

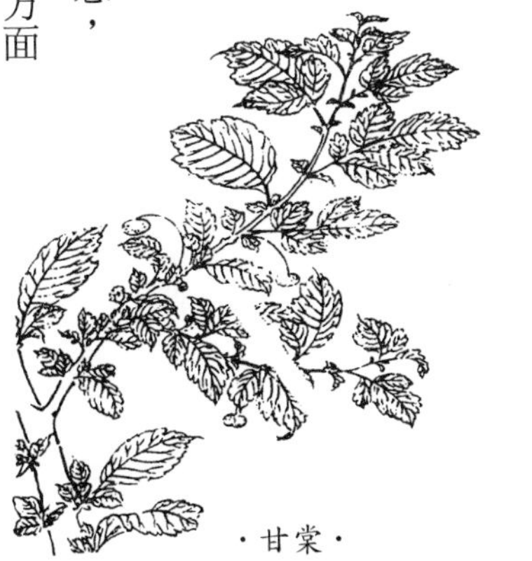

・甘棠・

來解說。其中有的還說召公「舍於棠下」，可以想見召公的勤政愛民之情。

民國以來的一些學者，因為認為二〈南〉之詩，應是周室東遷前後的作品，所以斷定〈甘棠〉詩中的「召伯」，不是召公奭，而是召公虎。梁啟超的《古書真偽及其年代》，傅斯年的〈周頌說〉，陸侃如、馮沅君的《中國詩史》等，就同樣都說「召伯」是指周宣王末年征伐淮夷有功的召公虎。屈萬里老師在《詩經詮釋》裡這樣說：

> 召伯，召穆公虎也。早期經籍，於召伯虎或稱公，而絕無稱召公奭為伯者。召伯之稱，又見於〈小雅．黍苗〉及〈大雅．崧高〉，皆謂召虎；而〈大雅．江漢〉之篇，於虎則曰召虎，於奭則曰召公，區別甚明。舊以此詩為美召公奭者，非是。

這種說法，前人偶已發之。像清代乾隆年間的牟庭，在他的《詩切》一書中，即有類似的意見。我以為這種說法，理由比較充分，是可以信從的。

此詩凡三章，每章三句，每句四字。三章的第一句，文字完全相同，其他二句也不過各易一字而已。這種文字的重複，音節的複沓，正是《詩經．國風》的共同特色。

「蔽芾甘棠」的「蔽芾」，不止是形容甘棠樹的高大茂密，而且有枝葉遮蔽覆蓋的意思。甘棠，一名棠梨，是一種可以高達十公尺的落葉喬木，古人常常種植在公廨或社廟之前，以為綠籬。這裡是說：眼前的甘棠樹，垂蔭如蓋，是召伯曾經休息過的地方。「召伯所茇」的「茇」，歷來多解為「废」的借字，意思就是草舍。《鄭箋》和魯齊韓三家說詩，都把此字落實來說，解作「舍於棠下」。好像召公真的在甘棠樹下蓋了草房，來聽訟決獄或勸農教稼了。實際上，這首的「茇」字，名詞作動詞用，只是休息的意思。羅中行就說過：「止於其下以自蔽，猶草舍耳，非謂作舍也。」意思是說召公臨民治事之時，曾經在此樹下休息，樹高而大，枝繁葉茂，其蔭如蓋，猶如草房，所以詩人歌詠時，就誇飾而成「召伯所茇」了。

第二章的「召伯所憩」和第三章的「召伯所說」，「憩」前人解為「愒」的借字，意思是臥著休息；「說」前人解為「稅」的借字，意思是停車下馬休息。其實，也都是「休息」的意思。「茇」、「憩」、「說」雖有層次的不同，但事實上都只是詩人在歌詠時，在文字上求其變化而已。

同樣的道理，詩人要寫召南之人對召伯的懷念，見其常所憩止的甘棠，枝繁葉茂，蔥倩如故，不覺睹樹思人，因而有了「勿翦勿伐」、「勿翦勿敗」、「勿翦勿拜」的句子。據朱熹說，「翦」是「剪其枝葉」，「伐」是「伐其條幹」，「敗」是「折」，「拜」是「屈」。換句話說，後人感念召伯的恩德，對他所曾休息過的樹木，不忍心去砍伐，甚至連去剪短攀折都有所不忍。一樹尚且如此，其他就更不必贅言了。這種寫法，方玉潤稱之為「即小以見大」。

方玉潤的《詩經原始》，對此詩還有一段評語：「他詩鍊字一層深一層，此詩一層輕一層，然以輕而愈見其珍重耳。」我們回頭看看詩中由「勿伐」而「勿敗」而「勿拜」，由「所茇」而「所憩」而「所說」，果然是「一層輕一層」，也果然是「以輕而愈見其珍重」，就不能不佩服古人有時三言兩語即能說出文章精蘊的本領。

行露

一

厭浥行露，❶
豈不夙夜？❷
謂行多露。❸

二

誰謂雀無角，❹
何以穿我屋？
誰謂女無家，❺
何以速我獄？❻
雖速我獄，
室家不足！❼

三

誰謂鼠無牙，❽

【直譯】

濕漉漉路上朝露，
難道不早晚趕路？
只是路上多朝露。

誰說麻雀沒尖咮，
怎會穿過我屋子？
誰說你沒成過家，
怎會逼我打官司？
雖然逼我打官司，
結婚理由不充足！

誰說老鼠沒利牙，

【注釋】

❶厭浥（音「邑」），陰濕的樣子。行，音「杭」，道路。下同。

❷夙夜，早晚。已見〈采蘩〉篇。一說：早夜，強調早起。

❸謂，發語詞，自以為的意思。一說：謂，「畏」的借字。

❹角，咮、鳥類的尖嘴。

❺女，《韓詩》作「爾」，汝、你。

❻速，催逼。獄，訴訟、打官司。

❼室家，室指男有妻，家指女有夫，二者合言，即結婚之意。

❽古人說鼠有齒無牙，見陸佃《埤雅》。牙，壯齒。

何以穿我墉？❾
誰謂女無家，
何以速我訟？❿
雖速我訟，
亦不女從！⓫

怎會穿越我牆下？
誰說你沒成過家，
怎會逼我起訴訟？
雖然逼我起訴訟，
也絕不對你順從！

❾ 墉，音「庸」，高牆。
❿ 訟，爭、訴訟。
⓫ 「亦不從女」的倒裝句。

【新繹】

〈行露〉一詩，據〈毛詩序〉的說法，是稱美「召伯聽訟」的作品，「哀亂之俗微，貞信之教興，強暴之男不能侵陵貞女也。」後人因此以為是貞女拒婚之作，而且多視為召伯折獄的美談。清代王先謙《詩三家義集疏》引述《魯詩》說云：

> 召南申女者，申人之女也，既許嫁於酆，夫家禮不備而欲迎之。女與其人言，以為夫婦者，人倫之始也，不可不正。《傳》曰：正其本則萬物理，失之毫釐，差之千里，是以本立而道生，源始而流清。故嫁娶者，所以傳重承業，繼續先祖，為宗廟主也。夫家輕禮違制，不可以行。遂不肯往。夫家訟之於理，致之於獄。女終以一物不具、一禮不備，守節持義，必死不往，而作詩曰：「雖速我獄，室家不足。」言夫家之禮不備足也。

君子以為得婦道之宜，故舉而揚之，傳而法之，以絕無理之求，防淫泆之行。又曰：「雖速我訟，亦不女從。」此之謂也。

這段話見於漢代劉向的《列女傳．貞順篇》。王氏《集疏》又引《齊詩》、《韓詩》之說，論點大致相同。這是說：因為男方婚禮禮品不夠齊全，手續不夠完備，所以這位守節持義的貞女，誓不相嫁，即使被告到官府、引起訴訟，也在所不惜了。後來宋代的朱熹《詩集傳》等等，也都沿用了這些觀點，只是稍變其說而已。

可見漢代以下，對於這首詩的看法，無論是古文或今文學派，都大抵近似。不過，到了清代，卻頗有一些學者，對這些舊說表示懷疑。像牟庭的《詩切》，就說這一對興頌的未婚男女：

蓋既相約為婚，不可謂強暴，六禮不備，必由夫家貧耳。婦人所重在貞信，若為貧富易心，是不貞信也。不可以為婦道之儀，安得舉而揚之，傳而法之乎？

方玉潤的《詩經原始》也說：

夫昏嫁稱家有無，此女果賢，雖寄廡賃舂之士，亦當御裝飾，著布裙，操作而前以相從。茲乃以室家不足故，反生悔心，致興獄訟，而猶謂之為賢。吾不知其賢，果安在也？

崔述的《讀風偶識》說得更具體：

所謂禮未備者，儀乎？財乎？儀耶？男子何惜此區區之勞，而必興訟？訟之勞，不更甚於儀乎？財耶？女子何爭此區區之賄，而甘入獄？婚娶而論財，又何取焉？揆之情理，皆不宜有。細詳詩意，但為以勢迫之不從，而因致造謗與訟耳，不必定為女子之詩，如〈序〉、《傳》云云也。

他們都以為：僅僅因為婚禮禮品或儀式的不夠齊備，就誓不相嫁，這決不是貞女或賢女應有的行為。崔述甚至以為這篇作品「不必定為女子之詩」。這種持疑的說法，頗有道理，所以晚近以來，解說《詩經》的人，每就詩中「誰謂女無家」等句，來探討此詩的旨趣所在。有的說是女方家長痛斥一個無理逼婚的男子（這是把「誰謂女無家」的「女」，解釋為「女子」），有的說是貞女嚴詞拒絕一位已有妻室的男子（這是把「女」字解釋為「汝」、「你」），其他的說法不一而足，這裡就不一一贅舉了。

這首詩凡三章，第一章三句，每句四字。第二、三兩章都是六句，前四句五字，後兩句四字。不管是內容含意或句法格調，第一章和後面兩章都頗有不同，似乎不能連貫。因此，歷來有不少人存疑其間。像宋代的王柏，就曾懷疑此詩應無今日所見的

·雀·

第一章。不過，這都只是推測而已，並無實據，所以我們仍然保存它本來的面目。

我對這首詩，基本上採取〈詩序〉和《朱傳》的說法。第一章是說，以禮自守的女子，以路上多露為喻，來說明早夜獨行，或有強暴侵陵之患；第二、三兩章，則以雀有利嘴、鼠有壯牙為喻，來說明對方已有家室，卻尚致我涉訟於獄，真可謂是「強暴之男」矣。「雖速我獄，室家不足！」是說明貞女所以抗拒的理由；「雖速我訟，亦不女從！」則是表明貞女絕不妥協的心志。陳子展《詩經直解》說古代社會「刑不上大夫，禮不下庶人。此女拒絕強婚，雖速獄速訟，而語調倔強。即令其居卑處賤，當亦屬於自由民或士之一階層。」這種說法，對讀者應該頗有參考的價值。姑且附錄於此，以供採擷。

羔羊

一

羔羊之皮，❶
素絲五紽。❷
退食自公，❸
委蛇委蛇。❹

二

羔羊之革，❺
素絲五緎。❻
委蛇委蛇，
自公退食。

三

羔羊之縫，❼
素絲五總。❽

【直譯】

穿著羔羊的皮面，
白色絲線交相縫。
下班吃飯出公門，
搖搖擺擺多從容。

穿著羔羊的皮裡，
白色絲扣交相繫。
搖搖擺擺多悠閒，
公門下班去吃飯。

穿著羔羊的皮襖，
白色絲結交相繞。

【注釋】

❶ 羔，小羊。皮，羔羊的皮，可以做成皮裘或皮弁（禮帽）。
❷ 五紽，交叉縫製的意思。五，通「午」，交錯的樣子。紽，音「佗」，用絲線把皮塊縫合起來。一說：束絲的數量。
❸ 同「自公退食」，是說從公家吃完飯退席回家。今言下班。公，公門、公家。
❹ 委蛇，音「威儀」，也寫成「逶迤」，走路搖擺、悠閒自得的樣子。
❺ 革，去了毛的獸皮，此指皮袍裡子。
❻ 緎，音「域」，義與「紽」同，但縫合的次數比紽多。
❼ 縫，皮與皮接合的地方。

委蛇委蛇，搖搖擺擺多歡欣，
退食自公。下班吃飯出公門。

❽ 緫，義同「紽」、「緎」。古人說：五絲為紽，四紽為緎，四緎為緫。

【新繹】

〈羔羊〉這首詩，描寫召南大夫的衣裘和公食。像《詩經》的其他篇章一樣，這一首詩從字句的解釋到篇旨的推定，歷來有很多不同的說法。

〈毛詩序〉是這樣詮釋的：「〈羔羊〉，〈鵲巢〉之功致也。召南之國，化文王之政，在位皆節儉正直，德如羔羊也。」這一段話，後人認為頗為費解，提出批評的也不少，但是說它站在稱頌的立場，讚美大夫的「節儉正直」，是沒有異議的。因此，後來說詩者往往據此立論。朱熹《詩集傳》也說：「南國化文王之政，在位皆節儉正直，故詩人美其衣服有常，而從容自得如此也。」

這種說法，有個很難解決的問題。那就是：〈詩序〉所說的「節儉正直」，和詩中所描寫的羔羊皮裘、退食自公二事，究竟有著什麼樣的關係。

「羔羊之皮」、「羔羊之革」、「羔羊之縫」，這首詩三章的開頭第一句，都是描寫召南大夫所穿的皮裘。大羊叫做羊，小羊叫做羔，因此「羔羊」二字，可以分開來看，說是指小羊和大羊。不過，假使要配合〈詩序〉的「節儉」之說，自然是把「羔羊」解作「小羊」比較好。「皮」、「革」、「縫」，都是指用羔羊製成的皮裘而言。「皮」、「革」，現代白話中的用法，跟古代差不多，不必多說；「縫」這個字，在這裡的意義，據《毛傳》的解釋是：「言縫殺之大小，得其制。」朱熹的解釋是：「縫皮合之以為裘也。」都是指縫合、製成皮裘而言。值得注意的，是《毛傳》的「得其制」一句，意思是合乎禮制規定，和〈詩序〉的「正直」之說，可以合看。我個人以為〈詩序〉的「節儉正直」之說，就是這樣得來的。

每章的第二句，「素絲五紽」、「素絲五緎」、「素絲五總」，是皮裘縫製的實際描寫。素絲，就是白絲，但也有人（像牟庭）說是白絹。「五紽」、「五緎」、「五總」，有人說是指白絲的數量，所以王引之《經義述聞》說：「五絲為紽，四紽為緎，四緎為總。五紽二十五絲，五緎一百絲，五總四百絲。」王先謙也有類似的說法。這是說古人在縫合皮革時，用白絲為紃，「紽」、「緎」、「總」正是「數取遞增，文因合韻」，借以說明所用的白絲數量。同樣從數量方面來解釋，今人高亨的《詩經今注》，卻是這樣說的：

> 周代人的衣，一邊縫上五個（或三個）絲繩的紐子，古語叫做紽，今語叫做紐。另一邊縫上五個（或三個）絲繩的套兒，古語叫做緎，今語叫做扣。穿上衣的時候，把紽納入緎內，就是下文所謂總。

除此之外，也有人把「五」解釋為數量之詞，而認為它是古文中的「X」字，是交午、交錯的意思；「紽」、「緎」、「總」則皆為縫合穿繞之意。其他種種不同的解釋，還有不少。甚至有人反對〈詩序〉和《朱傳》的說法。大致從清代以後，這種情況越來越多。像王闓運的《詩經補箋》

就根據《儀禮》中的〈公食大夫禮〉，認為這是描寫諸侯以食禮招待他國來聘的大夫的儀式。聞一多的《詩經新義》更進一步證實王闓運的觀點，說羔羊之皮即禮之乘皮，素絲即禮之束帛。

同樣的情形，「退食自公」一句，有人以為是指大夫用完公膳之後回家，有人則以為是指大夫自衙門下班，回家吃飯。有人重在「退」字，強調節儉；有人重在「公」字，說是應指公家而非飲膳。「委蛇委蛇」一句也一樣，有人說是義同「逶迤」，形容搖擺慢步、從容自得的樣子；也有人說，委蛇就是虺蛇，即四腳蛇，這是把大夫比為虺蛇，意存諷刺了。

以上的這些解釋，各有各的依據，也各有各的道理，但是，恐怕沒有一種說法，可以讓讀者一致確信而無疑。譬如說，「素絲五紽」這些句子，究竟是指皮裘的簡樸或者奢華；「委蛇委蛇」這些句子，究竟是指大夫的步履從容或者行為不端，都使讀者感到無所適從，也影響到對此詩篇旨的推定。我個人贊成用〈詩序〉的「節儉正直」之說，和三家詩（像《韓詩》）的「絜白之性，屈柔之行」的說法，來解釋這首詩，但反覆吟誦，卻不能不懷疑詩人是否美中帶刺。清代崔述《讀風偶識》對此詩一方面這樣說：「節儉正直，究於何見之乎？惟《朱傳》所謂從容自得者，於理為近。然則此篇特言國家無事，大臣得以優游暇豫，無王事靡盬、政事遺我之憂耳。」一方面卻又這樣說：「為大夫者，夙興夜寐，扶弱抑強，猶恐有覆盆之未照；乃皆退食委蛇，優游自適，若無所事事者，百姓將何望焉？」對照之下，說法似乎自相矛盾。以前我對於這種情形，深為疑惑，近來則頗表同情。因為文獻不足，我們對古人真實的衣食狀況、生活環境，知道的非常有限，所以也就很難確定詩中的含義，了解它的真諦了。

殷其靁

一

殷其靁，❶
在南山之陽。❷
何斯違斯，❸
莫敢或遑？❹
振振君子，❺
歸哉歸哉！

二

殷其靁，
在南山之側。
何斯違斯，
莫敢遑息？❻
振振君子，
歸哉歸哉！

【直譯】

隱隱作響的雷聲，
就在南山的南邊。
為何此時離此地，
不敢稍為偷個閒？
振奮威武的良人，
歸來吧！歸來吧！

隱隱作響的雷聲，
就在南山的旁邊。
為何此時離此地，
不敢偷閒把氣喘？
振奮威武的良人，
歸來吧！歸來吧！

【注釋】

❶ 殷其，即殷殷、殷然，形容雷聲。靁，雷的古字。
❷ 陽，古人稱山的南面、水的北面。
❸ 斯，此、這。前者指時間，後者指地點。違，離開。
❹ 或，可能有。遑，暇、空閒。
❺ 振振，振奮有為的樣子。已見前。
❻ 息，休息、歇息。一說：喘口氣。

三

殷其靁，
在南山之下。
何斯違斯，
莫或遑處？❼
振振君子，
歸哉歸哉！

隱隱作響的雷聲，
就在南山的山麓。
為何此時離此地，
不敢稍為偷閒住？
振奮威武的良人，
歸來吧！歸來吧！

❼ 莫，「莫敢」的省文。處，居、住。一說：處古作「処」，表示人倚几案休息。

【新繹】

〈殷其靁〉是一首描寫婦人懷念丈夫的詩。她的懷念，是透過「殷其靁」來敘述的。靁，就是雷的古字。「殷其」，有人說等於是疊字的「殷殷」，用來形容雷聲。至於「殷其靁」，應是形容雷聲的轟轟隆隆，或是形容雷聲的隱隱作響，歷來有不同的說法。

《毛傳》說：「雷出地奮，震驚百里；山出雲雨，以潤天下。」《鄭箋》進一步加以闡釋，說這是比喻「召南大夫以王命施號令於四方。」既然說是「震驚百里」，「以王命施號令於四方」，雷聲當然不小。後人說詩，就此申論的很多，像陳子展的《詩經直解》，就說這是「以喻國之聲威」。另一種說法是認為：殷、隱二字古時通用，像〈邶風．柏舟〉一詩中，「如有隱憂」的「隱」字，三家詩即作「殷」。因此，像牟庭的《詩切》就說：「然則殷其靁，謂雷聲隱隱不奮震也。」這又是說雷聲只是隱隱作響而已，和前者並不相同。

這首詩分為三章，每章六句。各章的第二句，分別是「在南山之陽」、「在南山之側」、「在南山之下」。黃櫄的《毛詩集解》說：「因聞雷而動其思念之情。南山之陽、南山之側、南山之下，皆是一意，但便其韻以協聲耳，不必求其異義也。」胡承珙的《毛詩後箋》則以為：「細繹經文三章，皆言『在』而屢易其地，正以雷之無定在，興君子之不遑寧居。」這兩種說法雖然稍有不同，但把雷解作雷電的雷，是沒有異議的。我個人以為：古人或以隱雷、輕雷比喻車音。像晉代傅玄的〈雜言〉詩：

雷隱隱，感妾心。
傾耳清聽非車音。

就把輕雷、車音互作比擬。或許，從下文的「何斯違斯，莫敢或遑」等句看，以輕雷比喻車音，以車音的漸行漸遠，比喻君子的遠行于役，也是很自然貼切的聯想。這種說法，應該也有可取之處吧。

「何斯違斯，莫敢或遑」和下面二、三兩章同組的詩句，都是感嘆良人的不能稍作停留。所以如此之故，古人推究起來，一般都會以為詩中所詠的對象，既是振奮有為的君子，自然公而忘私，以王事為重。〈毛詩序〉解釋這篇作品，說是：「召南之大夫，遠行從政，不遑寧處，其室家能閔其勤勞，勸以義也。」《鄭箋》說：「遠行，謂使出邦畿。」我想都是從這樣的觀點來立論的。嚴粲《詩緝》說得更清楚：「何為此時違去此所乎？蓋以公家之事，而不敢遑暇也。」「振振君子，歸哉歸哉」這兩句，和前面的「何斯違斯，莫敢或遑」是前後呼應的。就因為良人遠去，所以婦人才有「歸哉歸哉」的呼求。〈周南．卷耳〉那一首詩，我們曾經分析過了。那首詩也是描寫婦人懷念遠行未歸的丈夫，但是詩中的婦人，對丈夫的懷念，多出於擬想，比較含蓄，而〈殷其靁〉這首詩，寫婦人的懷念，比較直接，我們不但可以聽見她最真摯的心聲，而且也可以聽見她對丈夫不斷的呼喚。這是一首真情流露的詩篇。

明清二代的學者，對《詩經》的批點，有時候只引前人詩句為證，並不多加說明。例如批點此詩「何斯違斯」句，孫鳳城引古詩「去年離別日，只道往桐廬。桐廬人不見，今得廣南書」為證，而鄧翔則引「藁砧今何在？山上復有山」為證。雖然如此，卻仍然能啟人心眼，使讀者從中知味外味，得所興會。此亦欣賞之一法，不必排斥。

又，「振振」一詞，在二〈南〉中凡三見。有人以為〈螽斯〉篇的「振振」，是「眾盛」的意思；〈麟趾〉篇的「振振」，是「仁厚」的意思；〈殷其靁〉的「振振」，是「信厚」的意思。或取其盛，或取其仁，或取其信。雖然「各有所指」，但都「各如其分」，用得恰當。這也要讀者自己善體會之。

摽有梅

一

摽有梅，❶
其實七兮。❷
求我庶士，❸
迨其吉兮。❹

二

摽有梅，
其實三兮。❺
求我庶士，
迨其今兮。❻

三

摽有梅，
頃筐塈之。❼

【直譯】

打落那梅子紛紛，
它果實剩七成喲。
求我所有年輕人，
快趁著那良辰喲。

打落那梅子紛紛，
它果實剩三成喲。
求我所有年輕人，
快把握這當今喲。

打落那梅子紛紛，
拿著淺筐拾取它。

【注釋】

❶ 摽，音「標」，落、打下。一說：古「拋」字。
❷ 七，是說剩下七成。一說：七個。
❸ 庶，眾。士，此指未婚男子。
❹ 迨，趁、及時。吉，吉日良辰。
❺ 三，對上文「七」而言，表示比以前少了。
❻ 今，當前。表示把握機會。
❼ 頃筐，形狀像畚箕，前低後高的竹筐。已見〈周南・卷耳〉篇。塈，音「既」，取。

求我庶士，
迨其謂之。❽

求我所有年輕人，
要趕快去約會她。

❽ 謂，告白、約會。

【新繹】

〈摽有梅〉這首詩，據〈毛詩序〉的解釋，是歌詠「男女及時」的作品。所謂男女及時，是說按照古代禮制（見《周禮・媒氏》），男子三十歲以前，女子二十歲以前，就應該結婚了；假使到了這個適婚年齡還沒有結婚，在仲春二月的時候，就允許他們「自由戀愛」。〈摽有梅〉這首詩，就是以打梅子為話頭，來勸青年男女及時嫁娶的作品。

「梅」，字本作「楳」，與「媒」音同形似，所以古人把它看成媒合之果。摽，是打落的意思，也有人說它是「拋」的古字。「有梅」的「有」，是語助詞，跟「有夏」、「有清」同例。摽有梅，是說把梅子打落下來。梅樹在早春開花，後結核果，起初青色，成熟後變成黃色。通常梅子黃時，是在暮春三月，宋代詞人賀鑄即有「一川烟草，滿城風絮，梅子黃時雨」的名句。古代女子每於其間摽打梅子做醬，做為調味品。這首詩中寫打落梅子，時間應在舊曆暮春前後，那時候，也正是古代未婚男女可以「自由戀愛」的時節。

這首詩，藉摽打梅子，來寫未婚男女迫切的戀愛心情。從詩中「求我庶士」等句的語氣看來，主角應是一位待嫁的女子。《左傳》杜《注》有云：「梅盛極則落，詩人以興女色盛則有衰，眾士求之，宜及其時。」這些話和唐詩的「花開堪折直須折，莫待無花空折枝」是可以合看的。

詩中寫摽打梅子，由第一章的「其實七兮」到第二章的「其實三兮」到第三章的「頃筐塈之」，是說樹上的梅子越來越少，正比喻女子青春年華的日漸消逝；而詩中寫女子的等待人來求婚，由第一章的「迨其吉兮」到第二章的「迨其今兮」到第三章的「迨其謂之」，時間越寫越緊，也正可看出待嫁心情的迫切。

這種待嫁心情的描寫，在歌謠中是常常可見到的。像南北朝民歌中〈地驅樂歌〉的：

驅羊入谷，白羊在前。老女不嫁，蹋地呼天。

像〈折楊柳枝歌〉的：

門前一株棗，歲歲不知老。阿婆不嫁女，那得孫兒抱？

都是非常著名、屢被引用的例子。我以為這首詩，說它是詩人歌詠待嫁女子的詩篇也可以，說它是待嫁女子自己「急婿」（龔橙語）抒情之作也可以，但是像清代的一些學者，如姚際恆說：「此篇乃卿大夫為君求庶士之詩」，如章潢說：「詩人傷賢哲之凋謝，故寓言摽梅，使求賢者及時延訪之耳。」這些說法，我總覺得和本詩對照起來，過於政教化，稍為離題。

一首詩可以有幾種譯法，我上文採取的是直譯，下面抄錄另外兩位學者的譯文，供讀者參考對照：

一、袁愈荌譯詩：

一

樹上梅子落紛紛，
枝頭還留有七成。
誰人有心追求我，
趕快趁著好時辰。

二

樹上梅子落紛紛，
枝頭只留有三成。
誰人有心追求我，
今兒就是好時辰。

三

樹上梅子落紛紛，
提著筐兒走來盛。
誰人有心追求我，
說句話兒就得成。

二、袁梅譯詩：

一

梅子個個投出去，
果實只剩十之七呀！
追求我的小伙子，
不要錯過好時機呀！

二

梅子個個投出去，
果實只剩十之三呀！
追求我的小伙子，
吉日良辰在今朝呀！

三

梅子個個拋乾淨，
連那筐子投給他呀！
追求我的小伙子，
赤心相愛我跟他呀！

・梅・

小星

一

嘒彼小星，❶
三五在東。
肅肅宵征，❷
夙夜在公。❸
寔命不同！❹

二

嘒彼小星，
維參與昴，❺
肅肅宵征，
抱衾與裯。❻
寔命不猶！❼

【直譯】

微亮的那小星光，
三顆五顆在東方。
急急忙忙趕夜路，
從早到晚在公堂。
真是命運不一樣！

微亮的那小星星，
就是參星和昴星，
匆匆促促趕夜路，
抱著棉被和床帳。
真是命運不像樣！

【注釋】

❶ 嘒，音「彗」，微小。一說：明亮的樣子。嘒彼，即嘒嘒。
❷ 肅肅，緊急的樣子。宵征，夜行。
❸ 公，公堂、辦公廳。
❹ 寔，實。
❺ 參，音「伸」，昴，音「卯」，都是星宿名。二十八宿之一。天亮前，出現在東方。
❻ 衾，被。裯，音「儔」，單被。三家詩「裯」作「幬」，床帳或短衣。
❼ 猶，如、若。

【新繹】

古人說：「詩無達詁」，意思是說《詩經》裡的每一篇作品，歷來都有好幾種不同的解釋，並沒有固定的說法。〈小星〉這首詩，就是其中一個解釋較為歧異的例子。

據〈毛詩序〉說：「〈小星〉，惠及下也。夫人無妬忌之行，惠及賤妾，進御於君，知其命有貴賤，能盡其心矣。」意思很明白，是說召南夫人能夠不存妬忌之心，讓眾妾得以進御於君，而眾妾也能夠守其分，盡其心，因而詩人站在眾妾的觀點，如此描寫。後來朱熹的《詩集傳》，接受了這種說法，並且加以推闡：

> 南國夫人承后妃之化，能不妒忌，以惠其下，故其眾妾美之如此。蓋眾妾進御於君，不敢當夕，見星而往，見星而還，故因所見以起興。其於義無所取，特取在東、在公兩字之相應耳。遂言其所以如此者，由其所賦之分，不同於貴者，是以深以得御於君，為夫人之惠，而不敢致怨於往來之勤也。

朱熹的說法，使〈詩序〉以來的舊說，更為圓融，自有可取之處。這種眾妾侍御之事，求之於古史，並不少見。因此，後人也就將「小星」一詞，做為姨太太、小老婆、小三的代稱了。

〈毛詩序〉和朱熹《詩集傳》的解釋，可能是從詩中「抱衾與裯」一句引發而來的。因為把衾裯看成燕私進御之物，所以就將此詩解作賤妾「進御於君」的作品了。古文學派如此，今文學派卻不如此。古文學派把衾裯解釋為衾被和床帳，所以視之為燕私進御之物；今文學派卻把衾裯解釋為衾幬，所以視之為遠役攜持之物。也因此，說法就不同而異了。

王先謙《詩三家義集疏》，引用今文學派的韓、齊之說，以為此詩是描寫貧士卑官、奉使勞苦之作。並且說「嘒彼小星」一句，是比喻小人在朝。這種說法，後人採用的也很多，像宋代洪邁的《容齋隨筆》、程大昌的《考古編》等等，都站在這個立場上，來攻擊〈詩序〉舊說。洪邁《容齋隨筆》這樣批評道：「且諸侯有一國，其宮中嬪御雖云至下，固非閭閻微賤之比，何至於抱衾裯而行？況於牀帳勢非一己之力所能及者！其說可謂陋矣。」對舊說的攻擊，可謂不遺餘力。清代的學者，像姚際恆、方玉潤等人，意見也大抵相同。方玉潤的《詩經原始》，批評朱熹的《詩集傳》謹守舊說時，也這樣說：「然詩中詞意，唯衾裯句近閨詞，餘皆不類。不知何所見而云然也。且即使此句為閨閣咏，亦青樓移枕就人之意，豈深宮進御於君之象哉？」

方玉潤和其他人一樣，原是主張此詩為官吏行役之作，他為了攻擊〈詩序〉和《朱傳》，才說了「即使此句為閨閣咏，亦青樓移枕就人之意」，完全不像是深宮之中，眾妾進御於君的樣子。不意後來胡適在〈談談詩經〉裡，果然這樣說了：

> 「嘒彼小星」，好像是寫妓女生活的最古記載。我們試看《老殘遊記》，可見黃河流域的妓女送鋪蓋上店陪客人的情形。再看原文，我們看她抱衾裯以宵征，就可知道她的職業生活了。

胡適的這種說法，和詩中的「夙夜在公」等句放在一起看，恐怕不易成立。同樣的，〈詩序〉

那種夫人惠及下妾的說法，和詩中的「寔命不同」、「寔命不猶」等句放在一起看，也令人不無疑惑。「寔命不同」、「寔命不猶」的語氣之中，不無怨刺之意，和《朱傳》的「不敢致怨於往來之勤」之語，並不相合，和〈詩序〉所說的「能盡其心」，也有距離。所以，我對於這首詩，採用三家詩的說法，認為它是描寫官吏行役、自傷勞苦的作品。

這首詩只有兩章，每章五句。「嘒彼小星」的「嘒」，《廣韻》作「嘒」，形容光芒微亮的樣子。第一章的「三五在東」和第二章的「維參與昴」，前後相承。余冠英的《詩經選》說：

> 「參」，星宿名。共七星，四角四星，中間橫列三星。古人又以橫列的三星代表參宿。〈綢繆〉篇的「三星在戶」和本篇的「三五在東」，都以三星指參星。「昴」（音「卯」），也是星宿名，共七星，古人又以為五星，有昴宿之精變化成五老的傳說。上章的「五」即指昴星。參、昴相近，可以同時出現在東方。

詩中說行役之吏，忙於公事，早起夜行，備嚐辛苦，而「三五在東」的參、昴星宿，在眾多的微亮小星中，閃爍於天際，閃爍於行人眼前，為行人所辨認，正暗示了行人「肅肅宵征」的辛苦，同時也點明了時間。情景頗能相映成趣。

除此之外，民國以來的一些學者，像聞一多、袁梅等人，把「抱衾與裯」的「抱」，解釋為「拋」，說是為了公事，棄衾被而早起。這樣的解釋，和上章的「夙夜在公」固然更能互相呼應，但是解釋《詩經》，如此動輒求其新義別解，是不是正確的態度，就有待於大家重作檢討了。

江有汜

一

江有汜，❶

之子歸，❷

不我以。❸

不我以，

其後也悔。

二

江有渚，❹

之子歸，

不我與。❺

不我與，

其後也處。❻

三

【直譯】

大江有條回頭水，

這個姑娘要于歸，

不肯讓我長相隨。

不肯讓我長相隨，

她以後啊會後悔。

大江有個小沙洲，

這個姑娘有配偶，

不肯讓我一起走。

不肯讓我一起走，

她以後啊會發愁。

【注釋】

❶ 江，長江。汜，音「似」，江水的支流又回頭流入大江。

❷ 之子，這個人兒。已見前。歸，于歸的省文。

❸ 以，用。不我以，就是不用我、不需要我了。

❹ 渚，水中的小洲。

❺ 與，偕、同、在一起。

❻ 是說將來必定後悔，回頭與我同在。處，通「癙」，憂愁。一說：偕、居、一起生活。

江有沱，❼
之子歸，
不我過。❽
不我過，
其嘯也歌。❾

大江有條回水沱，
這個姑娘有配偶，
不肯讓我相問候。
不肯讓我相問候，
她會長嘯啊悲歌。

❼ 沱，大江的支流。一說：水名，長江上游的支流。
❽ 過，來訪。
❾ 嘯，蹙口作聲。

【新繹】

〈江有汜〉這首詩，據〈毛詩序〉的說法，是這樣的：「江有汜，美媵也。勤而無怨，嫡（即嫡，下同）能悔過也。文王之時，江沱之間，有嫡不以其媵備數；媵遇勞而無怨，嫡亦自悔也。」這是說：詩中出嫁的女子，起先不讓那「遇勞而無怨」的媵妾陪嫁，後來她受了文王后妃之德的感化，終於後悔了。朱熹的《詩集傳》就此申論道：

是時汜水之旁，媵有待年於國，而嫡不與之偕行者。其後嫡被后妃夫人之化，乃能自悔而迎之，故媵見江水之有汜，而因以起興。言江猶有汜，而之子之歸，乃不我以；雖不我以，然其後也亦悔矣。

朱熹把〈詩序〉的說法解釋得更詳盡，更合理。原來在我國古代，諸侯之國嫁女兒的時候，是有一些媵妾陪嫁前往的。這些媵妾，通常是國君的庶女，或同姓大夫的女兒。她們八歲時就可以備數，十五歲時就可以陪侍嫡妻，二十歲時，就可以承事君子。這首詩，據〈詩序〉和朱熹等人的說法，就是一位「遇勞而無怨」的媵妾，在她不得陪嫁時所歌詠的作品。

〈毛詩序〉的這種說法，清代以來的學者，大多不肯採信。不過，我們看看承襲《齊詩》之說的《易林》（引自王先謙的《詩三家義集疏》）：

> 江水沱汜，思附君子，伯仲爰歸。不我肯顧，姪娣恨悔。

就可發現漢代的今古文學者，對這首詩的解釋，並無多大差異。因此，〈詩序〉所謂的「文王之時」，亦即朱熹所謂的「被后妃夫人之化」諸語，雖然也可解作用為房中樂章之義，但是，我以為這些舊說是不應一筆抹殺的。

清代以來的一些學者，基於〈國風〉原是民間歌謠的認識，往往就詩求其本意。像方玉潤的《詩經原始》，不但不以為這是諸侯媵妾之作，而且還認為詩中「之子歸」的「歸」，是「還歸之歸」，而「非于歸之歸也」；因此他推測此詩：

> 此必江漢商人遠歸梓里，而棄其妾不以相從。始則不以備數，繼則不與偕行，終且望其廬舍而不之過。妾乃作此詩以自歎而自解耳。否則詩人託言棄婦，以寫其一生遭際淪落不偶之心，亦未可知。

除了這種「棄婦之詞」有關的說法之外，現在還有一種說法也頗為流行，那就是屈萬里老師所說的：「此蓋男子傷其所愛者捨己嫁人之辭」。裴溥言先生《先民的歌唱：詩經》曾據此加以推闡道：

這篇詩寫一個男子失戀的心理，真是入木三分，更合乎「哀而不傷」的道理。第一章以江水決口流出之後，繞了一些路，最後又折回原來的水道，希望那出嫁的女子，也能像這汜水一樣，過些日子再回到他的懷抱，不然她會後悔的。第二章希望那出嫁的女子會像時隱時現有變化的江中小洲，有時會改變原意而來和他共處，否則那女子會因憂愁而生病的。……在第三章中，就希望那出嫁的女子，能夠來過訪他，保持往來，也算有點故人之情，聊慰他的相思之苦。然而就這點願望也不能達到。……所謂悲歌當泣，就是本詩的「其嘯也歌」。這種痛苦是特別深沉的。

裴先生的解說，非常淺易活潑，姑錄於此，以供讀者參考。假使把「汜」解為回流，把「沱」解為支流，把「歸」解為女子出嫁，把「處」解為「癙」的借字，就是憂愁的意思，那麼，屈、裴二氏之說，是很好的說法。假使把「汜」、「沱」解作現在四川境內的汜溪口和沱江，即古梁州境內的召南之國（參閱陳子展《詩經直解》），那麼，方玉潤之說，多少也有可取之處。袁梅譯注此詩時，曾引一首川東情歌：

送郎看見一條河，河邊一個回水沱。
江水也有回頭意，情郎切莫丟了奴。

來互相印證，讀了饒有趣味。不過，我對於《詩經》，一向主張舊說只要講得通，是不應棄而不顧的。因此，我的譯文仍然採用舊說。

這首詩凡三章，每章五句，前三句都是說明媵妾不能陪嫁前往的事實，後二句則是媵妾的虛擬之辭、或然之想，推測嫡妻將來勢必後悔。「其嘯也歌」一句，在虛擬句「不我過」之後，又和「其後也悔」、「其後也處」同組，應該也是推測之詞，是說：她現在不肯讓我相問候，遲早有一天會後悔，會心情沉鬱、叫嘯悲歌的。有人將此句落實來講，就難怪會覺得窒礙而難通了。

關於這首詩，唐莫堯注、袁愈嫈譯的《詩經譯注》一書，附有一段說明文字，我以為可以幫助讀者從另一個角度來看作品，所以抄錄於下，至於是否接受，也看讀者自己：

這首詩，一說是一個貴族婦女被遺棄了，漂泊在外，她的丈夫有了新歡，對她的哀訴竟充耳不聞。余冠英《詩經選譯》：「女子呼愛人為伯為叔或叔伯，在《詩經》裡常見。『叔兮伯兮』，語氣像對兩人，實際是對一人說話。」詩中「以」與「與」都是指男女夫妻之間關係說的。「不我以」是「不要我」，「不我與」是「不愛我」；「必有以也」與「必有與也」指有了所愛的，即新歡。

野有死麕

一

野有死麕，❶
白茅包之。❷
有女懷春，❸
吉士誘之。❹

二

林有樸樕，❺
野有死鹿。
白茅純束，❻
有女如玉。❼

三

「舒而脫脫兮，❽
無感我帨兮，❾

【直譯】

郊外有一隻誘鹿，
潔白茅草包裹牠。
有位姑娘動春心，
俊美青年引誘她。

林中有叢生小樹，
郊外有一隻誘鹿。
潔白茅草捆成束，
有位姑娘美如玉。

「舒緩而又輕悄喲，
不要扯我佩巾喲，

【注釋】

❶ 野，郊外。麕，音「君」，一作「麇」，即獐。鹿的一種。古代士人娶妻納徵下聘禮時，常用鹿皮做為禮物。

❷ 包，包裹。

❸ 懷春，思春、動了男女之情。

❹ 吉士，男子的美稱。誘，挑逗、追求。

❺ 林，野外。《爾雅》：「郊外謂之野，野外謂之林。」樸樕（音「速」），像櫟木的叢生小樹。

❻ 純、束，皆為綑綁、包裹的意思。

❼ 如玉，美麗的形容。玉女、吉士是對少年男女的美稱。

❽ 舒，緩慢。脫脫（音「退」），通「娧娧」，動作舒緩的樣子。

無使尨也吠。」❿

不要讓狗呀亂叫！」

❾ 無，通「毋」，勿、不要。感，同「撼」。帨，音「稅」，女子繫在左腹膝前的佩巾。

❿ 尨，音「龐」，多毛的猛犬。

【新繹】

這一首詩，像〈國風〉中其他詩篇一樣，歷來有很多不同的解釋。有人以為它是淫詩，描寫青年男女戀愛的心聲；也有人以為它是一首讚美貞潔女子的詩篇，另外還有人認為它寫的是賢士拒絕招隱。我們這裡採用第一種說法。這種說法，和〈毛詩序〉所說的「天下大亂，強暴相陵，遂成淫風」並無牴觸。只是〈毛詩序〉要強調「被文王之化」，說這是「無禮」的行為。

詩分三段。第一段和第二段文意相承，可以合看。第一段的「野有死麕」和第二段的「野有死鹿」，意思一樣。歷來的注家，都把死麕、死鹿，解釋為鹿皮，因為這是古代婚禮納徵時，用來送給女方的禮物。為了這樣來解釋詩意，所以，不能不把「樸樕」和「白茅」解釋為古人結婚時用為燭火的材料。這樣的解釋，雖然也講得通，可是，死麕和下文的「吉士誘之」，死鹿和下文的「有女如玉」，二者之間，究竟有些什麼樣的關係？仔細思索，就會發現歷來的解釋，實有窒礙難通之處。杜其容先生〈說《詩經》死麕〉一文，根據《說文

·樸樕·

繫傳》、段《注》等書反覆參證，考知詩中「死」這個字，原是「囮」的訛誤。而囮就是「由」、「誘」，也就是用來引誘禽鳥的媒體。我們知道古人射獵，習慣上是要用媒體的，例如說射虎要用虎媒，捉鹿要用鹿媒，等等。死麕、死鹿，原來是誘麕、誘鹿。這樣講解，和下文的「有女懷春，吉士誘之」等等，才能上下文義通暢。所以，我們在這裡，採用了杜先生的說法。

第一、二兩段寫一位青年獵人，在少女心中，他是個好男兒，所以稱為吉士。他在郊外林中遇見了一位如花似玉的懷春少女。他想追求她，所以引誘、挑逗她。「死麕」、「白茅」、「樸樕」、「死鹿」等等，正是這位青年獵人射獵時用以誘鹿的媒體，因此詩人由此起興。

第一段寫青年獵人引誘懷春少女，第二段寫懷春少女接受了吉士的追求，「有女如玉」一句直寫她的膚色之美，意在言外。第三段則是少女對吉士所說的話。她希望青年獵人動作不要粗魯，不要驚動獵犬。層層遞進，這也是《詩經》在表現手法上常見的特色。

·麕·

何彼襛矣

一

何彼襛矣？❶
唐棣之華。❷
曷不肅雝？❸
王姬之車。❹

二

何彼襛矣？
華如桃李。
平王之孫，❺
齊侯之子。❻

三

其釣維何？
維絲伊緡。❼

【直譯】

怎麼那樣穠豔呢？
唐棣所開的花兒。
怎麼不莊嚴雍容？
王姬所乘的車兒。

怎麼那樣穠豔呢？
花容像桃兒李兒。
周朝平王的外孫，
齊國諸侯的女兒。

他釣魚是用什麼？
是用絲繩做釣綸。

【注釋】

❶ 襛，音「農」，形容花木豔盛的樣子。
❷ 唐棣，樹木名，即棠棣。華，花的古字。
❸ 曷不，何不。肅，莊重。雝，音「雍」，雍容和穆。
❹ 王姬，周王姬姓，故稱其女為王姬。姬亦美女之通稱。
❺ 平王，指東周平王。舊說平王為平正之王，恐誤。孫，此指外孫女。
❻ 子，此指女兒。
❼ 伊，同「維」。緡，音「民」，亦作「緍」，釣魚的絲繩。

齊侯之子，　　齊國諸侯的女兒，
平王之孫。　　周朝平王的外孫。

·唐棣·

【新繹】

〈何彼穠矣〉的「穠」，一作「襛」。穠，是形容花木穠豔美盛的樣子；襛，則是「衣厚」的意思。由衣飾豐厚來引申到花木的豔盛，固然可以，但就詩中的用法來說，用來形容「唐棣之華」和「華如桃李」，還是「穠」字比較直截了當。另外，「穠」也有作「茙」的，茙茙、戎戎，都是盛、大的意思，和「穠」音近意通，所以，我們這裡的標題，採用了「穠」這個字。

這首詩的旨趣，據〈毛詩序〉的說法是這樣的：「〈何彼穠矣〉，美王姬也。雖則王姬，亦下嫁於諸侯。車服不繫其夫，下王后一等，猶執婦道，以成肅雝之德也。」這是從頌美的觀點來說的。意思是說周朝王室的女兒出嫁時，車容服飾雖盛，卻仍然能夠秉持婦道，成其肅雍之德。因為古文學派堅信〈周南〉、〈召南〉的詩篇，成於文王之世，所以《毛傳》把詩中「平王之孫」的平王，解釋為平正之王，即指周文王。《毛傳》的話是這樣說的：「平，正也。武王女，文王孫，適齊侯之子。」言下之意，這首詩寫的是周朝王室的女兒，嫁給了齊國諸侯的兒子。顯然是把「齊侯之子」的「子」，當成男子看待了。

今文學派的看法，和《毛傳》稍有不同。據王先謙《詩三家義集疏》說，此詩是「言齊侯嫁女，以其母王姬始嫁之車遠送之。」王氏並進一步解說：

如三家說，是「齊侯之子」，為齊侯所嫁之女；「平王之孫」，周平王之外孫女也。平王女王姬先嫁於齊，留車反馬。今所生之女，嫁西都畿內諸侯之國，榮其所自出，故以其母王姬始嫁之車送之。詩人見此車而貴之，知其必有肅雝之德，故深美之也。

這是說此詩作於周平王之世，「齊侯之子」的「子」，是女子，和「平王之孫」指同一人。這一段話的意思是說：以前周朝王室的女兒嫁到齊國來，如今她所生的女兒，又要出嫁到別的諸侯國去。為了標舉她的出身高貴，所以王姬這個做母親的，用她當時的陪嫁車子，來遠送她的女兒。現在這個新嫁的女子，就是「齊侯之子」——齊國諸侯的女兒，也就是「平王之孫」——周平王的外孫女。在古代，孫女、外孫女、曾孫女或玄孫女，凡是孫輩以下的後代，都是可以簡稱為孫的。

從宋朝以後，說詩者大都採信詩中的「平王」，指的是東周的平王宜臼。清代的學者，有很多人為它做進一步的論證。像惠周惕等人，就根據《春秋》經文的記載，認為此詩應是齊桓公親迎王姬之作。甚至像方玉潤的《詩經原始》，還根據詩中的「曷不肅雝」一句，來推論此詩對於王姬，應是諷刺，而非頌美。他說：

此詩果如《集傳》諸家所云「美王姬之下嫁，不敢挾貴以驕其夫家，而又能敬且和」乎？

曰，未也。詩不云乎，「何彼穠矣」，是美其色之盛極也；「曷不肅雝」，是疑其德之有未稱耳。

然後他歸結此詩，是「諷王姬車服漸侈也」。這和〈詩序〉、《毛傳》原來的說法，已有很大的差距了。古人說「詩無達詁」，說的一點也不錯。

這首詩凡三章，每章四句，每句四字。中間一章的前兩句，呼應第一章，後兩句呼應第三章。這種組合的形式，前人就稱之為「合錦體」。詩中的第一章，寫王姬的車子。開頭二句：「何彼穠矣，唐棣之華」，應該是形容車飾之美的句子，因此有人把「唐棣」解為「裳帷」或「車帷」，並非憑空臆測。第二章前兩句承上啟下，說明這位王姬的身分。她是「平王之孫，齊侯之子」。她是齊國諸侯的女兒，有周朝王室的血統，現在正準備嫁到召南地區去。讀這些詩句時，我們不由想到〈周南〉的〈桃夭〉篇來。從這個觀點來看，說「唐棣之華」等句，是形容新娘的美貌，也未為不可。

第三章的「其釣維何？維絲伊緡。」二句，頗為費解。有人以為這是以釣具為興，以絲綸相結，來比喻男女成婚。《朱傳》說的「絲之合為綸，猶男女之合而為昏（婚）也」，在沒有更好的解釋之前，我們只好接受它。我想：總不至於有人把這首詩解作王姬乘車出遊釣魚吧？

騶虞

一
彼茁者葭，❶
壹發五豝。❷
于嗟乎騶虞！❸

二
彼茁者蓬，❹
壹發五豵。❺
于嗟乎騶虞！

【直譯】

那茁長的是蘆草，
一發射就有五豝跑。
哎呀呀騶虞技術高！

那茁長的是蓬草，
一發射就有五豵倒。
哎呀呀騶虞技術好！

【注釋】

❶茁，音「拙」，草木初生。葭，音「加」，沒有長穗開花的蘆葦。
❷壹發，一旦發射。豝，音「巴」，母豬。一說：兩歲大的豬。
❸于嗟，同「吁嗟」，感嘆詞。騶虞，為王侯掌管山林鳥獸的官員。
❹蓬，春天生長的一種野草，到秋天隨風到處飄飛。
❺豵，音「宗」，不滿一歲的小豬。

【新繹】

〈騶虞〉這首詩，是〈召南〉的最後一篇。像《詩經》的其他篇章一樣，這首詩從字句的訓詁到篇旨的解釋，歷來有很多不同的說法。

〈毛詩序〉對此詩的解釋，是這樣的：「〈騶虞〉，〈鵲巢〉之應也。〈鵲巢〉之化行，人倫既正，朝廷既治，天下純被文王之化，則庶類蕃殖。蒐田以時，仁如騶虞，則王道成也。」這是說〈騶虞〉和〈鵲巢〉都是證驗文王化行的作品。因為政治清平，禮義修睦，朝廷既治，人倫既正，因而六畜衍生，田稼以時，這就是所謂「庶類蕃殖」。就因為如此，所以召南的諸侯大夫，能夠按時狩獵，舉行「春蒐」之禮，能夠「仁如騶虞」，成就仁道。

「仁如騶虞」的「騶虞」，據《毛傳》說，是一種「白虎黑文，不食生物」的義獸。後來朱熹的《詩集傳》沿用了這種說法，並加申論說：「南國諸侯，承文王之化，修身齊家，以治其國，而其仁民之餘恩，又有以及於庶類，故其春田之際，草木之茂，禽獸之多，至於如此，而詩人述其事以美之，且歎之曰：此其仁心自然，不由勉強，是即真所謂騶虞矣。」這種把騶虞當成義獸的說法，後代學者採取的比較少。像方玉潤的《詩經原始》就說：「騶虞，斷非獸名也。」

不把騶虞解作義獸，而認為它是掌管鳥獸的官名，是從三家詩就早已有之的說法。就承襲《魯詩》之說的賈誼《新書》來看，騶，指的是天子諸侯策馬游獵苑囿時的御者，而虞就是苑囿中掌管鳥獸的官員。換句話說，騶虞就是為天子諸侯看管山林苑囿、陪侍狩獵的官員。〈周南．兔罝〉中的「赳赳武夫」，指的也應該是這一類人。筆者析論〈兔罝〉一詩時，已有若干的解說，這裡就不再贅言。

把騶虞解作掌管鳥獸之官的說法，後代學者採信的比較多。這種官員，通常在國君狩獵時，要先布置獵場，把鳥獸驅趕到容易獵取的

·騶虞·

地方，以供國君享受射獵的樂趣。照這種說法，此詩應該是讚美騶虞狩獵技巧高明的作品。

「彼茁者葭」、「彼茁者蓬」，這是對狩獵場所的描述。在一大片茁長濃密的蘆葦叢中，或蓬蒿叢中，正是鳥獸群集出沒之地。豝，有人說是母豬，有人說是兩歲大的豬；豵，則是指不滿一歲大的小豬。據《廣雅》說：「獸一歲為豵，二歲為豝，三歲為肩，四歲為特。」這些豬群，正是被獵取的對象。「五豝」、「五豵」的「五」，是三五成群的意思；它代表多數，並不一定是實指。「壹發」句，有人解作一發箭就射中「五」隻豬（古人射十二箭算一發），有人則說是一旦縱放而出，就是「五」隻豬；前者誇張說明射技的高超，箭不虛發，後者說明圍獵時驅趕鳥獸以供射殺的情狀。「于嗟乎」，是讚美的感嘆詞，和〈周南．麟之趾〉的「于嗟麟兮」，用法相同。鍾惺評點說得好：「是讚語，非申上文語也。」

以上的這種講法，是把騶虞解釋為掌管鳥獸之官，事實上，其他的說法也還有，只是歷來的各種不同的解釋，似乎都和打獵有關。即使是第一種講法，把騶虞解釋為義獸，也有人為它委曲求解，說豝、豵是危害農稼的動物，所以需要捕殺呢！

校後補記：就用為樂章而言，〈騶虞〉這首詩和〈采蘩〉、〈采蘋〉二篇也有所不同。據《周禮．春官》和《禮記．射義》的記載，在舉行射禮時，射手都要配合音樂的節奏：士以〈采蘩〉為節，大夫以〈采蘋〉為節，諸侯以〈貍首〉為節，王則以〈騶虞〉為節。不同的階層有不同的禮儀，這就是所謂禮樂之制。

邶風

邶風解題

邶、鄘、衛，本來是西周初年周武王在攻陷殷都朝歌（今河南淇縣）之後所封的三個國家。朝歌北邊是邶，南邊是鄘，東邊是衛。據說當初是封商紂之子武庚於殷（今河南安陽），以管叔鮮、蔡叔度、霍叔處為「三監」。周武王死後，武庚叛，周公平定後，才盡以邶、鄘之地併入衛國，一起封給他弟弟康叔，並遷邶、鄘之民於洛邑。衛國後來遷都楚丘，再遷都帝丘，已非原來的衛，不再居朝歌之東，反而在朝歌之南了。所以有人把邶、鄘的詩，也說是衛國的作品。

例如《左傳．襄公二十九年》，記載吳公子季札到魯國參觀周樂，聽了魯國的樂隊唱了邶、鄘、衛的詩歌以後，在評論時，即將此三國國風，合稱為「衛風」。另外，《左傳．襄公三十一年》，記載衛北宮文子引〈邶風〉時，也稱為「衛詩」。可見從春秋時代開始，就有人把邶、鄘、衛的作品，看成是一組詩了。也因此漢代今文學派的三家詩，〈邶〉、〈鄘〉、〈衛〉的詩篇是不分卷的。

有人以為《詩經》傳本所以把〈衛風〉分為〈邶風〉、〈鄘風〉、〈衛風〉的原因，可能是詩篇太多的緣故。但也有人以為跟三地所用的音樂曲調不同有關係，像朱熹就說：「詩，古之樂也，亦猶今之歌曲，音各不同。衛有衛音，鄘有鄘音，邶有邶音。故詩有鄘音者，係之鄘；有邶

音者，係之邶。」（據《詩經傳說彙纂》引）

〈邶風〉收錄的詩，從〈柏舟〉到〈二子乘舟〉，共十九首。作品產生的地區，學者多從舊說，以為是指朝歌以北，即今河南淇縣東北至河北省南部一帶。但根據王國維〈北伯鼎跋〉一文的考證，「邶即燕」，換句話說，邶係泛指燕地，包括今河北省南部、河南省北部一帶。

〈邶風〉十九篇中，有事實可考的，是〈擊鼓〉篇。據〈詩序〉說，這是「怨州吁」之作，州吁生當衛莊公、衛桓公之世，約與周平王同時；又，據姚際恆《詩經通論》說，〈擊鼓〉篇是寫魯宣公十二年宋伐陳時，衛穆公出兵救陳之事。因此，作品產生的時代，大約是在西周末年到東周平王以後的數十年間。

邶、鄘的系譜，茲據《史記．衛世家》、《中國歷代各族年表》、《新編中國歷史大事年表》等書，列舉衛康叔以迄獻公世系如下：

衛康叔—康伯—考伯—嗣伯—捷伯—靖伯—貞伯—頃侯

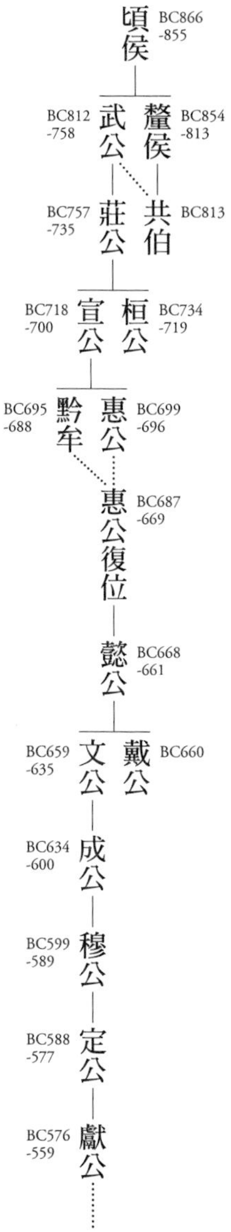

柏舟

一

汎彼柏舟，❶
亦汎其流。❷
耿耿不寐，❸
如有隱憂。❹
微我無酒，❺
以敖以遊。❻

二

我心匪鑒，❼
不可以茹。❽
亦有兄弟，
不可以據。❾
薄言往愬，❿
逢彼之怒。

【直譯】

飄蕩著那柏木舟，
也飄蕩著那河流。
眼睛烱烱不能睡，
似有深沉的憂愁。
不是我沒有美酒，
來遨遊呀來遨遊。

我的心不是明鏡，
不能用來照形影。
雖然也有親兄弟，
卻不能夠相因依。
趕去向他們訴苦，
卻遭他們的怒斥。

【注釋】

❶ 汎，飄浮的樣子。柏舟，柏木製成的船。
❷ 流，是說順流而下。汎，此作動詞用。
❸ 耿耿，同「烱烱」，耳熱目張，形容不能入睡。
❹ 隱憂，幽憂、深憂。
❺ 微，非、不是。
❻ 敖，同「遨」，遊樂。
❼ 匪，非。下同。鑒，一作「鑑」，銅鏡。
❽ 茹，容納、忍受。
❾ 據，依靠。
❿ 愬，訴苦。

三

我心匪石，
不可轉也；⓫
我心匪席，
不可卷也。⓬
威儀棣棣，⓭
不可選也。⓮

四

憂心悄悄，⓯
慍于群小。
覯閔既多，⓰
受侮不少。
靜言思之，⓱
寤辟有摽。⓲

五

日居月諸，⓳

我的心不是石頭，
不能任人轉移呀；
我的心不是席子，
不能隨意捲起呀。
儀容莊嚴又端整，
不能被人算計呀。

憂悶心情誰能曉，
怨的是那群宵小。
遭到陷害已多次，
受的侮辱更不少。
靜靜地我思量它，
夢醒捶胸氣難消。

太陽月亮輪流轉，

⓫轉，移動。
⓬卷，通「捲」。
⓭威儀，端正的儀容。棣棣，雍容嫻靜的樣子。
⓮選，算、計較。
⓯悄悄，愁悶怕人知道的樣子。
⓰覯閔，遇到憂患。覯，通「遘」；閔，通「愍」。
⓱言，自稱。一說：靜言，靜而。
⓲寤，睡醒。辟，通「擗」，捶胸。有摽，即摽摽，拍胸聲。
⓳日來月往。居，住。諸，之、往。一說：居、諸都是語詞。

·柏·

胡迭而微？⑳　　為何交相失光芒？
心之憂矣，　　內心如此憂傷喲，
如匪澣衣。㉑　　就像沒洗的衣裳。
靜言思之，　　靜靜地我思量它，
不能奮飛。㉒　　無法展翅飛他方。

⑳胡，何、為什麼。迭，更替、輪流。微，昏暗不明。指日蝕、月蝕。
㉑澣，同「浣」，洗滌。
㉒奮飛，振翼高飛而去。

【新繹】

以「柏舟」為題的詩篇，在《詩經》中有二：一在〈邶風〉，一在〈鄘風〉。這一篇選自〈邶風〉，是〈邶風〉的第一篇。在《詩經》中，邶、鄘、衛是自成一組的風謠。

根據〈毛詩序〉的說法：「〈柏舟〉，言仁而不遇也。衛頃公之時，仁人不遇，小人在側。」可知《毛詩》以為這是抒寫君子在朝失意之作；而承襲《魯詩》說的劉向《列女傳》的〈貞順〉篇，則以為這是「衛宣夫人」的作品，表現寡婦守志不嫁的貞節。一主男，一主女，說法已有不同。到了宋代朱熹的《詩集傳》，又這樣說：

> 婦人不得於其夫，故以柏舟自比。……《列女傳》以此為婦人之詩，今考其辭氣卑順柔弱，且居變風之首，而與下篇相類，豈亦莊姜之詩也歟？

因為朱熹對元明以來的學者影響很大，所以他的說法，和前二者鼎足而三，每被後人所援引，但是，也常被後人所批評。像明代何楷《詩經世本古義》就說：「飲酒遨遊，豈婦人之事？」清代陳啟源《毛詩稽古編》也說：「朱子至謂群小為眾妾，尤無典據。呼妾為小，古人安得有此稱謂乎？」其他如姚際恆的《詩經通論》、方玉潤的《詩經原始》，也都對朱子「婦人不得於其夫」的說法，有所質疑。

民國以來，對於此詩的看法，離不開上述三種。其中也有人曾主調和之論，以為這是詩人藉女子訴說家庭生活的不幸，來寄託自己在政治上的失意之情。這樣說來，和〈毛詩序〉的說法，不但不牴觸，反而從表現技巧上，把原來的說法闡釋得更好。

這首詩共五章，每章六句，每句四字。第一章寫詩人心懷深憂，無法排遣，以致夜不成眠。「汎彼柏舟，亦汎其流」，「微我無酒，以敖以遊」，這些汎舟載酒、出遊寫憂的描寫，其實只是詩人失眠時的假想之詞。載酒出遊，對別人來說，或可解憂，但是對於作者而言，則「舉杯消愁愁更愁」，一切徒然。這些描寫，主要是用來烘托「耿耿不寐，如有隱憂」二句。「耿耿」，意同「炯炯」，是說眼睛睜睜的樣子，形容失眠人的心煩氣躁。「如有隱憂」的「如」，古訓「而」，我則以為照字面解，也講得通。「隱憂」解作「深憂」或「幽憂」都可以，因為憂愁若能對人傾訴，就多少可以消除一些了。

第二章是對「隱憂」的進一步抒寫。懷才不遇，賢者不免。賢才所以不遇，往往由於志行高潔，明辨是非善惡，因此不能苟合於世，取悅於人。「我心匪鑒」二句，是說自己嫉惡好善，不像銅鏡那樣，可以讓美醜善惡的人都照進裡面。就因為如此堅毅不圓滑，所以連自己的親兄弟也不能體諒自己的苦衷了。

第三章承接第二章「我心匪鑒，不可以茹」二句而來，一樣是對「隱憂」的進一步抒發。「我心匪石」、「我心匪席」和「我心匪鑒」，都是用來形容自己的意志堅定，不會動搖。「威儀棣棣」二句，是說自己儀度莊重，決不會和小人同流合污。這些都有「自反而無闕」的意思。第二、三兩章，寫自己含冤莫白，有怨難訴，自己又不肯妥協退讓，所以內心的煩憂，無法排解。這和第一章的「耿耿不寐，如有隱憂」是相呼應的。

第四章寫詩人所以有「隱憂」的原因。「憂心悄悄，慍于群小」，原來詩人的怨畏人知，主要是得罪了「群小」的緣故。「群小」就是一群朋比為奸的小人。君子耿介，往往獨來獨往，小人則善勾結，往往結黨營私。詩人說這群小人的構陷，使他憂心如搗，而且有怨難訴。因此「夜中不能寐」，搥胸自傷！「靜言思之」，是寫對自己的反省；「寤群有摽」，是寫對小人的痛恨！

第五章寫詩人忍辱含垢，不知如何才好。「日居月諸，胡迭而微」，這是說詩人在有怨難訴之餘，只好質問天地日月。「加匪澣衣」，比喻自己的忍辱含垢。「不能奮飛」，形容自己的無所容身。

此詩讀來，無限悽婉。在古代常被引用，不愧是《詩經》中的名篇。

綠衣

一

綠兮衣兮，❶
綠衣黃裡。❷
心之憂矣，
曷維其已？❸

二

綠兮衣兮，
綠衣黃裳。❹
心之憂矣，
曷維其亡？❺

三

綠兮絲兮，
女所治兮。❻

【直譯】

綠外衣呀綠外衣，
綠色外衣黃襯裡。
心裡這樣憂鬱喲，
何時才是它盡期？

綠上衣呀綠上衣，
綠色上衣黃下裳。
心裡這樣憂傷喲，
何時才把它遺忘？

綠絲縷呀綠絲縷，
你曾親手理過呀。

【注釋】

❶古人以為黃是本色，綠是間色（兩種以上的顏色調配而成），本色正，間色賤，所以說外衣不應是綠色。間，一作「閒」。

❷現在間色的綠布做外衣，正色的黃布做內裡，表示貴賤顛倒。

❸曷，何、何時。已，止。

❹古人的衣服，上衣下裳。現在上衣綠色，下裳黃色，表示上下失序。

❺亡，忘。一說：已、無。

❻女，汝、你。治，理絲。指紡織之事。

我思古人，❼
俾無訧兮！❽

我想起古代君子，
使我沒有差錯呀！

四

絺兮綌兮，❾
淒其以風。❿
我思古人，
實獲我心！⓫

細葛衣呀粗葛衣，
淒然就像涼風起。
我想起古代君子，
真的稱合我心意！

❼ 古人，古代君子人物。一說：故人，指亡妻。
❽ 俾，使。訧，音「尤」，過失。
❾ 絺、綌，已見〈周南・葛覃〉篇。
❿ 淒其，淒然。
⓫ 獲，得、明白。

【新繹】

根據〈毛詩序〉的說法，〈綠衣〉這首詩的旨趣是：「衛莊姜傷己也。妾上僭，夫人失位，而作是詩也。」意思是說齊國公主莊姜，嫁到衛國之後，因為丈夫衛莊公寵愛嬖妾，上下失序，心情憂鬱，因而寫了這首詩。

《左傳・隱公三年》：「衛莊公娶於齊東宮得臣之妹，曰莊姜，美而無子，衛人所為賦〈碩人〉也。」又說：「公子州吁，嬖人之子也。」後來鄭玄的《毛詩傳箋》，大概就是據此才說是：「妾上僭者，為公子州吁之母。」古代一個婦女沒有兒子，本來就容易失寵失位的，莊姜「美而無子」，自然會被嬖妾所僭。不管這位上僭的嬖妾，是不是公子州吁的生母，莊姜的失寵失位，在當時應是客觀的事實（讀者可同時參閱下篇〈燕燕〉的「新繹」）。所以，除了《毛詩》之外，今文學派的《齊詩》之說（如《易林・觀之革》）也這樣說：「黃裡綠衣，君服不宜。淫湎毀常，失其寵光。」據王先謙《詩三家義集疏》的說法，不僅《毛詩》、《齊詩》見解相同，而且「詩恉甚明，《魯》、《韓》蓋無異義。」這樣看來，〈毛詩序〉的說法，應可採信，而這首詩是東周初期的作品，也不辯自明了。

此詩凡四章，每章四句，每句四字。第一、二兩章先從服色的錯亂說起。《毛傳》說：「綠，閒色；黃，正色。」閒色賤而正色貴，在古代原是不爭的事實。因此，詩中「綠衣黃裡」、「綠衣黃裳」等句，說君王以綠為表，以黃為裡；以綠為衣，以黃為裳，正是比喻君王對待妻妾的尊卑顛倒，上下失序。朱熹《詩集傳》解釋首章時，這樣說：

> 閒色賤而以為衣，正色貴而以為裡，言皆失其所也。……
>
> 莊公惑於嬖妾，夫人莊姜賢而失位，故作此詩，言綠衣黃裡，以比賤妾尊顯而正嫡幽微，使我憂之不能自已也。

可謂頗得〈詩序〉之意。第一、二章的「心之憂矣，曷維其已」、「心之憂矣，曷維其亡」，句法相同，意思也相同，都是說明莊姜對君王的亂服色、失尊卑，有無限的憂慮。

第三章「綠兮絲兮，女所治兮」二句，是說綠衣本由素絲染織而成，而「化治絲枲」的工作，原由嬪婦（嬖妾）負責（見《周禮・太宰》），如今竟然「綠衣黃裡」、「綠衣黃裳」，這一切當然都要經過你（女同「汝」，指君王）的同意。依照古代禮制，大夫以上，才可以穿絲織品。素絲染成何種顏色，織成何種衣料，自然由主人來決定。現在你既然同意嬖妾嬪婦已把素絲染綠，織成上衣，則「我」夫復何言！「我」，是莊姜自稱。「我思古人，俾無訧兮」，是說莊姜處此遭遇，唯有以禮善處的古之君子，來自勵而已，也唯有如此，才能使自己的行為不致有所差錯。

第四章藉「絺兮綌兮，淒其以風」來說明絺綌本為暑夏所穿，現在卻用來禦寒，比喻秋扇見捐，尊卑失所。「我思古人，實獲我心」二句，據《鄭箋》云：「古人之聖人制禮者，使夫婦有道，妻妾貴賤，各有次序。」這代表了莊姜在見捐失位之餘的心聲。配合第三章來看，她一方面刻苦自勵，端正行為，一方面仍然盼望君王回心轉意，遵從禮制。

以上的講解，大致依據朱熹以前的舊注。不過，近年來的學者，一則懷疑古代的體制，一則主張把詩中的「古人」解作「故人」，因此認為本篇是詩人覩物懷人、想念過去妻子的作品。至於這位妻子是死亡或離異，則又有不同的說法。下面抄錄程俊英的譯文，供讀者參考，以見一斑：

綠色衣啊綠色衣，
外面綠色黃夾裡。
見到此衣心憂傷，
不知何時才能已！

綠色衣啊綠色衣，
上穿綠衣下黃裳。
穿上衣裳心憂傷，
舊情深深怎能忘！

綠色絲啊綠色絲，
絲絲是你親手織。
想起我的亡妻啊，
遇事勸我無差失。

夏布粗啊夏布細，
穿上風涼又爽氣。
想起我的亡妻啊，
樣樣都合我心意。

燕燕

一

燕燕于飛，❶
差池其羽。❷
之子于歸，❸
遠送于野。❹
瞻望弗及，
泣涕如雨。

二

燕燕于飛，
頡之頏之。❺
之子于歸，
遠于將之。❻
瞻望弗及，
佇立以泣。❼

【直譯】

燕子雙雙在飛翔，
參差不齊那翅膀。
這個人兒要歸去，
遠遠送到郊野上。
抬頭遙望不見了，
流淚就像雨一樣。

燕子雙雙在飛翔，
牠們飛上又飛下。
這個人兒要歸去，
遠遠前去送別她。
抬頭遙望不見了，
久久站著而淚下。

【注釋】

❶燕燕，成雙結對的燕子。

❷差池，同「參差」，高低不齊的樣子。

❸之子，這個女子。于歸，出嫁。已見前。此指大歸，歸父母家。

❹野，郊外。《爾雅》：「郊外曰野，野外曰林。」

❺頡頏，音「協杭」，形容燕子飛上飛下的樣子。

❻將，送。

❼佇立，久立。

・燕・

三

燕燕于飛，
下上其音。❽
之子于歸，
遠送于南。❾
瞻望弗及，
實勞我心。

四

「仲氏任只，❿
其心塞淵；⓫
終溫且惠，⓬
淑慎其身。
先君之思，⓭
以勗寡人。」⓮

燕子雙雙在飛翔，
低低高高那呢喃。
這個人兒要歸去，
遠遠送行到南邊。
抬頭遙望不見了，
真是讓我太掛念。

「二妹值得親信的，
她的心地厚且深；
始終溫柔又和順，
善良謹慎她為人。
先君曾經這樣想，
可以助我寡德人。」

❽ 下上，與上文「頡頏」相應。形容時高時低。

❾ 與上文「遠送于野」相應。「南」與「林」音義相近，指遠郊。

❿ 仲氏，古人對排行第二的稱呼。猶言二妹。任，親信。一說：仲氏的姓。只，語助詞。

⓫ 塞，「寋」的借字，誠實。淵，深厚。

⓬ 終，既。「終……且」，等於「既……又」，有始終的意思。

⓭ 先君，已死的國君。

⓮ 勗，音「序」，勉勵。寡人，寡德之人，國君或國君夫人的自謙之詞。

【新繹】

〈燕燕〉一詩，是〈國風〉中的名篇。

根據〈毛詩序〉的說法，〈燕燕〉是寫「衛莊姜送歸妾」的作品。衛莊姜是齊莊公的女兒，嫁給衛莊公，所以稱為莊姜。上一篇已約略提到了。莊姜出身高貴，而又美麗大方，〈衛風・碩人〉一詩，就曾讚美她「手如柔荑，膚如凝脂，領如蝤蠐，齒如瓠犀，螓首蛾眉，巧笑倩兮，美目盼兮」。可惜她美而無子，所以衛莊公又娶了陳國的厲嬀、戴嬀姊妹。戴嬀生了兒子，名完，莊姜以為己子，並立為太子，後來即位，就是衛桓公。可是即位未久，衛莊公另一位寵妾所生的兒子，名叫州吁，卻殺死桓公，自立為君。戴嬀因為是桓公的生母，所以被遣送回陳國。這首詩就是當時莊姜為她臨行送別的作品。

詩分四章。前三章都以「燕燕于飛」托興，以「之子于歸」寫別，以「瞻望弗及」抒情。燕子雙雙，自在飛翔，忽前忽後，忽上忽下，忽高忽低，這些都是用來襯托莊姜和戴嬀的勞燕分飛之情。寓情於景，句法略加改化，就覺得生動無比。下文「遠送于野」、「遠于將之」、「遠送于南」也一樣，寫遠送由郊外、分手而至遠去，不但和「瞻望弗及」互為承應，而且，和前三章末句的「泣涕如雨」、「佇立以泣」、「實勞我心」，由先是落淚而佇立而傷心，都顯得整齊之中，富有錯落之美，筆法簡而有致，層層推展，字字寓情。

第四章說明莊姜何以如此傷心送別的緣故。這是因為戴嬀是值得親信的好人，她的心地深厚，誠實和順，而且修身謹慎，所以先君衛莊公早就希望她能協助莊姜，而莊姜和她相處也非常融洽。就因為這樣，所以當戴嬀被遣回陳國，莊姜遠送的時候，看到眼前「燕燕于飛」的情景，就禁不住「泣涕如雨」了。

這篇作品，是我國早期一首動人的送別詩，朱熹在他的《朱子語類》裡，就這樣說：「譬如畫工一般，真是寫得他精神出。」這是說明這首詩不但能夠描寫盡態，而且能夠敘述入神，難怪贏得很多後代文人的讚賞。清代王士禎在《分甘餘話》中就說：「〈燕燕〉之詩，許彥周以為可泣鬼神。合本事觀之，家國興亡之感，傷逝懷舊之情，盡在阿堵中，〈黍離〉、〈麥秀〉未足喻其悲也。宜為萬古送別之祖。」

除了上述〈毛詩序〉的說法之外，韓、魯、齊三家卻都以為這首詩應是衛定姜送其婦（或其娣）歸之作。假使這個說法能夠成立，那麼這首詩的寫作年代，應該已是春秋中葉了。春秋時代是公元前七七〇年至公元前四七六年，衛定公在位期間是公元前五八八年至公元前五七七年。

另外，從宋代王質以後，有不少人從詩中的「先君之思，以勖寡人」等句，直尋本義，以為此詩應是國君送嫁之作；更有人懷疑〈毛詩序〉的說法，不合史實，而認為這篇應是衛國國君送其女弟遠嫁南國的作品。像清代崔述《讀風偶識》就這樣說：「此篇之文，但有惜別之意，絕無感時悲遇之情。而《詩》稱『之子于歸』者，皆指女子之嫁者言之，未聞有稱『大歸』為『于歸』者。恐係衛女嫁於南國，而其兄送之之詩，絕不類莊姜戴媯婚事也。」崔述的說法，後來是有人採信的。像蔣立甫的《詩經選注》就說：「這是衛君送妹妹出嫁的詩。」高亨的《詩經今注》則稍加改變，說：「此詩作者當是年輕的衛君。他和一個女子原是一對情侶，但迫于環境，不能結婚。當她出嫁旁人時，他去送她，因此作詩。」

「詩無達詁」，說的真是一點也不錯。

日月

一
日居月諸，❶
照臨下土。❷
乃如之人兮，❸
逝不古處。❹
胡能有定？❺
寧不我顧？❻

二
日居月諸，
下土是冒。❼
乃如之人兮，
逝不相好。❽
胡能有定？
寧不我報？❾

【直譯】

太陽月亮輪流轉，
光芒照在大地上。
竟有如此人兒喲，
遠去不住老地方。
如何才能有定準？
難道不把我懷想？

太陽月亮輪流轉，
下面大地被籠罩。
竟有如此人兒喲，
遠去不肯兩相好。
如何能夠有定準？
難道不給我回報？

【注釋】

❶ 日來月往。已見〈柏舟〉篇。舊說：居、諸都是語助詞，茲不取。
❷ 下土，天下的大地，即人間。春秋時代稱地為土。
❸ 乃，竟。之人，此人、這樣的人。
❹ 逝，消失、遠去。一說：發語詞。古處，故居、舊所。
❺ 胡，何。定，定準、憑據。
❻「寧不顧我」的倒文。寧不，能不、豈不。
❼ 冒，覆蓋、普照。
❽ 相好，相愛。
❾ 報，見答。

三

日居月諸，
出自東方。
乃如之人兮，
德音無良。❿
胡能有定？
俾也可忘！⓫

四

日居月諸，
東方自出。⓬
父兮母兮！
畜我不卒。⓭
胡能有定？
報我不述。⓮

太陽月亮輪流轉，
出現總是從東方。
竟有如此人兒喲，
動聽言論實不良。
如何能夠有定準？
使得我呀可遺忘！

太陽月亮輪流轉，
東方自是出現處。
我的爹啊我的娘！
他養我沒有終始。
如何能夠有定準？
回報我不循正途。

❿ 德音，美言、動聽言論。
⓫ 俾，使得。
⓬ 即上文「出自東方」。
⓭ 畜，養。不卒，不到底，為德不卒的意思。
⓮ 述，通「術」，道、通行的道路。

【新繹】

〈毛詩序〉這樣解釋〈日月〉一詩：「〈日月〉，衛莊姜傷己也。遭州吁之難，傷己不見答於先君，以至困窮之詩也。」因為把這首詩解釋為衛莊姜傷己之作，所以，歷來有不少學者據此立說，以為此詩和〈綠衣〉、〈燕燕〉、〈終風〉等篇，自成一組。朱熹《詩集傳》不僅承襲了這種說法，而且還作了兩個推測：一是〈柏舟〉一詩疑為莊姜之作，一是「此詩當在〈燕燕〉之前」。關於前者，已見〈柏舟〉一文，此不贅言；關於後者，可知是由於朱熹承襲了〈詩序〉之說，認定「衛莊姜送歸妾」的〈燕燕〉篇，史實發生的時間，應在「衛莊姜傷己」、「不見答於先君」的〈日月〉篇之後的緣故。

除了〈毛詩序〉的說法之外，劉向《列女傳》的〈孽嬖〉篇，曾經引用此詩「乃如之人兮，德音無良」二句，來說明這是敘寫另一個衛國宮闈政變，衛宣公夫人衛宣姜謀殺太子伋子之事。故事是說：衛宣姜為了廢除太子伋子，讓自己親生的兒子壽或朔取而代之，所以在太子伋子出使齊國的時候，暗中派了大力士在邊界謀殺他；沒有想到自己親生的兒子壽，竟然同情伋子，願意代他而死，結果兩人先後都被殺死了；於是朔立為太子，就是後來的衛惠公；衛國因此紛亂了很久。這種說法，後人採用的比較少。陳子展《詩經直解》就這樣分析說：「按《列女傳》凡引詩或涉詩本事，而云詩曰、賦詩曰、作詩曰，語義有別。詩曰、賦詩曰，類皆『斷章取義，余取所求』。此用詩以就己說之義，非詩本義也。」可見劉向《列女傳》所承襲的《魯詩》之說，不見得比〈毛詩序〉的說法可靠。

另外，從清代以來，頗有一些學者主張就詩論詩，直尋本義。像崔述《讀風偶識》就說〈綠衣〉篇和這首詩：「此二詩者，或係婦人不得志於夫者所作。其所處之地，必有甚難堪者，斷斷非莊姜詩也。」民國以來的學者，採用這種說法的人很多。不過，我總以為：除非有明確的證據，要不然，對於〈毛詩序〉的說法，不必疑之太過。

這首詩共四章，每章六句。每章的開頭，都以「日居月諸」起句。《毛傳》把這一句解作「日乎月乎」，顯然是像高本漢所說的，把「居」、「諸」都當語助詞用。我這裡的譯文，把「居」、「諸」作動詞用，有「處」、「之（乎）」的意思。整句就是說日來月往或日往月來，當然我也不排斥有呼日月而訴之之意。日月遞照，太陽月亮雖然輪流照耀「下土」，但是它們的運行，卻仍然有一定的規則，就像「出自東方」或「東方自出」一樣。詩人藉此來說明天行有常，日月有序，而她懷念中的人兒，卻「逝不古處」、「逝不相好」。「逝」，前人多解為發語之詞，這裡仍照字面釋為「遠去」，以應下文「胡能有定，寧不我顧」等句。「乃如之人兮」一句，是全詩的重心，就因為此人遠去，「寧不我報」、「報我不述」，所以詩人才會嘆日月以訴其情，才會呼天喚地，痛呼父母，來傾訴心中的哀怨。

方玉潤《詩經原始》說：「訴不已，乃再訴之；再訴不已，更三訴之；三訴不聽，則惟有自呼父母而歎其生我之不辰。蓋情極則呼天，疾痛則呼父母，如舜之號泣于旻天、于父母耳。此怨極也，而篇終乃云『報我不述』，則用情又何厚哉！」方氏因為把「報我不述」的「不述」，解作「不欲稱述」，所以有「用情又何厚哉」之說。我認為除了這點有待商榷之外，方氏的此段文字，對讀者來說，有其一定的參考價值。

終風

一

終風且暴，❶
顧我則笑。
謔浪笑敖，❷
中心是悼！❸

二

終風且霾，❹
惠然肯來？❺
莫往莫來，
悠悠我思。

三

終風且曀，❻
不日有曀。❼

【直譯】

始終風強又雨暴，
回頭看我就嬉笑。
戲謔放浪又胡鬧，
內心實在是煩惱！

始終刮風又陰霾，
和和順順肯前來？
不能去呀不能來，
悠悠的我的情懷。

始終刮風又陰翳，
不見太陽天陰翳。

【注釋】

❶ 終……且，等於「既……又」，已見〈燕燕〉篇。暴，《齊詩》作「瀑」，疾雨。

❷ 戲謔、放浪、笑鬧、遊蕩。

❸ 中心，心中。悼，懼、擔心。

❹ 霾，音「埋」，大風揚塵，像下雨一般。

❺ 惠然，形容順心而來的樣子。惠，愛、順，表示期待的口氣。

❻ 曀，音「易」，翳、陰涼多風。

❼ 不日，不見天日。一說：不到一天。有曀，又曀，即曀曀。

寤言不寐，❽
願言則嚏。❾

四

曀曀其陰，❿
虺虺其靁。⓫
寤言不寐，
願言則懷。⓬

驚醒了我不能睡，
希望我能打噴嚏。

沉沉翳翳那天陰，
轟隆轟隆那雷響。
驚醒了我不能睡，
但願我被你懷想。

❽ 寤，睡醒。寐，睡著。已見〈周南・關雎〉篇。

❾ 願，思、期望。嚏，音「涕」，噴嚏。民間流傳有人想念就會打噴嚏的說法。

❿ 曀曀，天色陰暗的樣子，見注❼。

⓫ 虺虺（音「悔」），形容開始打雷的聲音。

⓬ 懷，思、懷念。一說：憂傷。

【新繹】

據〈毛詩序〉的說法，〈終風〉一詩的題旨是：「衛莊姜傷己也。遭州吁之暴，見侮慢而不能正也。」這種說法，從《鄭箋》以下，大都從之。不過，從宋代開始，就有人以為把此詩解為衛莊姜「遭州吁之暴」而作，是有待商榷的。因為在名份上，不管如何，州吁畢竟是莊姜的兒子，不應當「顧我則笑」、「謔浪笑敖」。因此，朱熹《詩集傳》就以為詩中所寫的對象是衛莊公：「莊公之為人，狂蕩暴疾。莊姜蓋不忍斥言之，故但以『終風且暴』為比。言雖其狂暴如此，然亦有『顧我則笑』之時，但皆出於戲慢之意，而無愛敬之誠，則又使我不敢言而心獨傷之耳。蓋莊公暴慢無常，而莊姜正靜自守，所以忤其意而不見答也。」

朱子把這首詩和上一篇〈日月〉合看，以為詩中所歌詠的對象，是「先君」衛莊公，而非州吁。他的這種見解，後代學者很多人採用。像清代方玉潤的《詩經原始》就說：

朱子以為詳味詩辭，有夫婦之情，未見母子之意，仍定為莊公作。其說良是。若依〈序〉言，則「顧我則笑」、「惠然肯來」等語，豈子所宜加于母哉？州吁縱暴，當不至此，況非賢母所能出諸其口者。

這種說法，主要是從詩中的用語推論出來的，看起來是比較合理了。但是，仍然有人從詩中的語氣用法，來表示不同的意見。崔述《讀風偶識》說：

朱子《集傳》固已覺其不合，乃以終風為指莊公。然比之以「終風且暴」，斥之以「謔浪笑敖」，皆非莊姜所當施之於莊公者。且既謂莊姜不見答於莊公矣，又何以有「顧我則笑」之語？詳其詞意，絕與莊姜之事不類，是以施之於州吁不合，施之於莊公亦不合也。竊謂年遠事湮，詩說失傳者多，寧可謂我不知，不可使古人受誣於千載之上。

民國以來的學者，有人主張恢復《詩經》民間歌謠的原始面目，因而認為此詩是寫不幸女子怨嘆情人粗暴之作，可與莊姜無關；這種看法，是否就是詩人本旨，一樣令人疑惑。崔述說的「寧可謂我不知，不可使古人受誣於千載之上」，這種審慎的態度，我覺得是比較可取的。

基於這樣的認識，我對於《詩經》是不主張把舊說一概摒棄的。像〈終風〉這首詩，我就以為〈詩序〉之說，並非不可解。即使像王先謙《詩三家義集疏》所說的：「〈序〉首句『莊姜傷己也』，蓋太師相傳古義；『遭州吁』云云，則毛所臆增。」「遭州吁之暴，見悔慢而不能正也」二句，即使果然是毛氏所臆增，那也表示古文學派對此詩的了解，就是這樣。後人看到〈序〉中的「暴」、「悔慢」等字眼，就想到莊姜與州吁之間的關係，不該如此，但是我們只要仔細比對上篇〈日月〉的〈序〉文：「〈日月〉，衛莊姜傷己也。遭州吁之難，傷己不見答於先君，以至困窮之詩也。」就可以了解：「遭州吁之暴」就是「遭州吁之難」，而「見悔慢而不能正」就是「傷己不見答於先君，以至困窮」，意思是相通的。所以，這兩首詩都是莊姜的「傷己」之作。她責備的人是州吁，可是她傾訴的對象，卻是「先君」衛莊公。因此，古人謂此為「夫婦之詞」，在我看來，和〈詩序〉的說法，其實並無牴觸。

此詩凡四章，每章四句，每句四字。第一章寫自己「中心是悼」的原因。第二章寫自己不能忘懷的心情。第三、四兩章，承接「悠悠我思」一句，說明對方的性格，雖是「終風且暴」、「終風且霾」、「終風且曀」，粗魯無禮而又陰晴不定，但自己仍然希望對方想到自己的立場。詩人也就因此而長夜失眠了。

第三章末句「願言則嚏」的「嚏」字，有人解作跌倒，有人解作煩悶，都不如解作「打噴嚏」的好。一直到現在，民間還有「打噴嚏就是有人想你」的說法。蘇軾〈元日〉詩：「曉來頻嚏為何人」，就是這個意思。因此，「願言則嚏」，這裡譯為「希望我能打噴嚏」，意思就是：但願你還能想到我。不說自己想念對方，卻希望對方想到自己，這是一種含蓄而動人的表現技巧。

擊鼓

一

擊鼓其鏜，❶

踴躍用兵。❷

土國城漕，❸

我獨南行。

二

從孫子仲，❹

平陳與宋。❺

不我以歸，❻

憂心有忡。❼

三

爰居爰處？❽

爰喪其馬？

【直譯】

擂打戰鼓響鏜鏜，

踴躍奮起拿刀槍。

修建國都築漕城，

我獨從軍向南方。

跟隨將軍孫子仲，

約好友邦陳與宋。

不能讓我按時歸，

憂傷的心真悲痛。

哪裡停留哪裡住？

哪裡失去那匹馬？

【注釋】

❶擊，敲打。鏜，音「湯」，形容敲擊鐘鼓的聲音。其鏜，鏜鏜。

❷踴躍，跳躍擊刺的動作。兵，兵器、刀槍之類。

❸土、城都當動詞用，堆土築城的意思。國，國都，指漕，在今河南滑縣。

❹從，跟隨。孫子仲，一名公孫文仲，當時衛國主帥。

❺平，和解、平息。事見《左傳》。一說：伐。參閱「新繹」。

❻以歸，按時歸鄉。

❼有忡，即「忡忡」，心神不寧的樣子。

❽爰，何、哪裡。

于以求之？❾	在哪裡來尋找牠？
于林之下。❿	在遠郊的樹底下。
四	
死生契闊，⓫	死生聚散處處有，
與子成說。⓬	和你發誓長相守。
執子之手，	緊緊握著你的手，
與子偕老。	和你相伴到白頭。
五	
于嗟闊兮，⓭	哎呀相去遙遠喲，
不我活兮！⓮	不和我相見面喲！
于嗟洵兮，⓯	哎呀相去久遠喲，
不我信兮！⓰	不和我守誓言喲！

❾ 于以，于何、在何處。已見〈召南·采蘩〉篇。

❿ 林，遠郊。已見〈燕燕〉篇注❾。一說：森林。

⓫ 契闊，聚散離合之事。一說：偏義複詞，偏「契」，指結合。

⓬ 子，你。成說，結成盟誓。

⓭ 于嗟，即吁嗟，感嘆詞。已見前。闊，離散、分隔遠地。

⓮ 活，同「佸」，相會、見面。一說：獨自生活下去。

⓯ 洵，《韓詩》作「敻」，有遙遠、長久之義。一說：信、誠實。

⓰ 信，守約、守誓言。一說：伸、申述。

【新繹】

對於〈擊鼓〉的篇旨，〈毛詩序〉是這樣介紹的：「〈擊鼓〉，怨州吁也。衛州吁用兵暴亂，使公孫文仲將而平陳與宋，國人怨其勇而無禮也。」根據《左傳．隱公四年》的記載，州吁殺了衛桓公、自立為君以後，短短幾個月之中，曾經兩次攻伐鄭國，第一次尚且聯合了宋、陳、蔡三國，共同出兵圍鄭。所謂「于時陳、蔡方睦於衛，故宋公、陳侯、蔡人、衛人伐鄭。」〈詩序〉以為這首詩，就是參與伐鄭之役的戰士所作。因為這些戰士怨州吁勇而無禮，不肯效力，因而思歸逃散。清代王先謙《詩三家義集疏》引述的《齊詩》之說：「擊鼓合戰，士怯叛亡。威令不行，敗我成功。」可見對於此詩，今古文學派的見解，並無不同。

不過，從宋代以後，疑經的風氣逐漸興盛，所以，對於這些舊說抱著懷疑態度的，大有人在。像朱熹《詩集傳》說：「舊說以此為《春秋》隱公四年州吁自立之時，宋、衛、陳、蔡伐鄭之事，恐或然也。」雖然語氣中略表懷疑，但是尚未予以否定。到了清代的毛奇齡、姚際恆和崔述等人，就完全不同了。像姚際恆在《詩經通論》中，除了列舉六事，說是「與經不合」之外，並推定此詩應是魯宣公十二年，衛穆公平陳宋之難，數興軍戎，其下怨之而作。

我個人以為姚際恆等人的說法，所以會和舊說不同的原因，主要是由於姚際恆等人把詩中「從孫子仲，平陳與宋」的「平」字，解釋為「伐」，即平定其亂的意思，而〈詩序〉以下的舊說則不然。例如《鄭箋》是這樣說的：「平，成也。將伐鄭，先告陳與宋，以成其伐事。」朱熹《詩集傳》也是這樣說的：「平，和也，合二國之好也。」假使《鄭箋》、《朱傳》對「平」字的解釋沒錯，我想我們不必捨棄舊說而不用。王先謙就曾經根據《唐書．宰相世系表》等資料，考定詩中的「孫子仲」：「與州吁俱（衛）武公孫，時代正合。」並且進一步解釋說：

平，和也。《左》隱六年經注：「和而不盟曰平。」蓋陳、宋有宿怨，是役乃平。

這樣說來，把「平陳與宋」解作「平息了陳宋之間的紛爭」，也是與經史相合的。

此詩共五章，每章四句，每句四字。第一至三章，都從征行之苦來寫。第一章寫入伍南行之事。因為州吁用兵，所以自己從軍南行。鄭國正在衛國的南方。「土國城漕」一句，異解不少，但是總與國內的勞役有關，這跟詩人的出外作戰，自有不同。一樣是勞役，別人多留國內，自己卻須遠征，言下無限怨嗟。第二章寫南行出征之情。此次州吁派公孫文仲領軍出征，聯合陳、宋二國攻打鄭國；這只是州吁個人的逞勇好鬥而已，一般的戰士並不擁護，所以，一旦不能按照原定時間回家時，從征的戰士便不免憂心忡忡了！第三章寫軍中怠慢之狀。厭戰思歸的戰士，散居林野，無復紀律，「爰」和「于以」都是疑問詞，可以想見戰士厭戰思歸的恍惚之情。

第四、五兩章，《鄭箋》、《孔疏》等舊說，以為是戰士相約、嗟嘆之詞，明代徐常吉等人，則以為「皆自思家之情而言」（見《詩經傳說彙纂》）。就前者言，是從征的戰士，彼此之間執手誓言同生共死，不意誓言難守，互相離散；就後者言，是遠征未歸的戰士，追思室家昔日之約、今日之別。這兩種說法，見仁見智，都頗可取；願意採取哪一種說法，端看讀者對於詩句如何體會。

凱風

一

凱風自南，❶
吹彼棘心。❷
棘心夭夭，❸
母氏劬勞。❹

二

凱風自南，
吹彼棘薪。❺
母氏聖善，❻
我無令人。❼

三

爰有寒泉，❽
在浚之下。❾

【直譯】

和風吹來從南方，
吹著那叢棗樹苗。
棗樹秧苗綠垂垂，
母親大人夠辛勞。

和風吹來從南方，
吹著那叢棗樹林。
母親大人真善良，
我們卻非有用人。

哪裡有清冽寒泉，
就在浚邑的低處。

【注釋】

❶凱風，南風。凱，有大、樂的含意。

❷棘，叢生的酸棗樹。心，幼苗、嫩芽。

❸夭夭，茁長披垂的樣子。已見〈周南．桃夭〉篇。

❹劬，音「渠」，勞苦。

❺棘薪，酸棗樹已經長大，可做薪柴之用。比喻子女已長大成人。

❻聖，明達。善，賢淑。

❼令，善、好。

❽爰，何、何處。已見前。一說：發語詞，無義。寒泉，清冷的地下泉水。

❾浚，衛國地名，在今山東濮縣。

有子七人，
母氏勞苦。

四

睍睆黃鳥，⑩
載好其音。⑪
有子七人，
莫慰母心。

共有兒子七個人，
母親撫養真勞苦。

清和宛轉的黃鳥，
多麼動聽那聲音。
共有兒子七個人，
沒人安慰慈母心。

⑩睍睆，音「現緩」，同「間關」，形容黃鳥圓轉的叫聲。一說：美麗好看。

⑪載，則、尚。一說：發語詞，無義。

【新繹】

〈毛詩序〉說：「〈凱風〉，美孝子也。衛之淫風流行，雖有七子之母，猶不能安其室，故美七子能盡其孝道，以慰其母心，而成其志爾。」這是說衛國有一個婦人，雖然生了七個兒子，卻仍然想要改嫁。她的七個兒子，以此自責。因此，詩人藉此來稱美孝子的用心。

《鄭箋》、《孔疏》以及《朱傳》，都是根據這種說法來立論的。鄭玄指出〈詩序〉的不安其室，就是「欲去嫁也」；孔穎達進一步指出：「母欲嫁者，本為淫風流行，但七子不可斥言母淫，故言母為勞苦而思嫁也。」朱熹說得更清楚：「母以淫風流行，不能自守，而諸子自責，但以不能事母，使母勞苦為辭。婉辭幾諫，不顯其親之惡，可謂孝矣。」除此之外，《孔疏》還特別指出〈毛詩序〉的「成其志」，意思是：「孝子自責己無令人，不得安母之心，母遂不嫁。」這是說：七個兒子都能盡孝道，安慰母親，使她不致改嫁。這種說法，用來和詩中所寫的情境相對照，可以說是相契合而無牴觸的。

除了這種說法之外，王先謙《詩三家義集疏》所引述的《齊詩》之說：「〈凱風〉無母，何恃何怙？幼孤弱子，為人所苦。」似乎認為此詩是無母的孤兒所作。但王先謙在申論時，卻比附了《後漢書》的〈姜肱列傳〉，以為這是孝事繼母之詩，所謂「為人所苦」的「人」，指的就是繼母。我想這是受了孟子論《詩》的影響。

《孟子》的〈告子下〉篇，說公孫丑問孟子：「〈凱風〉何以不怨？」孟子的回答是這樣的：

> 〈凱風〉，親之過小者也；〈小弁〉，親之過大者也。親之過大而不怨，是愈疏也；親之過小而怨，是不可磯也。愈疏，不孝也；不可磯，亦不孝也。

〈小弁〉是〈小雅〉中的名篇，舊說以為是刺幽王，寫太子宜臼為繼母所讒之作。孟子把〈凱風〉和〈小弁〉並舉，是不是認為這兩篇都與繼母有關，原意已不可知，但是王先謙卻如此認定。所以王先謙在《集疏》中又這樣說：「愚案：〈序〉『美孝子』，自是大師相傳古誼，『淫風流行』云云，則毛所塗附。玩《孟子》『親之過小』一語，周秦以前舊說決無『母不安室』之辭。」

周秦以前舊說，是否如王氏所言，尚待考查。但姚際恆《詩經通論》曾說：「古婦人改適，亦為常事，故曰過小。」這和〈毛詩序〉所說的「衛之淫風流行」，反而可以參看。因此，《齊詩》

之說，也只是可備一說而已，並不足以否定〈毛詩序〉的說法。

不過，由於今古文學派的看法，各有源流傳承，加上後代說《詩》者，喜歡以意逆志，所以後人對於此詩的解釋，也就言人人殊了。王質《詩總聞》這樣解釋此詩：「孤子事寡母者也。當是賤者之家。其子以為婦當代姑，不欲其母太勞也。令人，賢婦也。七婦未必皆不賢，而其子憐其母，故責其婦也。」牟庭《詩切》卻這樣說：「〈凱風〉為母沒之後，七子不見愛於後母，而作詩以自責也。」其他的說法還有，這裡不一一贅舉。

此詩凡四章，每章四句，每句四字。關於此詩的章法，前人言之已詳。其中像陳奐《詩毛氏傳疏》說：「前二章以凱風之吹棘，喻母養其七子。後二章以寒泉之益於浚，黃鳥之好其音，喻七子不能事悅其母，泉、鳥之不如也。」其言極為精當。至於像范家相《詩瀋》中的析論，更為詳明，茲按四章先後，抄錄於下，供讀者參考：

> 凱風自南，棘心吹而夭夭，可以人而不如棘乎？母氏劬勞，凱風之吹棘也。
>
> 凱風之吹棘，俄而成薪矣。我母氏之聖善，撫我七人，竟無一之為令人，何以為人子哉！
>
> 寒泉之在浚者一，而汲之甚眾。猶母唯一身，而待育者七焉。母氏其勞苦矣，敢不思而自奮乎！
>
> 黃鳥之好者，猶能悅人。乃有子七人，莫慰母心，誠鳥之不若，蓋自責自恨之至！

范家相的分析已極詳明，這裡也就不再多加詞費了。

雄雉

一

雄雉于飛，❶
泄泄其羽。❷
我之懷矣，
自詒伊阻。❸

二

雄雉于飛，
下上其音。❹
展矣君子，❺
實勞我心。

三

瞻彼日月，
悠悠我思。

【直譯】

雄性野雞在飛翔，
舒舒緩緩那翅膀。
我這樣懷念他啊，
自己惹來這憂傷。

雄性野雞在飛翔，
低低高高那聲音。
誠誠實實喲君子，
實在擾亂我內心。

看那日月去又來，
悠悠長長我情懷。

【注釋】

❶雉，野雞。
❷泄泄（音「亦」），飛行緩慢的樣子。一說：鼓動翅膀的樣子。
❸自詒，自找、自取。伊，是、此。阻，憂、苦。
❹下上，此指聲音的高低。已見〈燕燕〉篇。
❺展，誠、忠厚。一說：「蹇」，難。

・雉・

道之云遠，❻　　道路這樣呀遙遠，
曷云能來？❼　　何時呀能夠回來？

四

百爾君子，❽　　所有你們君子人，
不知德行？　　不知德行的意義？
不忮不求，❾　　不嫉恨又不貪求，
何用不臧？❿　　怎麼還會不吉利？

❻云，語中助詞。下同。
❼曷，何、何時。
❽百，所有。爾，你們。
❾忮，音「至」，妒忌。求，貪求、自私。
❿臧，善、吉祥。

【新繹】

〈毛詩序〉以為〈雄雉〉的寫作背景是這樣的：「〈雄雉〉，刺衛宣公也。淫亂不恤國事，軍旅數起，大夫久役，男女怨曠，國人患之，而作是詩。」意思是說：衛宣公之時，由於他上烝下淫，色欲過度，犯悖人倫，不恤政事，因此軍旅時起，爭戰不已，衛國的大夫久役在外，以不得歸為苦，婦女則獨守空閨，以長相思為怨，因此國人以此為憂，藉這首詩來反映他們的心聲。《毛傳》、《鄭箋》、《孔疏》都是根據這種說法來加以申論的。

到了宋代的學者，如曾鞏、朱熹等人，則多以為此詩是婦人之作。像朱熹的《詩集傳》和《詩序辨說》，都有類似的說法。《詩集傳》中，對於此詩首章，即作如此解說：

婦人以其君子從役于外，故言雄雉之飛，舒緩自得如此，而我之所思者，乃從役于外，而自遺阻隔也。

這和舊說已稍有不同。舊說的重點在「刺衛宣公」，所以以雄雉比宣公，說宣公見女色，猶如雄雉見雌雉，「鼓其翼泄泄然」；朱熹的重點在「大夫久役，男女怨曠」，所以以雄雉之飛，起興君子的從役在外，而不確定事在宣公之時。陳子展《詩經直解》即云：

今按：〈雄雉〉，婦人以其君子久役於外，有所思而作。〈序〉所謂大夫久役、男女怨曠者，得之。但未有以見其為宣公之時，與其淫亂不恤國事之意耳。兼此詩意，亦似出自一個婦人作，不得泛言國人之所為也。朱子〈辨說〉為是。〈序〉首句何以云刺宣公？作〈序〉者往往從詩言外之意，作推本之論。此作〈序〉者之義，或出自采詩、編詩、陳詩之義，非詩人之本義也。

陳氏並引用姜炳璋《詩序廣義》的說法，說以〈雄雉〉為婦人思君子，是詩人之意；以〈雄雉〉為刺宣公，是編詩之意。

姜炳璋、陳子展等人的這種說法，在理論上固然言之成理，也很引人注意，但是，以婦人思君子來解釋〈雄雉〉一詩，說它是詩人的本義，其實也還只是推測之詞而已，並無確實的證據。因此，從宋代以來，其他的一些說詩者，也各隨自己的體會而紛紛另立新說了。像晚明孫鑛《孫月峰先生批評詩經》就說：「只第三章是懷遠語耳，然作朋友亦可通。反復諷味，總只作泛歎時為得；若作婦思夫，則『我之懷矣』一句無味，而末章亦覺迂。今以不忮求應懷土意，似稍有情致。」像清代方玉潤的《詩經原始》，說此詩是「期友不歸，思以共勗也」；像牟庭的《詩切》，說此詩是「賢婦人刺其夫遠宦不歸也」。這可真的是「詩無達詁」了。

其實，說婦人思君久役于外也好，刺其夫遠宦不歸也好，甚至是說期友不歸也好，我以為和〈毛詩序〉的「大夫久役，男女怨曠」並無牴觸。《鄭箋》早就說過：「男曠而苦其事，女怨而望其君子」，以上的幾種說法，事實上，都只是取其一端而已。這也是我主張兼採舊說的原因。

此詩凡四章，每章四句，每句四言。第一、二兩章的開頭兩句，都是以「雄雉于飛」起興，來引起對遠行君子的懷念。第一章的「自貽伊阻」，是說事由自取，有自討苦吃的意思。「阻」可指遠隔，也可解作憂戚。第二章的「實勞我心」，是說自己對遠行君子的殷切懷想。第三章的「瞻彼日月」兩句，是寫離別為時已久；「道之云遠」兩句，是寫相隔關山之遠。第四章頗為費解，像姚際恆在《詩經通論》中引述朱熹之說時，乾脆就說：上三章可通，末章難通，不敢強說。我本來也「不敢強說」，但自己卻有個想法，以為這是詩人以反問說理，勉勵遠行的君子。在「軍旅數起」、時局不靖之際，希望遠行的君子能夠修德勵行，潔身自愛，如此則雖身處異地，久役于外，終有歸來相聚之日。如此解說，我自己以為並不違背〈詩序〉古義，只是讀者能否接受，那就要問讀者自己了。

匏有苦葉

一

匏有苦葉，❶
濟有深涉。❷
深則厲，❸
淺則揭。❹

二

有瀰濟盈，❺
有鷕雉鳴。❻
濟盈不濡軌，❼
雉鳴求其牡。❽

三

雝雝鳴鴈，❾
旭日始旦。❿

【直譯】

葫蘆有了枯黃葉，
濟水有了深渡口。
水深就繫葫蘆過，
水淺就挑葫蘆走。

茫茫地濟水漲滿，
吆吆地野雞鳴唱。
濟水漲滿不沾軸，
雞唱尋找她對象。

雍雍和鳴是大雁，
朝陽剛上地平線。

【注釋】

❶ 匏，音「袍」，葫蘆。苦，古通「枯」。
❷ 濟，水名，一作「泲水」。流經衛國境內。涉，原指步行過河，此指渡口。
❸ 厲，腰繫葫蘆，連衣步行渡水。
❹ 揭，肩挑葫蘆，撩起下裳渡水。
❺ 有瀰，瀰瀰，水勢滿盈的樣子。
❻ 有鷕（音「窈」），鷕鷕，雌雉的叫聲。
❼ 濡，沾濕。軌，車軸的兩端。
❽ 牡，指雄雉。
❾ 雝雝（音「雍」），鴈鳥和鳴的聲音。古人婚禮納采用鴈。
❿ 旭日，初升的太陽。旦，太陽出現在地平線上。

士如歸妻，⓫
迨冰未泮。⓬

士人若要娶妻子，
要趁冰雪未渙散。

四

招招舟子，⓭
人涉卬否。⓮
人涉卬否，
卬須我友。⓯

搖手招呼的船夫，
別人渡河我不走。
別人渡河我不走，
我在等待我朋友。

⓫ 士，古代男子通稱。歸妻，娶妻。
⓬ 迨，及、趁著。泮，音「判」，雪融化，一說：合、冰封。
⓭ 招招，舉手召喚的形容。舟子，船夫。
⓮ 卬，音「昂」，「姎」的借字，古代婦女的自稱。
⓯ 須，等待。

【新繹】

〈毛詩序〉對於此詩，如此解題：「〈匏有苦葉〉，刺衛宣公也。公與夫人，並為淫亂。」配合上篇〈雄雉〉來看，這篇作品是諷刺衛宣公烝於夫人夷姜而作。這種說法，民國以來的學者，大都不肯接受。因為他們主張還給《詩經》民歌的本來面目，主張就詩直尋本義，所以他們往往摒棄舊說而不用。像屈萬里老師在《詩經釋義》裡就說：「此詠婚嫁者之詩」，後來在《詩經詮釋》裡又修正為「此當是泲濱即景之作」；像陳子展在《詩經直解》裡說此詩：「顯為女求男之作。詩義自明，後儒大都不曉。詩寫此女一大侵早至濟待涉，不厲不揭；已至旭旦有舟，亦不肯涉，留待其友人。並紀其頃間所見所聞，極為細緻曲折，歌謠體傑作也。」後來在《詩三百解題》

中文調整為：「敘述一個女子在春日一大侵早，到渡口待渡，必待其膩友同渡的詩。」像余冠英在《詩經選》裡說此詩是寫：

> 一個秋天的早晨，紅通通的太陽才升上地平線，照在濟水上。一個女子正在岸邊徘徊，她惦著住在河那邊的未婚夫，心想：他如果沒忘了結婚的事，該趁著河裡還不曾結冰，趕快過來迎娶才是。再遲怕來不及了。現在這濟水雖然漲高，也不過半輪子深淺，那親迎的車子該不難渡過吧？這時耳邊傳來野雞和雁鵝叫喚的聲音，更觸動她的心事。

其他的說法還有一些，因為大同小異，所以不一一贅舉。核對詩的本文，民國以來學者的說法，是比較容易取信於人，被認為合乎情理的。但是，我們應不應該考慮：舊說是否因為古今的風俗習尚有所不同，因而不容易被今人所體會、所了解？

〈毛詩序〉的說法，雖然不行於今日，但就古人而言，即以宋儒、清儒而論，也並未對它全面否定。像朱熹《詩集傳》仍然說：「此刺淫亂之詩」；像方玉潤《詩經原始》則以為是：「刺世禮義澌滅也」，王先謙《詩三家義集疏》以為是：「賢者不遇時而作」，吳闓生《詩義會通》以為是：「蓋隱君子所作」。這些說法，都和〈毛詩序〉所說的宣公與夫人並為淫亂、不恤國事，沒有牴觸的地方。禮義澌滅，君子退隱，本來就是互為因果的事情。可見古人對於〈詩序〉之說，並未摒棄不用。我想我們不能說古人都愚昧，而今人皆聰明；古今說法的差異，主要還是在於鑑賞角度的不同。因此，新的說法固然可取，舊說也不必一筆抹殺。我們應當像杜甫所說的：

「不薄今人愛古人」才是。

這首詩共四章，每章四句。第一章以「深則厲，淺則揭」為喻，說明男女之間的交往，亦當把握時宜，量度事理。《論語．憲問篇》記載孔子擊磬於衛時：

> 有荷蕢而過孔氏之門者，曰：「有心哉，擊磬乎！」既而曰：「鄙哉，硜硜乎！莫己知也，斯已而已矣。深則厲，淺則揭。」

可見「深則厲」二語，甚至〈匏有苦葉〉一詩，是古代衛國民間流行的歌謠。其取義蓋在把握事情的機宜。匏，類瓠或壺，俗稱葫蘆。匏葉嫩時可食，等到葉枯瓜老，就不能食用了。這時候約當仲秋八月。枯老的匏瓜既已不能食用，於是古人或者劈之為瓢，作為舀水之用；或者繫之於腰，作為渡水之用。也因此，古人就稱之為「腰舟」。此詩首章說：「匏有苦葉」，承襲《齊詩》之說的《易林》，就引申為：「枯瓠不朽，利以濟舟。渡踰江河，無以溺憂。」可證「苦」即作「枯」講。葫蘆葉枯，這時也正是河水上漲的秋季。「濟」，又名泲水，流經邶地。詩人值此秋季，看見面前濟水水位上漲了，想到了厲揭渡水的方法。聞一多《詩經通義》說：「厲與揭，當承匏言。深與淺當承涉言。謂涉深則厲匏以渡，淺則揭之以渡也。」換句話說，詩人知道要如何渡水，她所以不渡者，配合第四章

·匏·

來看，乃是「卬須我友」，還在等待她朋友的緣故。

第二章和第三章寫等人待渡時的所見所聞。第二章的「有瀰濟盈」，上承「濟有深涉」，下啟「濟盈不濡軌」，說明濟水雖然漲滿了，車船仍然通行。「有鷕雉鳴」一句，和下文「雉鳴求其牡」呼應，是說雌雉鳴叫，求其配偶。舊注：「鷕」是雌雉的叫聲，雄雉的叫聲則是「雊」。這裡既然說是「有鷕雉鳴」、「雉鳴求其牡」，自然和下文第四章可相對照了。第四章「人涉卬否」的「卬」，是「我」的意思，在這裡是婦人的自稱。她既然說「人涉卬否」，別人都涉水渡河了，她卻不肯，仍在等待她的朋友，這和第二章的「濟盈不濡軌，雉鳴求其牡」，是不相同的。「濟盈不濡軌」二句，根據鄭玄的箋注，是比喻夫人夷姜的「犯禮而不自知」、「所求非所求」；根據朱熹的解釋，則是比喻「淫亂之人不度禮義，非其配偶而犯禮以相求也」。

第三章的「雝雝鳴鴈，旭日始旦」，既是詩人所見所聞，同時也關乎古人的結婚禮俗。根據《儀禮．士昏禮》的記載，古人的婚禮，在親迎（親自迎娶）之前，要納采、問名、納吉、納徵、請期。在這些儀式中，禮物用鴈，時間則在大昕（天色剛亮）之時（只有親迎時，才在黃昏）。雁、鴈常通用，實則二字有別。雁指鴻雁，鴈則指鵝。牠們都是古人見面時常用的禮物。因此這裡的「鳴鴈」、「始旦」，說明了婚禮的常態，下文「士如歸妻，迨冰未泮」，則是說明士人要迎娶妻子，應在冰雪未融之前。姚際恆《詩經通論》就說：「古人行嫁娶，必於秋冬農隙之際，故云迨冰未泮。」士人之於婚禮，尚如此節制遵守，所以詩人藉此深刺淫亂之人。

第四章的「招招舟子」，呼應上文的「濟有深涉」、「有瀰濟盈」和「濟盈不濡軌」。船夫渡人過河，和「利以濟舟」的苦匏，可為腰舟，作用一樣。說是說明自己並非無法渡到對岸，去會見情人，只是度量禮義，不肯違背規矩而已。因此，當「雉鳴求其牡」，他人犯禮求偶之際，詩人卻以第三章所說的婚禮常法，來說明「人涉卬否，卬須我友」。古人說「同志曰友」，詩人所等待的這位朋友，一定也是以禮相尚的人吧！

以上的解說，兼採古今，希望讀者不怪罪我。

明代安世鳳《詩批釋》批此詩曾云：「辭旨深晦，亂世之意。」又說：「當是隱士之詩。全篇皆比。首章以匏興濟，比士之當審勢。二章以濟興雉，比士之當待求。三章以歸妻比士之當俟時。四章以涉比士之當擇主。意味雋永，脈絡更周貫。如三比一賦，成何文法？」詩用比興，常常意在言外，讀者隨各人體會的不同，而各有不同的觸發。不是嗎？

谷風

一

習習谷風，❶
以陰以雨。
黽勉同心，❷
不宜有怒。
采葑采菲，❸
無以下體。❹
德音莫違，❺
及爾同死。

二

行道遲遲，
中心有違。❻
不遠伊邇，❼
薄送我畿。❽

【直譯】

颯颯山谷起大風，
又是陰天又是雨。
盡力結成一條心，
不該再三生惱怒。
採取葑菜採蘿蔔，
不要只用它根部。
好言好語莫忘記，
跟你一起到老死。

走在路上步遲遲，
內心有些不甘願。
不曾遠送只近別，
勉強送我到門檻。

【注釋】

❶習習，形容風的連續不斷。谷風，山谷裡的風。一說：東風。

❷黽（音「敏」）勉，勤勉、努力。

❸采，採。葑，蕪菁，即大頭菜。菲，蘿蔔。

❹以，用。下體，指根莖的部分。

❺德音，美言、好話。甜言蜜語、山盟海誓之類。違，背離、忘記。

❻中心，心中。違，「愇」的借字，怨恨。

❼遠，遠送。邇，近、不遠。

❽薄，勉強。畿，門內、門檻。一說：王畿之地。衛原是殷都王畿之地。

誰謂荼苦，⑨
其甘如薺。⑩
宴爾新昏，⑪
如兄如弟。

三

涇以渭濁，⑫
湜湜其沚。⑬
宴爾新昏，
不我屑以。⑭
毋逝我梁，⑮
毋發我笱。⑯
我躬不閱，⑰
遑恤我後？⑱

四

就其深矣，
方之舟之；⑲

誰說荼菜味道苦，
它的甘甜像薺菜。
享受你的新婚樂，
如兄如弟好親愛。

涇水因為渭水濁，
清清澈澈它水底。
享受你的新婚樂，
不屑把我來搭理。
不曾到我魚壩來，
不曾打開我魚簍。
我自身都不見容，
哪能顧慮我後頭？

在那水深地方呀，
用筏用船渡過它；

⑨荼，音「突」，苦菜。

⑩薺，音「季」，甜菜。

⑪宴，安、安樂。爾，你。昏，同「婚」。

⑫涇、渭都是河水名。涇水清而渭水濁，但在陝西境內合流時卻混濁了。

⑬湜湜（音「食」），水清的樣子。其，指涇水。沚，指河底。一說：支流。

⑭「不屑以我」或「不以我屑」的倒文。全句是說不再關心我。一說：屑，古有「潔」義。全句是說不以為我潔淨。

⑮逝，往。梁，魚梁、魚壩（捕魚用的石壩）。

⑯發，開啟。笱，音「苟」，捕魚的竹簍。

⑰躬，自身、自己。閱，見容、對鏡打扮。

⑱遑恤，無暇顧及。

就其淺矣，
泳之游之。⑳
何有何亡，㉑
黽勉求之。
凡民有喪，㉒
匍匐救之。㉓

五

不我能慉，㉔
反以我為讎。㉕
既阻我德，㉖
賈用不售。㉗
昔育恐育鞫，㉘
及爾顛覆。㉙
既生既育，
比予于毒。㉚

在那水淺地方呀，
潛水游水越過它。
哪樣有哪樣沒有，
盡心盡力搜求它。
只要人們有不幸，
爬著也去解救他。

不能和我相親愛，
反而把我當對頭。
既然拒絕我好意，
就像貨物難脫手。
從前擔心生活差，
和你一起常吃苦。
現在既然能生活，
反而說我像毒物。

⑲ 方，竹筏。舟，船隻。這裡都當動詞用，渡河的意思。
⑳ 泳，潛行水中。游，浮水而行。
㉑ 亡，同「無」。
㉒ 民，人、別人。喪，困難、災禍。
㉓ 匍匐，爬行前往，盡力的意思。
㉔ 慉，音「恤」，愛、相惜。一說：養、扶養。
㉕ 讎，同「仇」，仇人、對頭。
㉖ 阻，拒絕。德，善意。
㉗ 賈（音「古」）用，商用品。不售，賣不出去。
㉘ 是說以前生活困難。恐，慌張。鞫，音「局」，窮困。
㉙ 顛覆，顛倒反覆，比喻潦倒困苦。一說：指夫婦牀上之事。
㉚ 予，我。于，如。毒，毒蟲之類。

六

我有旨蓄，㉛
亦以御冬。㉜
宴爾新昏，
以我御窮。
有洸有潰，㉝
既詒我肄。㉞
不念昔者，
伊余來塈。㉟

我有可口的醃菜，
還可用來禦寒冬。
享受你的新婚樂，
原來靠我擋貧窮。
多麼粗暴多麼兇，
還要叫我做苦工。
不想從前的時候，
只是要我來依從。

㉛ 旨，甘、美。蓄，聚、可供冬天儲存的醃菜。指上文的葑菲之類。
㉜ 御，同「禦」，抵擋。下同。
㉝ 有洸（音「光」），洸洸，水湧出的樣子。有潰，潰潰，水洩出的樣子。比喻盛怒動武。
㉞ 詒，遺、留給。肄，勞、苦差。
㉟ 伊，維、只是。塈，音「既」，愛。一說：休息。

【新繹】

〈毛詩序〉說：「〈谷風〉，刺夫婦失道也。衛人化其上，淫於新昏，而棄其舊室，夫婦離絕，國俗傷敗焉。」詩中的「我」，正是被棄的「舊室」；詩中的「爾」，則是「淫於新昏」的丈夫。通篇盡是棄婦之辭，歷來爭論不多。朱熹《詩集傳》說得好：「婦人為夫所棄，故作此詩，以敘其悲怨之情。」

這篇詩凡六章，每章八句。第一章說明夫婦相處之道，意在責斥丈夫不該動輒發怒，遺棄自己。夫婦應該「黽勉同心，不宜有怒」，互相照顧，白頭偕老才是。「采葑采菲，無以下體」二句，從來解釋不一。葑即蔓菁，是大頭菜一類的菜蔬，它和菲（蘿蔔）的根莖葉子都可食用，而且可以醃成酸鹹之類的食物。我以為第六章的「我有旨蓄，亦以御冬」，就是指此而言。因此，這兩句連接上下文的「黽勉同心」、「德音莫違」來看，意思是說夫婦相處，應該有始有終，同心同德。「無以下體」的「下體」，指葑菲的根部，應無疑義，據陳子展《詩經直解》說「當亦淨化之穢語，並為雙關之詞」。

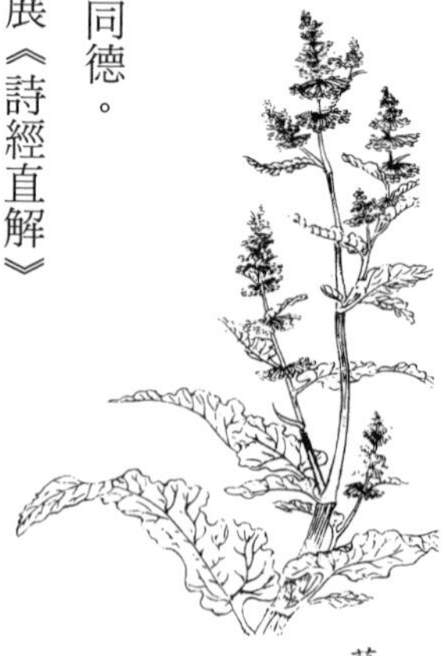
·葑·

第二章寫丈夫對自己的寡情，和對新人的厚愛，兩相對照，無限淒苦。「薄送我畿」的「畿」，舊注都說是門限、門檻，據牟庭《詩切》說，這是指里邑之門而言。實際上，邶、鄘、衛都是殷都朝歌的近畿，所以落實講，說是送到城郊，也不成問題。「誰謂荼苦，其甘如薺」二句，是說自己心苦，因而吃了荼菜，尚覺其甘如薺，余冠英《詩經選》以為：即「人人都道黃連苦，我比黃連苦十分」之意。至於「宴爾新昏，如兄如弟」二句，以兄弟比喻丈夫和新人的親密關係，頗為費解。因此，前人或者把兄弟解為兄妹，以免讀者誤會。

第三章以涇渭比喻自己和新人的不同。因為丈夫不辨清濁，不屑搭理自己，因而棄婦情急語切地說：「毋逝我梁，毋發我笱」，眼前的日子都難以捱過，還管什麼以後的生活呢！

第四章說明自己勤以持家，樂於助人。這和第五章第六章合而觀之，蓋在描寫棄婦的複雜心情。第四章剛說自己具有種種美德，第五章接著就說丈夫「既阻我德」、「反以我為讎」。以前生活貧困，吃盡苦頭，現在生活不成問題了，卻反而被棄如敝屣。言下極不甘心。第六章以「我有旨蓄」呼應首章「采葑采菲」二句，以「有洸有潰」呼應首章「習習谷風，以陰以雨」二句。「宴爾新昏，以我御窮」、「不念昔者，伊余來塈」等句，則是歸結上文，以今昔之異、新舊之別、苦樂之對，來寫心中的悲怨之情。篇中多用雙聲疊韻，情溢乎辭，比起漢代樂府〈上山採蘼蕪〉一詩，絕不遜色，前人以為可作一篇韻文小說讀。

前面說過，對於此詩的解說，歷來爭論不多，即使像方玉潤《詩經原始》，摘出詩中的「凡民有喪，匍匐救之」、「昔育恐育鞫，及爾顛覆」等句，說此詩是「逐臣自傷」之作，他也不能不先這樣說：「此詩通篇皆棄婦辭，自無異議。」可知棄婦之辭，是此詩的本義，至於把它引申為「逐臣自傷」等等，那就要看讀者各人的體會了。

《詩經》中以「谷風」做為篇名的，除此詩外，另有一篇見於〈小雅〉。兩篇都一樣纏綿悱惻，令人低徊不已。讀者可自行參閱比較。

式微

一

式微式微，❶
胡不歸？❷
微君之故，❸
胡為乎中露？❹

二

式微式微，
胡不歸？
微君之躬，❺
胡為乎泥中？❻

【直譯】

太衰微了衰微了，
為什麼不回歸呢？
若非為您的緣故，
怎麼還在冒風露？

太衰微了衰微了，
為什麼不回歸呢？
若非為您的身體，
怎麼還在泥塗裡？

【注釋】

❶ 式，真、太過。一說：發語詞。微，衰、弱。一說：式微，將暮。
❷ 胡，何、為何。
❸ 微，非、若非。
❹ 中露，露中。一說：衛邑名。
❺ 躬，「躳」的俗字，身體。
❻ 泥中，泥途之中。一說：衛邑名。

【新繹】

〈毛詩序〉對於此詩，如此解題：「〈式微〉，黎侯寓于衛，其臣勸以歸也。」這是說：黎侯因為狄人入侵，棄國出亡，寄寓於衛國時，他的臣子勸其歸國而作。據屈萬里老師《詩經詮釋》說，黎侯故地在今山西長治縣西一帶，而其衛國寄寓處，在當時衛國的東境，今河南濬縣附近。《毛傳》以為詩中的「中露」、「泥中」，都是衛國城邑的名稱。《毛傳》的這種解釋，後人多不採用，而主張直接解作風露泥塗之中，極言辛苦之意。

除了〈毛詩序〉的說法之外，王先謙《詩三家義集疏》引用《列女傳．貞順篇》說：黎莊公夫人是衛侯之女，她嫁到黎國去，卻未嘗見到莊公，因此她的陪嫁「傅母」作詩吟道：「式微式微，胡不歸？」希望她回衛國去。黎莊公夫人不肯答應，於是作詩答道：「微君之故，胡為乎中路？」王先謙採用劉向的說法，顯然是把此篇當成黎莊公夫人與其傅母的唱和聯句。承襲《齊詩》說的《易林》，所說的「隔以巖山，室家分散」，旨意大致相似，因此後來有人以為此篇是中國詩人聯句之始。

〈毛詩序〉代表古文學派，劉向的《列女傳》出自《魯詩》之說，和出自《齊詩》之說的《易林》，代表今文學派。對於〈式微〉一詩而言，古、今文學派的說法，雖有歧異，但對歌詠黎國、衛國二者之間的關係而言，卻是異中有同的。不管是說黎侯寄寓衛國不歸，或者是說黎莊公不納衛侯之女，畢竟說的都是有關黎、衛二國之間的事情。

可是，民國以來，解釋《詩經》篇旨的學者，卻多數不再理會這些舊說，往往別立新義。像余冠英的《詩經選》就說：「這是苦於勞役的人所發的怨聲。他說天這樣黑啦，為何不得回家？要不是為主子幹活，養他的貴體，咱會這樣在夜露裡、泥水裡受罪嗎？」高亨的《詩經今注》也說：「奴隸們在野外冒霜露、踩泥水，給貴族幹活，天黑了還不能回去，就唱出這首歌。」像周錫蘋的《詩經選》則說：「丈夫外出，天晚不歸，引起妻子的疑懼。她焦急地跑到路上張望，最後忍不住大聲呼喚起來。」還有人（孫作雲）說：「這是一篇男女幽會時互相戲謔的小詩。」

這些說法，僅就詩篇的本文來看，自無牴觸，但是，我們試就〈毛詩序〉和《魯詩》、《齊詩》之說來看，事實上，也同樣可以發現並無牴觸之處。假設我們同意不必厚誣古人，不必輕棄舊說，我們就沒有不採信古人舊說的理由。對於〈式微〉這篇詩，我個人主張採用〈毛詩序〉之說。至於《毛傳》把「中露」、「泥中」，都當成衛邑，我並不反對；我只是覺得方玉潤《詩經原始》所說的「中露、泥中，衛邑也。此或後人因經而附會其說耳。」說的不無道理，因此我在譯文中酌加採用。

劉義慶《世說新語》的〈文學篇〉有一段記載：

> 鄭玄家奴婢皆讀書。嘗使一婢，不稱旨，將撻之，方自陳說；玄怒，使人曳著泥中。須臾，復有一婢來，問曰：「胡為乎泥中？」答曰：「薄言往愬，逢彼之怒。」

「胡為乎泥中」出自本篇，「薄言往愬」二句出自〈邶風．柏舟〉篇。從這段看似小說戲言的文字中，可見鄭玄的婢女，深受他經學的薰陶；同時也可以體會到，鄭玄對於「泥中」的解釋，似乎也是解作泥塗之中，並非指衛邑而言。

這一首詩中，歷來歧解最多的，是首句「式微式微」。據《毛傳》說：「式，用也」、「微，無也」。意義太不明確，《鄭箋》又說：「式，發聲也」，所謂「發聲」，即《朱傳》所說的「發語辭」。朱熹又解釋首句說：「微，猶衰也。再言之者，言衰之甚也。」後來學者大多沿用這種解釋，不過，清代以後，也有學者提出新解。例如清代牟庭的《詩切》就說：「式，亦當訓為過。今俗語太過謂之忒，即式之古聲，詩人之遺言也。故《釋訓》曰式微式微，微乎微者也。言太過微也。」現代學者如余冠英《詩經選》也主張：「微讀為昧。式微言將暮。」這些意見，都有參考的價值。我一向不贊同對《詩經》的若干疑難詞語，動輒用「發語辭」、「語詞」、「助語」來概括解釋的，所以在這一篇的語譯裡，我採用了牟庭的見解。

旄丘

一

旄丘之葛兮，❶
何誕之節兮？❷
叔兮伯兮，❸
何多日也？❹

二

何其處也？❺
必有與也。❻
何其久也？
必有以也。❼

三

狐裘蒙戎，❽
匪車不東。❾

【直譯】

斜坡上的葛藤啊，
多麼長它枝節啊？
叔叔啊，伯伯啊，
為何多時相別呀？

為何那樣安適呀？
一定是有援助呀。
為何那樣長久呀？
一定是有緣故呀。

狐皮袍子毛蓬鬆，
他們車子不向東。

【注釋】

❶ 旄丘，前高後低的土丘。一說：地名，在今河南濮陽縣。
❷ 何，何等、多麼。誕，長、蔓長。之，其，指葛。節，枝節。
❸ 叔、伯，指衛國的大夫。
❹ 多日，多時。表示沒有得到衛國救援，為時已久。
❺ 處，安居。
❻ 與，相與、盟友。
❼ 以，原因。
❽ 狐裘，狐皮袍子。這是大夫以上的貴族冬天穿的衣服。蒙戎，蓬亂的樣子。
❾ 匪，彼。指衛國大夫。東，當時黎侯寓居衛國東境。

叔兮伯兮，
靡所與同。❿

四

瑣兮尾兮，⓫
流離之子。⓬
叔兮伯兮，
褎如充耳。⓭

叔叔啊，伯伯啊，
無人協力心相同。

猥瑣啊，卑微啊，
就像流離的離兒。
叔叔啊，伯伯啊，
笑著不聽如充耳。

❿ 靡，無。與同，同心協力。
⓫ 瑣，微小。尾，通「微」，卑賤。
⓬ 流離，鳥名。一說：漂散流亡。
⓭ 褎，音「右」，盛服。褎如，形容盛氣凌人。一說：褎然，笑的樣子。充耳，古代冠冕的兩側，飾有玉瑱，下垂耳際。所謂充耳不聞。

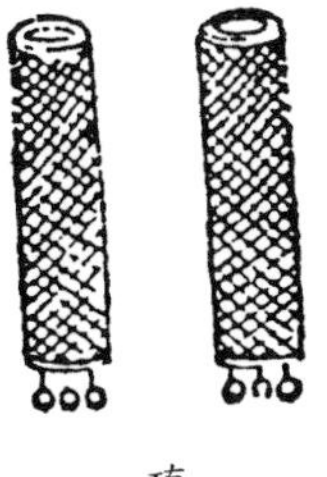
·瑱·

【新繹】

〈毛詩序〉說：「〈旄丘〉，責衛伯也。狄人迫逐黎侯，黎侯寓于衛，衛不能修方伯連率之職，黎之臣子以責於衛也。」所謂「方伯連率」，據《禮記》的〈王制〉篇說：「千里之外設方伯，五國以為屬，屬有長；十國以為連，連有帥。」可見方伯連率就是諸侯之長。〈毛詩序〉的這段話，配合上篇〈式微〉一詩的序文來看，意思是說：狄人入侵黎國以後，跟隨黎侯流寓衛國的臣子，看到諸侯之長衛國，無意援助他們回國驅逐狄人，因此寫了這首詩，來表示他們對衛國執政者的不滿。忠心的黎國臣子，既藉〈式微〉一詩勸其君歸，又藉〈旄丘〉一詩責備衛國不肯援助，這種愛國熱忱，千載而下，猶躍然紙上。

全篇凡四章，每章四句。第一章即景起興，藉旄丘上的葛藤，來寫諸侯各國，應當憂患與共。詩用反問的語氣，問旄丘上的葛藤，怎麼能夠蔓延它長長的枝節。旄丘，是前高後低的土丘；這種山丘的形狀，很像古代在長竿上裝飾著犛牛尾的旗子，前高而後低，所以稱之為旄丘。也有人說旄丘是衛國的地名，這大概是後人附會經文而起的。詩人說，旄丘上的葛藤，「施于中谷」，怎麼能夠蔓延得那麼長，言下之意，是說來到諸侯之長的衛國，時日已久了。所以下文緊接著說：「叔兮伯兮，何多日也？」叔、伯是指衛國執政的臣子。這兩句是說，很久不見了，不知道衛國執政諸臣為何遲遲不加援助。古人以為不直接斥責衛君，是立言得法。像朱熹在《詩集傳》裡就這樣說：「此詩本責衛君，而但斥其臣，可見其優柔而不迫也。」

第二章自問自答。據鄭玄的說法，這四句是說：黎國君臣所以會來衛國寄寓，主要是以為衛國講仁義、有功德，一定能修「方伯連率之職」，援助他們回去驅逐狄人。後人則以為這四句仍然承接第一章的「叔兮伯兮，何多日也」而來，為衛國的君臣設想，認為他們所以遲遲不加援助，一定另有原因。姚際恆《詩經通論》非常欣賞這一章，說是「自問自答，望人情景如畫」。

第三章藉「狐裘蒙戎」起興。狐裘，是大夫以上的官員所穿的冬服。蒙戎，是指皮毛蓬亂的樣子。第一章寫旄丘上的葛藤長得長，時序應在春夏之交，「狐裘蒙戎」則應在嚴冬時節。這不但說明了季節的遞移，而且也說明了寄寓的時間已久。「匪車不東」一句，是說寄寓衛國時間雖久，但返國驅散的念頭並未消失；並不是黎國不派人東告衛國，只是衛國君臣無意援助而已。「靡所與同」，是說衛國君臣之中，沒有人肯對黎國伸出援手。就是因為如此，所以黎國臣子所穿的狐裘，只有眼看它日漸「蒙戎」而無可奈何。

第四章藉「流離之子」來譏斥衛國。「瑣兮尾兮，流離之子」，是說衛國君臣不知什麼原因，非常猥瑣卑微，就像「流離之子」。流離，就是鶹離，像黃鶯一類的鳥。《毛傳》說：「流離，鳥也，少好長醜，始而愉樂，終以微弱。」《鄭箋》云：「衛之諸臣，初有小善，終無成功，似流離也。」衛國能夠接納黎國君臣的寄寓，卻不能援助黎國驅逐狄人，因此詩人比之為流離。近人採朱熹之說，對「流離」一詞，多直尋字面而摒棄舊注，以為流離就是漂流四散。因而「流離之子」成為自傷之詞，指黎國君臣的流寓而言。這種說法，可備一說。這一章的最後兩句：「叔兮伯兮，褎如充耳」，是說衛國君臣對於黎國的求助，充耳不聞。褎，是盛服；充耳，是盛飾，是一種掛在耳旁的飾物。詩人藉此來形容衛國君臣的優游自得，袖手旁觀。也有人把「褎如」解作笑貌，說是耳聾之人最愛傻笑。不管是哪一種說法，都是意在譏斥。

·流離·

簡兮

一

簡兮簡兮，❶
方將萬舞。❷
日之方中，❸
在前上處。❹

二

碩人俁俁，❺
公庭萬舞。❻
有力如虎，
執轡如組。❼

三

左手執籥，❽
右手秉翟。❾

【直譯】

真威武啊真威武，
正要領隊演萬舞。
太陽運行正中央，
他在隊伍前上方。

高大人兒真魁梧，
公庭前面演萬舞。
使出力氣像猛虎，
揮動韁繩像織布。

左手握著六孔笛，
右手揮著野雞尾。

【注釋】

❶ 簡，通「僩」，威武的樣子。一說：鼓聲。
❷ 方將，正要。萬舞，舞蹈節目的總名，包括文舞和武舞。
❸ 方中，正午。
❹ 上處，前列上頭。
❺ 碩人，身材高大的人。指舞師。俁俁（音「宇」），形容美又高大。
❻ 公庭，宗廟庭前。一說：公指衛君。
❼ 轡，音「佩」，馭馬的韁繩。組，編織用的絲繩，縱橫成列。
❽ 籥，音「月」，古代一種形如竹笛的樂器。《毛傳》說是六孔笛。
❾ 秉，拿著。翟，音「笛」，野雞尾的長羽毛。

赫如渥赭，⑩
公言錫爵。⑪

四

山有榛，⑫
隰有苓。⑬
云誰之思，
西方美人。⑭
彼美人兮，
西方之人兮！

臉紅就像染紅土，
公爺教人賜酒杯。

高山有樹叫做榛，
低地有草叫做苓。
說誰是我所思慕，
西方漂亮的伶人。
那漂亮的伶人啊，
來自西方的人啊！

⑩ 形容臉色。赫，大紅色。渥，塗抹。赭，音「者」，紅土。

⑪ 錫，賜。爵，古代一種青銅製的酒器。賜爵，即賜酒。

⑫ 榛，音「真」，樹木，北方常見。

⑬ 隰，音「習」，低濕的地方。苓，甘草，一名大苦。

⑭ 西方，指周，周在衛國西方。美人，指上文的碩人，即舞師。周人以碩大為美。

·爵·

【新繹】

〈毛詩序〉對〈簡兮〉一詩如此解題：「刺不用賢也。衛之賢者，仕於泠官，皆可以承事王者也。」泠一作「伶」。伶官，就是樂官。這段話是說：衛國的賢者，不被重用，只能做個樂官，詩人因而為此感到不平。〈毛詩序〉的這種說法，三家詩並無異義。

尋繹詩中末段的語氣，歷來多以為應該出自女性。高亨《詩經今注》就這樣說：「衛君的公庭大開舞會，一個貴族婦女愛上領隊的舞師，作這首詩來讚美他。」程俊英的《詩經譯注》也如此解題：「這是一個女子觀看舞師表演萬舞並對他產生愛慕之情的詩。」這是從讚美的觀點來立論的，和舊說已有不同。民國以來的一些學者，往往據詩直尋本義，好處是可以扣緊篇旨，壞處是可能會忽略了詩人的言外之意。

〈簡兮〉這首詩，凡四章，前三章每章四句，每句四言，第四章則六句，句式參差。也有人把這首詩分為三章，從開頭到「公庭萬舞」六句是第一章，從「有力如虎」到「公言錫爵」六句是第二章，最後的六句是第三章。從用韻和內容來看，似以前者為優。

第一章交代表演萬舞的時間。據朱熹《詩集傳》說：「萬者，舞之總名。武用干戚，文用羽籥也。」這種舞蹈，規模很大，包括武舞和文舞兩個部分。武舞用盾牌和板斧，模仿戰場上的動作；文舞用雉羽和籥笛，模仿翟雉的姿態。此詩的第二、三兩章，就是分別歌詠這兩種舞蹈。這種舞蹈，用之朝廷，用之宗廟、山川，所以《毛傳》才會把「方將萬舞」的「方」，解作「四方」。我們以為「方將」就是「即將」的意思，是說萬舞即將舉行了。前二句是寫表演的舞者在「日之方中」時，已經整好隊伍，陣容威武壯大。「日之方中」，是日正當中的意思。古人儀節繁多，祭畢之時，往往已屆中午。這個時候，詩人所嚮慕的伶官出現了，他就站在隊伍前列的上方。

第二章寫表演的地點。這次表演萬舞的地點，是在「公庭」。根據孔穎達說：「於祭祀之時，親在宗廟公庭而萬舞。」可知公庭就是宗廟的庭前。這位伶官身材高大，力氣如虎。「執轡如組」寫他手拿轡轡、模仿駕御戰馬的舞姿。「如組」二字寫景如畫，令人想像得出他揮動轡繩時的動作。

第三章承接第二章，寫伶官的才藝過人。第二章寫武舞的一部分，第三章則寫文舞時的舞具。左手拿著籥笛吹奏，右手拿著野雞毛羽揮舞，這是名實相副的文舞。這位伶官允文允武，才藝出眾，公爺看他賣力表演，滿臉紅光，大為高興，因此叫人賞他酒喝。

以上三章，不論是寫表演萬舞的時間、地點或儀式，都同時描寫了這位伶官的不凡才藝。這種不凡的才藝，固然令人讚嘆，但同時也令人惋惜。令人惋惜的是：這樣的人才，為什麼只是做一個伶官而已呢？

第四章強調對這位伶官的讚嘆惋惜之意。「西方美人」，指來自西方的美人。西方，或指周而言，因為周在衛西；美人，指上文的「碩人」，即表演舞蹈的伶官。「美人」也可以用來稱男性。至於「山有榛，隰有苓」二句，《鄭箋》以為：「榛也，苓也，生各得其所，以言碩人處非其位。」余冠英則以為《詩經》裡，凡稱「山有某，隰有某」而以大樹小草對舉的，往往是隱語，以木喻男，以草喻女，因此他判斷這兩句似乎也是這種隱語。這些看法的不同，代表了古今學者對《詩經》的理解，已經有了很大的轉變。本文採用舊說，認為是詩人以榛、苓為喻，來說明這位舞藝出眾的碩人「宜有於王朝」（王先謙語）。歌詠伶官的詩人，究竟是否女性，從舊注裡是不容易看出來的。

陳子展《詩經直解》裡說此詩的最後兩句：「彼美人兮，西方之人兮」，歷來多有曲解者，因而貽人笑柄。像明代田藝蘅

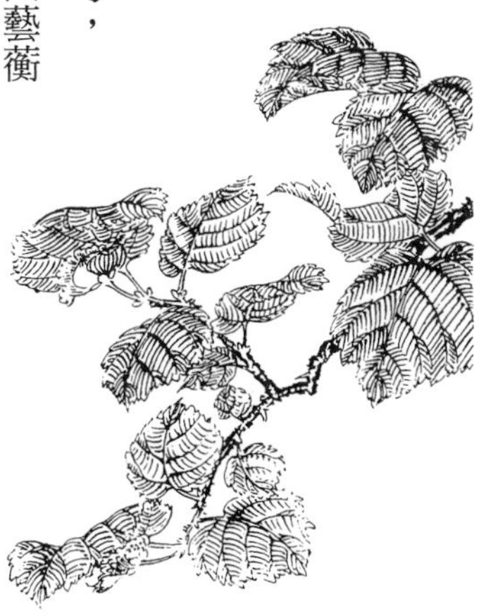

·榛·

《留青日札》卷四說的：某一督學以「彼美人兮，西方之人兮」命題，有個生員不知其義，竟然出了考場就告訴別人說，「聖經中如何亦有西方菩薩之說？非觀世音不能當也。」清代陳啟源以稽古博學聞，竟然也根據這兩句說佛教東傳，始於周代。陳子展並且引用葉郎園的話說：

王湘綺為門人講《詩經》「彼美人兮，西方之人兮。」曰：此指美國人也。

葉郎園就是葉德輝，王湘綺就是王闓運。他們都是清末民初的知名文人。假使葉德輝的話可靠，而王闓運的解釋也不是一時戲言，那麼民國以來的一些學者，動輒非經疑古，也就沒有什麼可以驚怪的了。

泉水

一

毖彼泉水，❶
亦流于淇。❷
有懷于衛，
靡日不思。
孌彼諸姬，❸
聊與之謀。❹

二

出宿于泲，❺
飲餞于禰。❻
女子有行，❼
遠父母兄弟。
問我諸姑，❽
遂及伯姊。❾

【直譯】

湧出來的那泉水，
同樣流到淇水裡。
對衛國有所懷念，
沒有一天不惦記。
可愛的那些姊妹，
可以和她們商議。

出門住宿在泲地，
飲酒餞行在禰邑。
姑娘辭家有遠行，
遠離父母和兄弟。
問候我的眾姑母，
順便問候大姊姊。

【注釋】

❶毖，音「必」，通「泌」，水湧出的樣子。毖彼，毖然、毖毖。
❷淇，水名。流經今河南淇縣，當時屬衛國。
❸孌彼，孌孌，美好的樣子。諸姬，一些姬姓的陪嫁女子。
❹聊，姑且、或可。謀，商量。
❺泲，音「擠」，衛國地名。《魯詩》作「濟」，即濟水。已見前。
❻餞，設宴送行。禰，音「泥」，衛國地名。
❼行，諸侯的女兒出嫁。
❽問，問候。
❾伯姊，大姊。

三

出宿于干，⑩
飲餞于言。⑪
載脂載舝，⑫
還車言邁。⑬
遄臻于衛，⑭
不瑕有害？⑮

四

我思肥泉，⑯
茲之永歎。
思湏與漕，⑰
我心悠悠。
駕言出游，⑱
以寫我憂。⑲

出門住宿在干地，
飲酒餞行在言邑。
又上車油又上舝，
掉車回頭跑得快。
快快回到衛國去，
應該沒什麼妨害？

我想念著那肥泉，
如此這般的長歎。
想念湏邑和漕邑，
我的想念長悠悠。
駕車說是出門遊，
藉此發洩我煩憂。

⑩ 干，和下句的「言」，都是回衛國必經之地。今在何處，待考。

⑪ 言，邑名。見上注。

⑫ 載，則、又。脂，此作動詞，上油。舝，同「轄」，車軸頭上的鍵子。

⑬ 還，音義同「旋」。還車，回車。邁，遠行。

⑭ 遄，音「船」，快。臻，到達。

⑮ 不瑕，不致、沒有什麼的意思。

⑯ 肥泉，衛國地名。可能指首句流入淇水的「泉水」。

⑰ 湏、漕都是衛國邑名，在今河南滑縣一帶。湏，一作「須」，即「沬」，古作「頮」。

⑱ 駕，駕車。

⑲ 寫，通「瀉」，發洩、消除。

【新繹】

據〈毛詩序〉的說法，〈泉水〉這一篇的旨趣，寫的是：「衛女思歸也。嫁於諸侯，父母終，思歸寧而不得，故作是詩以自見也。」鄭玄對此有一段補充說明：

以自見者，見己志也。國君夫人，父母在則歸寧，沒則使大夫寧於兄弟。衛女之思歸，雖非禮，思之至也。

意思是說：〈泉水〉這一首詩，寫的是嫁給他國諸侯的衛女，思歸而不得的心情。依照古禮，貴族婦女出嫁以後，要是沒有什麼大事，是不能隨便歸寧父母的；假使父母去世了，那麼就只能派遣大夫去問候兄弟而已。〈泉水〉一詩所寫的衛女，因為父母已經去世了，無法歸寧，但是又情不自禁地想念祖國和家人，所以「作是詩以自見」。

這種說法，據王先謙《詩三家義集疏》說，代表今文學派的三家詩並無異義，可是，後人卻偏偏有些附會穿鑿的說法。何楷《詩經世本古義》和魏源《詩古微》，以為此詩和〈載馳〉、〈竹竿〉都是許穆夫人的作品；姚際恆《詩經通論》和方玉潤《詩經原始》則以為應是許穆夫人媵妾所作。另外，據黃中松《詩疑辨證》的引述，也有人以為這是宋桓夫人或邢侯夫人之作。這些後起的說法，都沒有確實的證據，因此筆者這裡仍以採用舊說為主。

詩凡四章，每章六句。第一章藉泉水的「亦流于淇」，來說明自己對衛國的想念之深。馬瑞辰《毛詩傳箋通釋》就說：「詩意以泉水之得流于淇，興己之欲歸于衛。」逝者如斯的流水，晝夜不捨地流著，詩人的思歸之情，應該也是晝夜不停才對。「靡日不思」，正寫懷念的殷切。「孌彼諸姬」二句，寫思歸之情既然無以得解，因此只得與諸姬商量。諸姬，《毛傳》解作「同姓之女」，指衛國陪嫁的女子而言。古代諸侯女兒出嫁時，常常以同姓之女陪嫁。因為衛君姓姬，所以詩中稱衛女的陪嫁女子為「諸姬」。「聊與之謀」的「聊」，歷來多解作「聊且」，我以為與文氣不盡相合；《毛傳》解作「願」，文意可通，但前人又多以為言之無據。我這裡把它解作「聊賴」，譯為「可以」，是表示詩人自己思歸之情無以得解，只得找一些同姓陪嫁的女子商量。

第二章追想自衛國出嫁時的經過情形。泲、禰，都是地名。泲，就是濟水；禰，一作「泥」或「坭」。前人以為這兩個地方都在衛國境內，是以前衛女出嫁時曾經之地。在泲出宿，在禰餞行，衛女自此遠別父母兄弟。「問」是問候，也是拜別。「問我諸姑，遂及伯姊」，是說辭別了家人，開始就道遠行，有人把此章解作「謀由水路而歸」，把第三章解作「謀由陸路而歸」，我以為前後對照，仍有不相契合處，所以沒有採用。

第二章追想出嫁的情景，第三章則是設想回衛國時的情形。干和言都是地名，據《毛傳》說，是「所適國郊也」，也就是衛女所嫁之國附近的地名。詩人設想她假使要回衛國去，應該是在干地出宿，在言邑飲餞。「載脂載舝」二句，是說用車油塗上車軸，這樣子的話，車子跑起來才快。車子是以前出嫁時所乘的，現在又乘著回去，所以叫做「還車」。朱熹《詩集傳》就這樣說：「還，回旋也。旋其嫁來之車也。」詩人想乘著「嫁來之車」快快回到衛國去，以慰相思之情，但就在這裡，筆勢一轉，用了「不瑕有害」這疑之而不敢遂之辭，來說明心中的猶豫。大概和諸姬商量之後，知道女子自有出嫁之道，父母已經去世了，自己再怎麼想念祖國，還是不可成行的。

第四章寫既不得歸的憂傷之情。肥泉，就是首章所說的「泉水」。它和湏、漕都在衛國境內。湏，多誤作「須」，湏，是「頮」的簡體。頮，即「沬」。古文「沬」的右體，正是從「頁」。唐人寫本《敦煌卷子毛詩殘卷》此句也正作「思頮與漕」。頮，是衛國的舊都。漕，一作「曹」，是衛國被狄人入侵以後，戴公帶人民渡河遷徙的地方。詩人所以「思肥泉」、「思頮與漕」，主要的原因，恰如王先謙《詩三家義集疏》所說的：

> 錢澄之《田間詩學》謂詩作於衛東渡河後，是也。蓋湏是舊都，漕乃新徙，故國之變，聞而心傷，思之悠悠然長。欲歸不得，故結之曰：「駕言出遊，以寫我憂。」罔極之哀，多難之急，皆在其內。

原來詩人所以思歸衛國，是為了「故國之變，聞而心傷」的緣故。了解這點，也就可以明白詩中寫思歸之情，為什麼要寫得那麼殷切了。

北門

一

出自北門，❶
憂心殷殷。❷
終窶且貧，❸
莫知我艱。
已焉哉，
天實為之，
謂之何哉！

二

王事適我，❹
政事一埤益我。❺
我入自外，
室人交偏讁我。❻
已焉哉，

【直譯】

從北邊城門出來，
憂傷心情真鬱卒。
始終孤陋又貧困，
沒人知道我痛苦。
算了吧，
老天既然這樣做，
說出來又能奈何！

王室差事丟給我，
公事一併推給我。
我從外頭回了家，
家人交相責罵我。
算了吧，

【注釋】

❶北門，北邊的城門。北有背明向陰之義。
❷殷殷，一作「隱隱」，形容憂傷很深沉。
❸窶，音「巨」，孤陋狹窄。
❹王事，周王的差事。適，通「擿」，投擲、推給。
❺政事，行政公事。一埤（音「皮」），一併，一古腦兒。益，加。
❻室人，家人。交，交相。偏，全都。讁，音「哲」，責備。

天實為之，
謂之何哉！

老天既然這樣做，
說出來又能奈何！

❼ 敦，厚。一說：迫，壓迫的意思。當動詞用。
❽ 遺，留。一說：加，加之於我的意思。
❾ 摧，摧殘、折磨。

三

王事敦我，❼
政事一埤遺我。❽
我入自外，
室人交徧摧我。❾
已焉哉，
天實為之，
謂之何哉！

王室差事逼著我，
公事一併留給我。
我從外頭回了家，
家人交相折磨我。
算了吧，
老天既然這樣做，
說出來又能奈何！

【新繹】

〈毛詩序〉這樣解釋這首詩：「〈北門〉，刺仕不得志也。言衛之忠臣，不得其志爾。」意思是說：衛國「仕不得志」的臣子，因為生活貧苦，工作繁重，既得不到君主的知遇，又得不到家人的諒解，因此，在無可奈何之餘，只有歸之天命而已。這種說法，三家詩並無異義。

有的版本，把〈毛詩序〉的「刺仕不得志也」的「仕」寫作「士」。雖僅一字之差，意義卻大不相同。據陳子展《詩經直解》說，「仕」是指仕為卿大夫，所以序中稱之為「忠臣」；假使是「士」的話，那頂多是個小小的官吏，有如〈召南．小星〉一篇所說的一流人物而已，如何可說「王事適我」、「政事一埤益我」？

另外，有人以為詩中說：「終窶且貧，莫知我艱」，這和古人「君子憂道不憂貧」的說法，並不一致。關於這點，依照王先謙《詩三家義集疏》的解釋，仕「所居窶陋，無以為禮也」。王氏還這樣說：「『終窶且貧』者，祿不足以代耕，而非以貧為病也。王事敦迫，國事加遺，任勞而不辭，阨窮而不怨，可謂君子矣。讀者因『終窶』之詞以為憂貧而作，不亦昧於詩義乎？」

王氏「任勞而不辭，阨窮而不怨」的話，核對詩中「憂心殷殷」諸語，應是溢美之詞，不須多辯。不過，王氏說此詩並非憂貧之作，我是同意的。朱熹《詩集傳》說：「衛之賢者，處亂世，事暗君，不得其志，故因出北門而賦以自比，又歎其貧窶，人莫知之，而歸之於天也。」「不得其志」、「人莫知之」，這和〈毛詩序〉的「刺仕不得志也」的說法，前後可以呼應。我以為詩人的悲哀，是在於「人莫知之」，而非「終窶且貧」。

郭沫若《中國古代社會研究》引述此詩時，曾加推論道：

> 這明明是一位作官的人，而且是很得王的信任的，而他大嘆其「窶且貧」，受不過老婆的壓迫，只好接二連三地大喊其天。這位尊駕怕也不一定怎的貧窶，只是社會的生活程度一天一天地高漲了，人民也一天一天地奢華了起來（尤其女子），他的收入不很夠供應他老婆的揮霍，所以才那樣很誇張地長吁短嘆。總而言之，他總算是一位破產的貴族。

郭氏的推論，有不少臆測的成分；在女權高漲的今天，恐怕會有很多人反對他的見解。我也不贊同他的看法，只是，我不贊同的重點在於：郭氏過於強調詩中的「社會性」，而忽略了詩人內心的苦悶。「人莫知之」的痛苦，應該比生活的貧窶和「老婆的揮霍」更令人感到無法忍受吧。

這首詩凡三章，每章七句，末三句都一樣。第一章詩人以「出自北門」為喻，來說明生活的貧困和心情的憂悶。北，是「背」的古字，這裡有背陽向陰的暗示作用。第二章和第三章的前四句，是說王室公家給自己很多工作上的壓力，回到家裡以後，家人又以生活的貧苦交相責罵，因此，詩人有苦難訴，痛苦不已。可是詩人畢竟天性忠厚，不敢怨懟於人，只有歸之天命而已。這真是一位難得的忠臣賢人啊！

方玉潤《詩經原始》說：

> 此賢人仕衛而不見知於上者之所作。觀其王事之重，政務之煩，而能以一身肩之，則其才可想矣。而衛之君上，乃不能體恤周至，使其「終窶且貧」，內不足以畜妻子，而有交謫之憂，外不足以謝勤勞，而有敦迫之苦。重祿勸士之謂何，而衛乃置若罔聞焉。此詩之所以作也。

在歷代各家的解說中，方氏的說法最獲我心。

北風

一

北風其涼，❶
雨雪其雱。❷
惠而好我，❸
攜手同行。
其虛其邪？❹
既亟只且！❺

二

北風其喈，❻
雨雪其霏。❼
惠而好我，
攜手同歸。❽
其虛其邪？
既亟只且！

【直譯】

吹來北風那樣涼，
飄落雪花那樣多。
假使親近喜歡我，
大家攜手同出走。
哪能猶豫哪能拖？
已經緊急快快走！

北風吹來聲喈喈，
雪花飄落紛紛飛。
假使親近喜歡我，
大家攜手同逃歸。
哪能猶豫哪能拖？
已經緊急快快走！

【注釋】

❶ 其，那樣、多麼。其涼，涼涼。
❷ 雨，作動詞用，飄落。雱，音「旁」，雪盛大的樣子。
❸ 惠，愛、友好。惠而，惠然。
❹ 虛，通「舒」；邪，通「徐」。虛邪即舒徐、猶豫、拖延。
❺ 亟，急。只且，語末助詞，也罷。
❻ 其喈，喈喈，形容雪下得緊。一說：寒涼的樣子。
❼ 霏，雪落紛紛。其霏，霏霏。
❽ 歸，歸宿。指其他好的地方。

三

莫赤匪狐，❾
莫黑匪烏。❿
惠而好我，
攜手同車。
其虛其邪？
既亟只且！

不紅就不是狐狸，
不黑就不是烏鴉。
假使親近喜歡我，
攜手大家同車駕。
哪能猶豫哪能拖？
已經緊急快快走！

❾ 莫，無、沒有。匪，通「非」，不是。下同。
❿ 烏，烏鴉。

·烏·

【新繹】

〈毛詩序〉解釋此篇篇旨時，這樣說：「〈北風〉，刺虐也。衛國並為威虐，百姓不親，莫不相攜持而去焉。」意思是說：詩人藉北風起興，來諷刺衛國的暴虐之政。衛國政教酷暴，百姓不堪其苦，因而互相攜持，逃散四方。就前者言，見政教之酷暴，不能不興「履霜堅冰至」之慼；就後者言，避亂之際，尚得互相攜持，又不能不「樂北風之同車」（張衡〈西京賦〉語）。這和《易林．晉之否》所說：

北風寒涼，雨雪益冰。憂思不樂，哀悲傷心。

又：

北風牽手，相從笑語。伯歌季舞，燕樂以喜。

正可參閱合看。「北風寒涼」四句，是對政教之酷暴來說的；「北風牽手」四句，是對「惠而好我」者的互相攜持來說的。可見今古文學者對此詩的解釋，並無差異。

這首詩共三章，每章六句，每句四字。前兩章句子多複沓，這是《詩經》中常見的一種表現方式。前兩章的開頭，都同樣藉北風的寒涼與雪花的紛飛，來比喻這是一個國事不善、禍亂將作的時代。就因為如此，詩人於是呼告「惠而好我」的親友，趕快攜持出奔。「惠而好我」的「惠」，《毛傳》解作「愛」，牟庭《詩切》則以為當作「慧」解，指慧解之人、能先機知亂的賢者。牟庭的說法，可以代表很多學者的意見。像王先謙《詩三家義集疏》就說：「詩主刺虐，以北風喻時政也。此衛之賢者相約避地之詞，以為百姓莫不然，或非也。」姚際恆《詩經通論》也說：「此篇自是賢者見幾之作，不必說及百姓。」這是說明〈毛詩序〉中的「百姓不親」的「百姓」，不應該是指全國老百姓，而只是指見幾知亂的賢者。事實上，古人所說的「百姓」，界說並不一致。陳子展《詩經直解》就這樣解釋說：「〈序〉所謂百姓，乃《詩》、《書》時代之百姓，當是泛指其時一般之貴族。且蒼黃避難之際，虛徐有車，明非庶民也。」也因為如此，這裡仍採舊說，而把「惠而好我」的「而」字，解作帶有「假使」的語氣。至於這些攜手同行、同歸、同車之人，是何身分，既然無法確定，就由讀者隨自己的感興去體會吧。

第三章的「莫赤匪狐」二句，有人以為即諺語所謂「天下烏鴉一般黑」之意，用來指妖異不祥之物。大概宋代、清代的一些學者，就是因此而把此詩解為賢者見幾知亂之作。其實，《詩經》中常寫一些不為人們所喜的動物，用來借指在上位者。像〈鄘風〉中的「相鼠」和〈魏風〉中的「碩鼠」都是。〈相鼠〉一詩，寫對暴虐政權的痛恨；〈碩鼠〉一詩，寫對其他安樂國土的嚮往。本篇的「莫赤匪狐」二句，我想也只是詩人藉狐狸、烏鴉這兩種不為人們所喜的動物，來寫「百姓」對「並為威虐」的衛國政權的痛恨而已，並不一定是用來影射衛國是否以淫亂亡國的事實。

三章的最後兩句，都是以「其虛其邪？既亟只且」作結。這兩句有「事不宜遲」之意，詞危而情迫，不難想見其危邦不居、將適樂土的急迫之情。

以上的解說，大抵是依據舊說，認為此乃相約避難之作。但是，民國以來，卻另有一種說法，認為此詩是寫：「情人相愛，願在大風雪中同歸去。」（見袁愈荌等人譯注《詩經全譯》）這固然是由於後人好立新說，但也可能是受到鮑照等人作品的影響。

鮑照的〈代北風涼行〉（一作〈北風行〉），一開頭就這樣寫：「北風涼，雨雪雱」，顯然是從本篇脫化而來。不過，鮑照此詩的重點，卻是在寫北風雨雪中，閨婦期待行人歸來的心情，和〈詩序〉的說法並不相同，後來李白的〈北風行〉，和鮑照一樣，也是重在描寫閨婦的哀怨。可能是由於這個原因，所以民國以來的一些學者，也就認定此篇是描寫男女相約、同奔遠方的作品了。

「不薄今人愛古人」，對於現代學者的新解，我們固然不可加以鄙視，對於前人舊說，我們也不應該輕言捨棄吧！

靜女

一

靜女其姝，❶
俟我於城隅。❷
愛而不見，❸
搔首踟躕。❹

二

靜女其孌，❺
貽我彤管。❻
彤管有煒，❼
說懌女美。❽

三

自牧歸荑，❾
洵美且異。❿

【直譯】

嫻靜姑娘多美麗，
等我在城樓角隅。
躲在暗處不相見，
抓著頭皮好猶豫。

嫻靜姑娘多嬌媚，
送給我紅色管子。
紅色管子有光輝，
喜愛你的容貌美。

從郊外送來茅荑，
實在美麗又稀奇。

【注釋】

❶ 靜，貞靜閑雅。靜女，淑女。姝，容貌美麗。
❷ 俟，等待。城隅，城角。
❸ 愛，「薆」的借字，隱藏。
❹ 踟躕，音「池廚」，徘徊、流連。
❺ 其孌，孌彼、孌孌，美好的樣子。已見〈泉水〉篇。
❻ 貽，贈送。彤，音「童」，紅色。管，筆管。一說：笛子之類的樂器。
❼ 煒，音「偉」，深紅色而有光澤。有煒，煒煒、煒然。
❽ 說，同「悅」。懌，音「亦」，喜悅。
❾ 牧，郊外。歸，通「饋」，贈送。荑，音「題」，草木初生的嫩葉。一說：即彤管。

匪女之為美，⓫　不是你有多美麗，
美人之貽。⓬　是美人送的東西。

❿ 洵，確實。異，特殊。
⓫ 匪，非。女，汝。指荑。
⓬ 貽，贈送的禮物。上文的「貽」是動詞，此是名詞。

【新繹】

〈靜女〉這首詩，歷來有多種不同的解釋，別的不說，光是民國初年，就曾經引起顧頡剛、劉大白等人熱烈的討論。他們的文章，收在《古史辨》第三冊裡，讀者可以自己參閱。討論的文章雖然很多，可是對於詩中聚訟已久的問題，至今仍然沒有定論。

〈毛詩序〉對於此詩的解釋，是令後人感到疑惑難解的。〈毛詩序〉這樣說：「〈靜女〉，刺時也。衛君無道，夫人無德。」這種解釋，和詩中字面所呈現的男女約會之辭，頗有距離。《鄭箋》說的：「以君及夫人無道德，故陳靜女遺我以彤管之法，德如是，可以易之為人君之配。」也一樣令人感到費解。

所謂「彤管之法」，據《毛傳》說：「古者后夫人必有女史彤管之法。史不記過，其罪殺之。后妃群妾，以禮御於君所，女史書其日月，授之以環，以進退之。……事無大小，記以成法。」可知彤管是女史所用的紅色筆管，用以記載后妃群妾是否不貞的過失。《毛傳》和《鄭箋》以彤管之法來解釋此詩，想必和〈毛詩序〉的「衛君無道，夫人無德」之說有關。至於衛君如何無道，夫人如何無德，我們從詩中是不容易看出來的。方玉潤《詩經原始》以為此詩是「刺衛宣公納伋妻」，諷刺衛宣公納媳的無恥。這種說法，恐怕難免附會之嫌。同樣的，王先謙的《詩三家義集疏》，引用《齊詩》以及戴震、陳喬樅等人的說法，以為此詩是齊桓公夫人迎接媵妾少衛姬而作，恐怕也只是援史證詩而已，並非此詩的本義。

宋代說《詩》者，往往擺脫舊說，據詩直尋本義。像歐陽修《詩本義》就說此詩本是情詩，「乃是述衛風俗男女淫奔之詩」，朱熹《詩集傳》也說：「此淫奔期會之詩」，開始以民間歌謠的觀點，尋找詩篇的本來面目。從此以後，此詩的解釋，日趨紛雜。尤其是詩中的「彤管」，究竟何指，更成為爭論的焦點。

大抵說來，民國以來的學者，多以此詩為男女約會之辭。像程俊英的《詩經譯注》，就這樣說：「詩以男子口吻寫幽期密約，既有焦急的等候，又有歡樂的會面，還有幸福的回味。」用她的話回來看此詩三章的內容，覺得頗為貼切。現在就借用她的觀點，來分析這首詩。

第一章寫約會時，焦急的等候。有人以為「靜女」和「君子」或「吉士」對稱，指貴婦女或接近貴族的女史之流，並非一般勞動婦女。她和詩人約定在城隅見面。可是當詩人依約前往時，卻沒有見到她的蹤影，因此不禁搔首抓腮，在城樓的一個角落裡，來回躊躇著。「愛而不見」的「愛」，一作「僾」或「薆」，是「彷彿」或「掩翳」的意思。是說「靜女」見到詩人來了，故意隱藏起來。這樣講，固然能夠襯托出女子天真活潑的情態，但是，把這一句解釋為「愛她卻不能相見」，事實上，完全照字面講，也不算錯。

第二章寫會面時的歡樂情形。「靜女」送給詩人光輝耀眼的彤管。彤管，就是紅色的管子，有人說是筆管，有人說是像笛子的樂器，有人說是紅管草，也有人說是盛放針線的管子。把它解作筆管，可和《毛傳》的「女史彤管之法」相應，陳子展的《詩經直解》和《國風選譯》，就是據此認定此詩是描寫衛宮女史戀愛之作。也有人把它解作紅管草，認為可與下章「自牧歸荑」的「荑」相應，這種上下章同詠一事的例子，在《詩經》中並不少見。詩人說他很喜歡這「彤管」，其實，他要說的是，他不但喜歡這「彤管」，而且他更喜歡送這禮物的人。

第三章寫幸福的回味。「自牧歸荑」的「荑」，指初生的茅芽，也就是古人詩中所說的「丹荑」或「丹茅」。假使它和上章所說的「彤管」，果然同是一物，那麼，這一句就是說：它是「靜女」由郊外帶回來送給他的，物雖輕而情重，所以仍然值得珍惜。最後兩句「匪女之為美，美人之貽」，就是這個意思。

這首詩翻譯的人很多，像顧頡剛就不只譯過一次，下面抄錄顧頡剛的一首譯詩，供讀者參考：

幽靜的女子美好呀，
她在城角裡等候著我。
我愛她，但尋不見她，
使得我搔著頭，好沒主意。

幽靜的女子柔婉呵，
她送給我這根紅管子——

紅管子呵，你好光亮，
我真歡喜你的美麗。

你，就是她從野裡帶回來的荑草，
實在的美麗而且特別——
咦，哪裡是你的美麗呢，
只為你是美人送給我的。

新臺

一

新臺有泚，❶
河水瀰瀰。❷
燕婉之求，❸
籧篨不鮮。❹

二

新臺有洒，❺
河水浼浼。❻
燕婉之求，
籧篨不殄。❼

三

魚網之設，
鴻則離之。❽

【直譯】

新建高臺多漂亮，
河水汪汪又洋洋。
安和美好我所求，
蟾蜍實在不像樣。

新建高臺多新鮮，
河水浩浩又漫漫。
安和美好我所求，
蟾蜍實在不好看。

魚網這樣的張設，
飛鴻卻來碰觸它。

【注釋】

❶ 泚，音「此」，鮮明的樣子。有泚，即泚泚。
❷ 瀰瀰，形容大水茫茫的樣子。
❸ 燕，安樂。婉，和順。
❹ 籧篨，音「渠除」，原是竹器名，藉指臃腫不能俯身的醜物。有人以為即蟾蜍、癩蝦蟆之類。鮮，善。
❺ 洒，音「璀」，《韓詩》作「漼」，鮮亮。一說：高俊。有洒，洒洒。
❻ 浼浼（音「美」），猶如「漫漫」，水與岸平的樣子。
❼ 殄，「腆」的借字，肥美。
❽ 鴻，大雁。一說：即蝦蟆。

燕婉之求，安和美好我所求，
得此戚施。❾ 卻嫁給這癩蝦蟆。

❾ 戚施，駝背不能仰身的醜物。

【新繹】

對於這首詩，〈毛詩序〉是這樣說的：「〈新臺〉，刺衛宣公也。納伋之妻，作新臺于河上而要之，國人惡之，而作是詩也。」根據《左傳・桓公十六年》和《史記・衛世家》等書的記載，故事是這樣的：

衛宣公名姬晉，他是衛莊公的兒子，衛桓公的弟弟。他一向好色，曾和後母夷姜發生關係，生了伋、黔等幾個兒子。後來，衛國發生內亂，莊公庶子州吁殺了桓公，自立為君；老臣石碏等人又設法殺了州吁，而迎姬晉即位，這就是衛宣公。

衛宣公即位之後，立伋為太子。在伋十六歲那年，宣公為他娶媳婦，對象是齊僖公的長女齊姜。衛宣公聽說齊姜非常漂亮，所以，在迎親的時候，出城去黃河岸邊迎接。一見之後，驚為天人，便在新建的賓館把她攔下來，佔為己有。

詩人對這件事極為憎惡，很為宣姜（齊姜嫁給了衛宣公，故稱宣姜）不平，所以寫了這首詩，來諷刺淫亂的衛公。

這首詩凡三章，每章四句，每句四字。第一、二兩章的字句大抵相似。「新臺有泚，河水瀰瀰」和「新臺有洒，河水浼浼」，都是說在一片汪汪茫茫的黃河岸邊，有一座漂亮的新臺。新臺，意思就是新建的樓臺。古人娶媳婦時，常常要營建新居，或把居室建築重新粉刷。新臺，應該就是為娶齊姜而新建的樓臺。後來有人說新臺是地名，位置是在河南省臨漳縣西或者現在的哪裡，都是出於後人的附會。「有泚」的「泚」，和「有洒」的「洒」，都是鮮明漂亮的意思。就在這鮮明漂亮的新臺裡，衛宣公攔截了兒媳，佔為己有。所以詩人把他比成想吃天鵝肉的癩蝦蟆。籧篨，是像蝦蟆、蟾蜍一類的醜怪之物。據《毛傳》說，籧篨是「不能俯者」，和下文的「戚施」所謂「不能仰者」，正好是一對比。《國語・晉語四》云：

籧篨不可使俯，戚施不可使仰，僬僥不可使舉，侏儒不可使援，矇瞍不可使視……。

又《淮南子・修務訓》說：

籧篨戚施，雖粉白黛黑，弗能為美。（高誘注：籧篨，偃也；戚施，僂也。）

不管哪一種說法，都可確定他們是醜怪之物。詩人用來比喻衛宣公，也可以看出他對衛宣公的憎恨。「燕婉之求」二句，是說伋子和齊姜本來年貌相當，是一對理想的配偶，哪裡知道新郎卻突然換成了醜八怪衛宣公。「籧篨不鮮」和「籧篨不殄」都是責斥衛宣公的話，都是說他的形狀醜惡不像樣。有人說「殄」同「腆」，和「鮮」都是美好的意思。

方玉潤的《詩經原始》以為此詩是「刺齊女之從衛宣公也」，和歷來的說法大不相同。方玉潤的這種說法，雖然比較少見，但據王先謙《詩三家義集疏》所引的《魯詩》之說：「籧篨，口柔也」，「戚施，面柔也」，可知古人就曾以令色誘人解釋籧篨、戚施，那麼，方玉潤的說法，也就不能說是沒有參考價值了。

第三章開頭兩句，是說魚網之設，原為捕魚之用，沒有想到鴻雁卻來附著它。朱熹《詩集傳》說是：「設魚網而反得鴻，以興求燕婉而反得醜疾之人。所得非所求也。」聞一多在〈詩．新臺鴻字說〉一文中，考證鴻就是蝦蟆。這種說法，在本文中固然講得通，但恐怕難以通解古籍。依我個人淺見，鴻仍指鴻雁為宜，牠呼應「新臺」之高，而「魚網之設」句，則是呼應序文中「作新臺于河上而要之」的「河上」。就齊姜而言，她沒想到嫁到衛國來，卻是「得此戚施」；就衛國人而言，衛宣公這種寡廉鮮恥的行為，與禽獸又有何差別？俯仰之間，豈無愧對天地！

這首詩就本文來看，只是寫新臺的鮮亮、河水的汪洋和籧篨、戚施的醜怪而已；假使配合〈毛詩序〉等舊說來看，才可以有上文所說的體會。民國以來的學者，特別喜歡據詩直尋本義，甚至想要盡廢舊說，以此詩為例，我們可以了解舊說是不宜輕言捨棄的。

·鴻·

二子乘舟

一

二子乘舟，❶
汎汎其景。❷
願言思子，❸
中心養養。❹

二

二子乘舟，
汎汎其逝。❺
願言思子，
不瑕有害？❻

【直譯】

兩人一道搭乘船，
飄飄蕩蕩將遠航。
念念不忘想你們，
內心實在真憂傷。

兩人一道搭乘船，
飄飄蕩蕩將他往。
念念不忘想你們，
不會是有了災殃？

【注釋】

❶ 二子，指衛宣公的兩個兒子伋和壽。
❷ 汎汎，漂浮的樣子。景，通「憬」，遠行。一說：「影」的古字。
❸ 願，念。一說：願即每。願言，常說。
❹ 中心，心中。養養，內心不安的樣子。
❺ 逝，往、遠去。
❻ 已見〈泉水〉篇。

【新繹】

〈毛詩序〉認為上篇〈新臺〉一詩，是諷刺衛宣公納媳之作，本篇則是衛人「思伋、壽」之作。〈毛詩序〉這樣說：「〈二子乘舟〉，思伋、壽也。衛宣公之二子，爭相為死。國人傷而思之，作是詩也。」話說得很明白，意思是說衛宣公的兩個兒子伋和壽，在不幸罹難後，衛國人傷而思之，因而寫了這篇作品，來表示哀悼之意。

上篇說過，衛宣公先娶父妾夷姜為妾，生子名伋（一名伋子），後來為伋迎親時，又覺得兒媳其美無比，也納為妻。這位兒媳嫁給宣公之後，名叫宣姜。她生了兩個兒子，大兒子叫壽，小兒子叫朔。壽長大後，和太子伋非常親近，兩人的性情都很忠厚；朔卻不一樣，個性非常陰狠。朔常在宣公面前詆毀太子伋，因此宣公有了廢伋之意，可是苦無機會。有一次，衛國和齊國約好出兵聯合作戰，朔便趁機獻了詭計：讓宣公派太子伋去齊國報聘，而另外派人在邊境莘這個地方，設下埋伏，準備刺殺太子伋。壽知道此事後，勸伋逃亡他國，可是伋不肯違背父命，仍然執節出發。壽無可奈何，只好趕到河邊船上餞行，把伋灌醉了，自己冒充太子，執節先行。等到太子伋酒醒趕去時，壽已經被誤殺了。伋傷心之餘，也從容受戮。〈毛詩序〉說的：「衛宣公之二子，爭相為死」，指的就是這件事。

〈毛詩序〉的說法，後人採信的很多，像朱熹的《詩集傳》，雖然在〈新臺〉篇後這樣說：「凡宣姜事，首末見《春秋傳》，然於詩則皆未有考也。諸篇放此。」但他在解說時，仍然是沿用舊說的。王先謙《詩三家義集疏》引用劉向《新序．節士篇》的說法，則與〈毛詩序〉同中稍有差異：

伋，前母子也；壽與朔，後母子也。壽之母與朔謀，欲殺太子伋而立壽也，使人與伋乘舟於河中，將沉而殺之。壽知不能止也，固與之同舟，舟人不得殺伋。方乘舟時，伋傅母恐其死也，閔而作詩，二子乘舟之詩是也。

據范家相《詩瀋》說：「姜與朔謀殺伋，其事秘，有傅母在內，故知而閔之。壽與伋共舟，所以阻其沉舟之謀。其後竊旌乃代死，情事宛然。此《新序》之勝於《毛傳》者。」這種說法和〈毛詩序〉不同的地方，是以為此詩乃太子伋的傅母所作，作於伋、壽乘舟就死之前。

劉向的詩學，源自《魯詩》，兼習《韓詩》，代表今文學派的看法。他對〈二子乘舟〉一詩的解說，和《毛詩》雖有小異，但認為此詩和伋、壽二人有關，則看法大致相同。假使我們認為他們的說法，前有所承，自當採信，不必輕加懷疑，但是，從宋代以後，疑經風氣日盛，尤其是清代以來的一些學者，往往為了推翻舊說，甚至懷疑史傳記載的不實，這就未免疑古太過了。也因此，新說並起，反而使讀者眼花繚亂，不知所從，以下略摘數則：

宋代王質《詩總聞》以為此詩是女子出嫁，女伴河邊送別之作。他甚至說「二子同舟」的「二」，當作「之」。這是改字解經了。

清代姚際恆《詩經通論》：「夫殺二子于莘，當乘車往，不當乘舟。且壽先行，伋後至，二子亦未嘗並行也。又衛未渡河，莘為衛地，皆不相合。」

崔述《讀風偶識》也說：「自衛至齊，皆遵陸而行，特濟水時偶一乘舟耳。既非於河上遇盜，何不言其乘車，而獨於其乘舟詠之思之？」

類此之說，還有很多，都是以後人所知之史地，否定前人之成說。王梧鳳《詩學女為》說得好：「自衛達莘，未嘗不可取道於河，況詩又未明言渡河，若肥若淇，何不可舟者，奚以明其渡之必河邪？」

民國以來，如馬振理《詩經本事》，以為此詩乃歎管、蔡監殷之作；如唐莫堯等人的《詩經新譯注》，以為這是描寫「父母懸念舟行的孩子」；如程俊英《詩經譯注》以為此詩「當是掛念流亡異國者的作品」，種種不同的說法，真是眾說紛紜，莫衷一是。

就因為後來的說法莫衷一是，而舊說並非不可解釋，所以，對於此詩，我主張仍採舊說。

此詩凡二章，每章四句，每句四字。「二子乘舟」，是說伋和壽既曾同在船上飲食，又曾先後乘舟赴難；「汎汎其景」和「汎汎其逝」則是想像他們乘舟遠逝的情景。有人解「景」同「影」，那是重在描寫二子乘舟時的投影河中；有人說「景」是「憬」的同義字，如此的話，「景」和「逝」都有遠航的意思。兩章的開頭二句，詩人藉複沓的句子，使二子乘舟遠行的情景，恍如就在讀者目前。「願言思子」以下二句，說明詩人對二子「傷而思之」之情。「中心養養」的「養養」，是形容心神不安的樣子；「不瑕有害」，是擔心受害的疑慮之詞。馬瑞辰的《毛詩傳箋通釋》說：「首章中心養養，二章不瑕有害，皆二子未死以前恐其被害之詞，非既死後追悼之詞。」馬瑞辰採用劉向《新序》的說法，頗有參考價值，自可採信。不過，就寫作技巧而言，即使在伋、壽二子死後，詩人也可以運用想像，設想二子乘舟遠去時，自己為他們擔憂受害的心情。有寫作經驗的人，應當可以接受這種說法吧。

鄘風

鄘風解題

〈鄘風〉共收〈柏舟〉等十首詩。詩中有事實可考的，是〈定之方中〉和〈載馳〉二篇。這兩首都是寫衛懿公被狄人所滅之後的事情。前者寫衛文公徙居楚丘（在今河南滑縣東），重建宮室之事，事見《左傳．僖公二年》；後者寫衛懿公為狄人所滅之後，戴公東徙渡河，住在漕邑（今河北滑縣），許穆夫人憫亡傷感之作。據《左傳．閔公二年》的記載，許穆夫人應該也就是〈載馳〉一詩的作者。由此可以推知〈鄘風〉的詩篇，都產生在周平王東遷之後一百二十年左右，比〈邶風〉還要晚幾十年。

至於〈鄘風〉產生的地域，舊說是在朝歌以南，即今河南新鄉一帶。但據王國維〈北伯鼎跋〉一文的考證，鄘在魯地，即周公東征時所滅掉的奄國，不但在邶國及朝歌之南，而且鄰近山東曲阜。至於鄘與衛的地理位置，古今說法頗不一致。筆者以為此與衛康叔受封時的合併邶、鄘，以及後來衛都的一再遷地有關。

〈鄘風〉的系譜，請參閱〈邶風〉及〈衛風〉解題。

柏舟

一

汎彼柏舟，❶
在彼中河。❷
髧彼兩髦，❸
實維我儀。❹
之死矢靡它。❺
母也天只！❻
不諒人只！❼

二

汎彼柏舟，
在彼河側。
髧彼兩髦，
實維我特。❽
之死矢靡慝。❾

【直譯】

泛著那艘柏木船，
就在那河水中央。
垂著那兩邊髮髻，
實在是我好對象。
到死發誓無他想。
母親呀，蒼天啊！
不能夠體諒人啊！

泛著那艘柏木船，
就在那黃河岸邊。
垂著那兩邊髮髻，
實在是我好同伴。
到死發誓不改變。

【注釋】

❶已見〈邶風．柏舟〉篇。
❷中河，河中。河，指黃河。
❸髧，音「旦」，頭髮下垂，髦，音「毛」，秀美的毛髮或髮髻。
❹維，是。儀，匹、配偶。
❺之死，到死。矢，發誓。靡它，沒有他心。
❻母、天，都是悲痛之極而呼天喚母之詞。只，語助詞。下同。
❼諒，體諒。
❽特，匹、配偶。一說：本義為牛，指沒有配偶的牡牛。
❾慝，音「特」，通「忒」，更、改變。一說：邪、邪念。

母也天只！
不諒人只！

母親呀，蒼天啊！
不能夠體諒人啊！

【新繹】

《詩經》裡題為「柏舟」的作品，一共有兩篇，分別冠於〈邶風〉和〈鄘風〉的篇首。〈邶風〉的那篇〈柏舟〉，前面已經談過了，現在我們來看〈鄘風〉的這一篇。

根據〈毛詩序〉說：「〈柏舟〉，共姜自誓也。衛世子共伯蚤死，其妻守義，父母欲奪而嫁之，誓而弗許，故作是詩以絕之。」意思是說：這是共姜對愛情專一的自誓之詞。據《史記》的〈衛世家〉說，衛釐（一作「僖」）侯去世之後，太子共伯餘，立為君王。共伯的弟弟和，利用一次兄弟同上釐侯墳墓的機會，偷襲共伯。共伯不敵，最後逃入釐侯的墓道中自殺了。和立為衛君，是為武公。事在周宣王十六年，即公元前八一二年。〈毛詩序〉的意思，就是說共伯的妻子共姜，在丈夫死後，堅守節義，不肯接受父母之命而改嫁他人，於是寫了這首詩，來表達她對愛情生死不渝的決心。

王先謙《詩三家義集疏》中，引用《列女傳》等書，來說明「《魯》、《齊》、《韓》詩義皆無異說」，以為此篇是寡婦之詞，並且這樣說：

詩曰「中河」、「河側」，明見所嫁之地；曰「髧彼兩髦」，明見所嫁之人；曰「母」、曰「天」

，明歸見其家之父母而自誓。蓋共伯弒死，武公繼立，姜勢難久處衛邦，既不如〈柏舟〉之寡卒守死君，祇得為〈燕燕〉之婦往歸故國，不料父母欲奪而嫁之，故為此詩以自誓也。

說此詩為寡婦自誓之詞，意見和〈毛詩序〉並無出入。不過，清代以來的一些學者，強調此詩為寡婦貞固自守之詞，主要的用意，是因為不肯採信〈毛詩序〉的「共姜自誓」之說。像姚際恆的《詩經通論》，就據《史記》等書和呂詛謙的說法，以為共伯絕非早死，其妻絕無改嫁之理，因此下結論說：「故此詩不可以事實之。當是貞婦有夫蚤死，其母欲嫁之，而誓死不願之作也。」民國學者如聞一多、高亨等人，更進一步認為這首詩是寫一位女子愛上青年的心聲，不必是寡婦自誓之詞，當然更不必是共姜自誓之詞。

我個人以為姚際恆等人認為共伯絕無早死、其妻絕無改嫁之理的說法，是有待商榷的。即使如姚氏等人所言，衛武公即位時，年已四十餘，共伯又為其兄，「烏得而謂之蚤死？」、「共姜為之妻，豈有父母欲其改嫁之理？」這些說法，都還不免有主觀的成分。孔穎達《毛詩正義》就曾經說：「言早死者，謂早死不得為君，不必年幼也」，又說：「其妻蓋少，猶可以嫁」，而且按照古禮，要是「夫死妻穉子幼」，妻子是可以改適他人的。因此，姚氏等人的說法，僅可參考，不必視為定論；相對來說，舊序的說法，也就不必輕言捨棄了。

此詩凡二章，每章七句。前後兩章的最後三句，都是自誓之詞，字句幾乎完全一樣；前四句亦多複沓，不過是偶易一字而已。開頭二句「汎彼柏舟，在彼中河」，據《鄭箋》的解釋，是說：「舟在河中，猶婦人之在夫家，是其常處。」這和〈邶風．柏舟〉篇開頭所說的「汎彼柏舟，亦汎其流」，意義並不相同。「亦汎其流」，有心神不定之意，這裡的「在彼中河」，卻有「常處」，有固定的地點，這和下文的「實維我儀」可以互相呼應。王先謙說「中河」和第二章的「河側」，是「明見所嫁之地」；牟庭《詩切》說「柏舟」的「柏」，含有婦人被「迫」之意。這些意見，都可供讀者參考。

「髧彼兩髦」，指婦人所嫁之人。以共姜來說，這就是她愛情專一的對象——共伯。「髧」是頭髮披垂的樣子。「兩髦」是指齊眉的瀏海和前額的頭髮，分向兩邊，紮成髮髻；這是古代尚未成年的男子的髮式。據《毛傳》說：「髦者，髮至眉，子事父母之飾。」這樣說來，「髧彼兩髦」在這裡是暗示共伯事奉父母，極盡孝道之意。「共伯」的「共」，本來就通「恭」的。世稱老萊子年紀雖然老大，還常穿著斑斕彩衣，作嬰兒戲，來供父母娛樂。共伯想必也是此類孝子。他被弟弟追殺，後來就死在他父親的墓道中，應該和他勘察父親的墓地或上墳祭墓有關。這樣的孝子，在古人心目中，自然是「實維我儀」、「實維我特」的對象。「儀」和「特」，舊注都說是匹偶的意思。這種解釋，當然不成問題，只是我總覺得「儀」還暗示著令人心儀的準則，「特」還暗示著這是令人心折的唯一對象。「之死矢靡它」和「之死矢靡慝」，是詩人對愛情的生死不渝的誓詞。「到死都誓無二心」、「到死都誓不改變」，語氣的堅決，千載而下，猶能感受。

「母也天只」一句，歷來解說不一。有人說「天」代「父」，此句兼指父母；有人說這是呼天喚母之詞，此句應作「天只母也」，呼天而告，說自己的母親為何如此不能體諒人，為了協韻的關係，所以才倒裝為「母也天只」。我個人同意第二種說法。另外，朱熹《詩集傳》中這麼說：「不及父者，疑時獨母在，或非父意耳。」這個意見也可供讀者採擇。

牆有茨

一

牆有茨，❶
不可埽也。❷
中冓之言，❸
不可道也。
所可道也，
言之醜也。

二

牆有茨，
不可襄也。❹
中冓之言，
不可詳也。
所可詳也，
言之長也。

【直譯】

牆上有蒺藜，
不能掃除呀。
內室的談話，
不能說出呀。
要能說出呀，
話多粗俗呀。

牆上有蒺藜，
不能掃光呀。
內室的談話，
不能細講呀。
要能細講呀，
話多冗長呀。

【注釋】

❶ 茨，音「詞」，蒺藜。常種在牆上，用以防盜的有刺植物。
❷ 埽，同「掃」。
❸ 中冓，內室。冓，通「構」。一說：中夜。指夜半私語，淫僻之言。
❹ 襄，同「攘」，除去。

・茨・

三

牆有茨，
不可束也。
中冓之言，
不可讀也。❺
所可讀也，
言之辱也。

牆上有蒺藜，
不能收束呀。
內室的談話，
不能傳布呀。
要能傳布呀，
話多可恥呀。

❺ 讀，誦、宣揚。

【新繹】

〈毛詩序〉說：「〈牆有茨〉，衛人刺其上也。公子頑通乎君母，國人疾之，而不可道也。」可見〈牆有茨〉是衛國人民諷刺他們君王宮中淫亂的詩篇。上文在〈邶風〉的〈新臺〉、〈二子乘舟〉等篇裡，我們曾經提到，衛宣公為太子伋娶齊侯之女為媳，因為貪戀兒媳美貌，竟然納之為妻，這就是本篇〈詩序〉中所說的「君母」宣姜。根據《左傳．閔公二年》和《鄭箋》的記載，宣姜在宣公死後，又和宣公的另一個兒子昭伯（即公子頑）有染，生下齊子、戴公、文公、宋桓夫人、許穆夫人等五個兒女。這在儒家心目中，真是一件不可告人的醜聞。因此，衛國的人民寫了這篇作品，來加以諷刺。據〈毛詩序〉的說法，諷刺的對象，似乎是公子頑和宣姜，但是，根據王先謙《詩三家義集疏》所引三家詩的說法，則諷刺的對象，蓋在宣公。不管是哪一種說法，都可以看出今古文學派對於此詩的論點，是一致的。一致的論點，就是「衛人刺其上也」。後來的學者，很少有不同的意見。

此詩共三章，每章六句。每章的一、三兩句，字句複沓，二、四、五、六句，也不過是各易其一字而已，所以誦讀時，頗有往復不盡的韻味。

第一章開頭二句：「牆有茨，不可埽也。」是用來起興下文的。「茨」一作「薺」，都是蒺藜的意思，又名爬牆草。牆上的蒺藜「不可埽也」，可以想見牆之高。牆之高，影射宣姜等人地位的高崇。「中冓之言」的「中冓」，有人以為是指宮闈之中，有人以為是中夜的意思；也有人乾脆把整句解作「夜裡宮中的話」。「中冓之言」穢亂不可聽，這就好像高牆上的蒺藜無法掃除一樣。牟庭《詩切》這樣解釋說：「牆之高而有茨之穢，不如平地之茨，可以掃除，以喻君母之尊，而有汙穢之行，不如賤者之罪，可以防制也。」我覺得頗有道理。另外有人根據詩貴溫柔敦厚的觀點，說牆上之茨，原來是用以防閑內外的，「不可埽也」則有家醜不可外揚之意。這樣解釋，和下文的「所可道也，言之醜也」，雖然頗能呼應，但是「衛人刺其上」的諷刺成分，就少得多了。

第二、三兩章的字句，大多重複第一章。在所改易的字裡，像「不可襄也」、「不可束也」的「襄」和「束」，意思是攘盡除去和拔下捆束，可以說是第一章「不可埽也」的「埽」字，進一步的動作描寫；像「不可詳也」和「不可讀也」的「詳」和「讀」，意思是審問細說和宣揚傳布，可以說是第一章「不可道也」的「道」字，進一步的誇飾形容。「言之醜也」和「言之長也」、「言之辱也」等三章末句，也可作如是觀。

君子偕老

一

君子偕老，❶
副笄六珈。❷
委委佗佗，❸
如山如河，
象服是宜。❹
子之不淑，❺
云如之何？❻

二

玼兮玼兮，❼
其之翟也。❽
鬒髮如雲，❾
不屑髢也。❿
玉之瑱也，⓫

【直譯】

君王陪伴到年老，
頭髻橫簪玉六顆。
儀態從容又大方，
就像高山像長河，
彩畫袍子多適合。
假使你這樣不好，
說了又能奈它何？

鮮麗喲，鮮麗喲，
她所穿的翟衣呀。
稠黑頭髮像烏雲，
不須戴上假髻呀。
寶玉做的耳瑱呀，

【注釋】

❶君子，指衛宣公。偕老，是說一起到老，有同生死的意思。
❷副，通「鬠」，編髮為髻。王后的首飾。笄，音「箕」，簪。珈，音「加」，玉飾，一名步搖。
❸雍容自得的樣子。有人以為原句作「委蛇委蛇」。
❹象服，畫袍，一名褘衣。有彩畫為飾的禮服。
❺子，指宣姜。不淑，不善。一說：不幸。
❻如之何，奈他何。
❼玼，音「此」，明亮像玉一般。
❽其，指宣姜。翟，音「狄」，翟衣，有山雞圖案的祭服。
❾鬒，音「診」，形容頭髮又黑又密。

象之揥也，⑫
揚且之晳也。⑬
胡然而天也？⑭
胡然而帝也？⑮

三

瑳兮瑳兮，⑯
其之展也。⑰
蒙彼縐絺，⑱
是紲袢也。⑲
子之清揚，⑳
揚且之顏也。㉑
展如之人兮，㉒
邦之媛也。㉓

象牙做的髮揥呀，
額廣又這樣白皙呀。
怎麼這般像天仙呀？
怎麼這般像神女呀？

鮮亮喲，鮮亮喲，
她所穿的展衣呀。
罩上那件縐紗衣，
是貼身的內衣呀。
你這樣眉清目秀，
額廣又這樣均勻呀。
確實這樣的人喲，
是國家的美人呀。

⑩ 不屑，不須、用不著。髢，音「第」，假髮。
⑪ 瑱，音「鎮」，玉製的耳墜，用來塞耳。
⑫ 象，象牙。揥，音「替」，象牙做的簪，用來搔頭。
⑬ 揚，揚眉的省文。形容眉額之美。且，又。一說：語助詞。晳，白。指皮膚。
⑭ 胡然，為何如此。而，如。下同。天，天仙。
⑮ 帝，帝子、神女。
⑯ 瑳，音「搓」，鮮明美盛的樣子。
⑰ 展，展衣、襢衣。夏天穿的白紗單衣。
⑱ 蒙，罩上。縐絺，帶有縐紋的葛布紗衣。
⑲ 紲袢，音「謝煩」，素色的內衣、褻衣。
⑳ 清揚，形容眉清目明的樣子。
㉑ 顏，面容，指眉目之間。

【新繹】

〈君子偕老〉這首詩，要是從頌美的觀點，就其字面尋其本義的話，幾乎句句都是頌美之辭，但是，假使從譏刺的觀點來看，每一句頌美之辭的背後，也都可以寓有諷刺的意味。〈毛詩序〉是這樣說的：「〈君子偕老〉，刺衛夫人也。夫人淫亂，失事君子之道，故陳人君之德，服飾之盛，宜與君子偕老也。」意思就是說，此詩諷刺的對象，是衛夫人宣姜。《鄭箋》還進一步解釋說：「夫人，宣公夫人，惠公之母也。人君，小君也。或者小字誤作人耳。」宣姜本來許配給公子伋；卻被宣公劫娶了，這是媳婦變成了妻子；宣姜後來又和公子頑有染，生了幾個兒女，這是後母變成了情婦。因此詩人說她淫亂，「失事君子之道」。這樣淫亂的人，居尊位，服盛服，在詩人筆下，極言她的服飾之盛，儀態之美，其言外之意，應該可以想見。王先謙《詩三家義集疏》引申《周禮．內司服》的賈公彥《疏》云：「刺宣姜淫亂，不稱其服之事。」並且說：「三家無異義。」我們由此可知，〈君子偕老〉這首詩，歷來都認為是諷刺衛夫人宣姜之作。

其實，宣姜在衛宣公死後，又嫁給宣公之子的事情，在古代一些種族、一些地區裡頭，是被允許的。至今民間都還有弟弟在兄死之後可娶寡嫂的習俗。這種父死而其妻妾可歸其子、兄死而其妻孥可歸其弟的習俗，當然不被講求禮教的儒家所接受，因此儒生講解《詩經》時，必然對此民風加以排斥、糾正。

㉒ 展，誠、確實。之人，此人。

這首詩反覆陳述宣姜的服飾之盛，儀容之美，其中有幾句是歷來學者認為宜加注意的。像篇首「君子偕老」一句，方玉潤《詩經原始》就特別加以闡說：

愚謂此詩，刺宣姜無疑，但讀首一句，即知其為宣姜，不可移刺他人。……豈知全詩題眼即在此句，貞淫褒貶，悉具其中，何也？夫人者，與君子偕老之人也。與君子偕老，則當與君子同德；與君子同德，乃可與君子同服天子命服，以為一國母儀。今宣姜之於君子也何如乎？其始也，為伋子妻；其繼也，為宣公妾；及其終也，又為公子頑配。則其所與為偕老之人，尚不知誰屬，其不淑也亦甚矣。又將如此法服何哉？

這自然可備一說。另外，像首章最後「子之不淑，云如之何？」兩句，《毛傳》的解釋是：「有子若是，可謂不善乎?!」《毛傳》的意思是說：「像你這個樣子，怎麼可以說是不好呢？」或者意思是說：「像你這個樣子，真可以說是不好呢！」究竟是哪個意思，其實並不容易確定。不過，從《鄭箋》以下，大都是肯定後面的一種說法，以為這是正面責斥宣姜。事實上，假使採用第一種解釋，那麼，此詩全篇表面上都是頌美宣姜之辭，觀點更為統一，而且也無礙於字面背後的譏刺之意。

「子之不淑」的「不淑」一詞，據陳子展《詩經直解》引用顧炎武和王國維的說法，它在古書中，分別有「人死」、「生離」、「失德」、「國亡」和「不幸」等幾種解釋，就本篇而言，自以「失德」一說較為妥切。「失德」也就是《毛傳》、《鄭箋》以至《孔疏》所說的「不善」。「子之不淑」二句，接在「象服是宜」等句之後，應是疑問句，意思即說：要說你這個樣子還不美善，話要怎麼說才好呢？表面是讚美，實際是反諷。陳子展說：「不淑二字得其確詁，則全詩得其正解矣。」陳氏的說法，有些地方我不能同意，但他的這句話，我卻覺得很有見地。

這首詩共三章，第一章七句，第二章九句，第三章八句，這種組合方式，在《詩經》中比較少見。第一章的「君子」，意即貴族，指宣姜的丈夫。「副笄六珈」是后妃夫人的首飾。「六珈」是說步搖玉簪上所綴的珠玉，究竟是說六顆或六枝或六排，已無法確考，譯文但採協韻而已。「委委佗佗，如山如河」二句，歷來多說是形容儀態之美。但說是用來形容人君象服上的圖飾，也很適切。「子之不淑」二句，上文已經講過，茲不贅言。

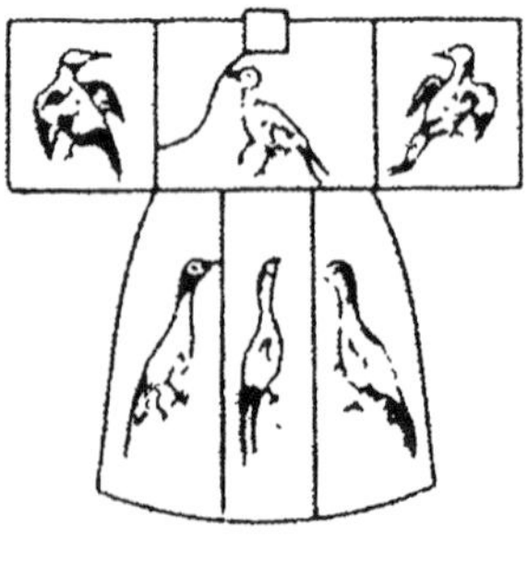
・象服（褘衣）・

第二章極寫宣姜的服飾儀容之美。她換上彩繪的祭服，長髮烏亮稠密，垂在耳旁的是玉製的充耳，插在頭上的是象牙製成的搔頭，皮膚又那麼白皙，簡直美得像天上的神仙一般。表面越是歌頌她的服飾儀容，背後就越是譏刺她的淫亂行為，和她的地位極不相稱。

第三章承繼第二章，寫宣姜的衣飾和儀容。這一次，她換上襢衣，這是夏天所穿的白紗單衣。同時她披著那件縐紗，薄如蟬翼的透明細紗裡，彷彿可以看到她的貼身褻衣。這樣的描寫，誰都可以看出來，是語中帶刺。「子之清揚」以下四句，又寫宣姜的儀容之美。「邦之媛也」，猶言國色天香，是稱讚，也是諷刺。它和首句遙相呼應，耐人尋味。王照圓《詩說》在稱讚本篇

「筆法絕佳」時，就有一段話很值得讀者參考：

至筆法之妙，尤在首末二句。首云「君子偕老」，忽然憑空下此一語，上無緣起，下無聯綴。乃所謂聲罪致討，義正詞嚴，是《春秋》筆法。末云「邦之媛也」，詘然而止，悠然不盡。一「也」字如游絲裊空，餘韻繞梁，言外含蘊無窮，是文章歇後法。

桑中

一

爰采唐矣？❶
沬之鄉矣。❷
云誰之思？
美孟姜矣。❸
期我乎桑中，❹
要我乎上宮，❺
送我乎淇之上矣。❻

二

爰采麥矣？❼
沬之北矣。❽
云誰之思？
美孟弋矣。❾
期我乎桑中，

【直譯】

哪裡去採唐菜呀？
在沬邑的地方呀。
說對誰這樣想念？
美麗大姊姓姜呀。
約會我在桑中，
邀請我在上宮，
送別我在淇水之上呀。

哪裡去採麥菜呀？
在沬邑的北面呀。
說對誰這樣想念？
美麗大姊姓弋呀。
約會我在桑中，

【注釋】

❶爰，「于」「焉」的合音，在哪裡。采，採。唐，菜名，菟絲子。

❷沬，音「妹」，通「湏」，衛國城邑，在今河南淇縣。殷人稱為「妹邦」。有人以為即朝歌、牧野。

❸孟姜，姓姜的大姑娘。姜姓國有齊、許、申、呂、紀、向等。孟、仲、叔、季都是古人排行的名稱。

❹期，約會。桑中，桑林之中。殷人常在神社前廣植桑林。

❺要，邀、約。上宮，樓房。古人稱寢廟為宮。

❻淇，水名。

❼麥，既說是「采」（採），應為菜名，恐非小麥。

❽沬之北，有人以為即指「邶」。

要我乎上宮，
送我乎淇之上矣。

邀請我在上宮，
送別我在淇水之上呀。

三

爰采葑矣？❿
沬之東矣。⓫
云誰之思？
美孟庸矣。⓬
期我乎桑中，
要我乎上宮，
送我乎淇之上矣。

哪裡去採葑菜呀？
在沬邑的東邊呀。
說對誰這樣想念？
美麗大姊姓庸呀。
約會我在桑中，
邀請我在上宮，
送別我在淇水之上呀。

❾ 弋，音「亦」，有人以為即「姒」，夏后氏之後。弋姓國有杞、鄫、越等。

❿ 葑，音「封」，菜名。今稱蕪菁、蘿蔔。已見〈邶風．谷風〉篇。

⓫ 沬之東，有人以為即指「鄘」。

⓬ 庸，與上文「姜」、「弋」同，應指庸姓國，有人以為即「閻」或有熊氏之後。

【新繹】

〈毛詩序〉說：「〈桑中〉刺奔也。衛之公室淫亂，男女相奔，至于世族在位，相竊妻妾，期於幽遠，政散民流，而不可止。」意思是說，這是諷刺衛國男女淫亂成風之作。《鄭箋》還特別指出，這是在「宣、惠之世」。如此說來，此詩和上面介紹過的〈君子偕老〉、〈牆有茨〉等篇，都是可以合而觀之的組曲了。

說此詩是淫奔之作，在古書中還可以找到很多例證。例如《左傳．成公二年》記載申叔跪和巫臣的對話，就把「桑中之喜」解作「竊妻以逃」；又如《禮記．樂記》也說：「桑間濮上之音，亡國之音也，其政散，其民流，誣上行私，而不可止也。」不但如此，像承襲《齊詩》之說的《易林》，書中也有這樣的話：

采唐沬鄉，要我桑中。失信不會，憂思約帶。
采唐沬鄉，期於桑中。失期不會，憂思忡忡。
三十无室，寄宿桑中。上宮長女，不得來同。

顯然都把桑中、沬鄉、上宮當成幽期密約之所。這樣看來，古人以為〈桑中〉一詩是諷刺淫奔之作，應無疑問。

此詩凡三章，每章七句。每一章的開頭四句，採用一問一答的方式，後面三句則字句完全一樣。「爰采唐矣」、「爰采麥矣」、「爰采葑矣」中的「唐」、「麥」、「葑」，都是植物名，應是沬邑周圍附近的產物，它們的形狀，都令人易於聯想到男女之情，所以詩人藉此起興。「沬之鄉矣」、「沬之北矣」、「沬之東矣」裡的沬邑，就是衛都朝歌，在今河南省淇縣附近，商代稱為妹邦或牧野，這也是

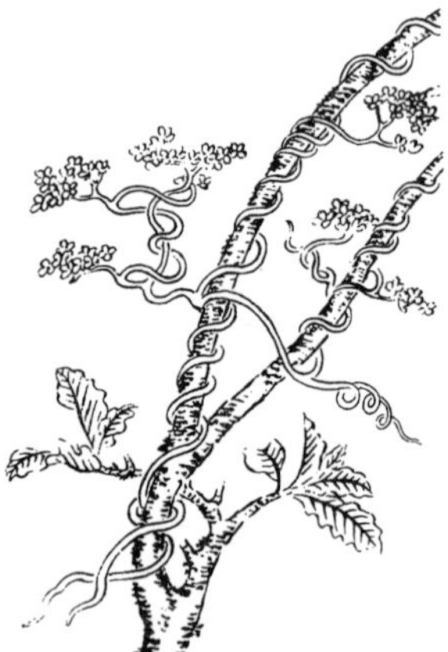

·唐·

衛國世族所住的地方。《鄭箋》說：「於何采唐，必沬之鄉。猶言欲為淫亂者，必之衛之都。惡衛為淫亂之主。」衛國多淫亂之音，由此可見。每章第三句「云誰之思」的對象，分別是「孟姜」、「孟弋」、「孟庸」，指的是姜姓、弋姓、庸姓列國的大姑娘。據陳奐《詩毛氏傳疏》說：「衛國世族居於沬，所美姜氏、弋氏、庸氏之女，皆在淇口之東，「此思女之愛厚於我，從濮陽之南，送至黎陽、淇口也。」我們以《左傳．成公二年》所記來相核對，即可明白〈詩序〉中所謂「相竊妻妾，期於幽遠」、「政散民流，而不可止」的情形。

「期我乎桑中，要我乎上宮，送我乎淇之上矣」這三句，據《毛傳》說：「桑中、上宮，所期之地。淇，水名也。」淇之上，指淇水口，自不待言。桑中、上宮，後人多解為衛國實際的地名，但桑中也可泛指桑林之中，上宮也可泛指高樓之上。古今地名，不乏以當地特殊景觀而命名的例子。詩中說對方約會「我」在桑中，那是野外；邀請「我」到上宮，那是房中；送別「我」到淇水口，那是「幽遠」之地。對方，當然是指「孟姜」、「孟弋」、「孟庸」，借指相與聚會的貴族婦女。詩中的「我」，前人有的解為詩人自稱，亦即「淫者自作」，因此爭論此詩是否「一人而亂三貴族之女」，我覺得這種解釋，未免拘泥太過。方玉潤《詩經原始》所說的：「賦詩人不過代詩中人為之辭耳」，應該是比較通達可取的說法。這三句，我前面的譯文，係採用直譯的方式，假使要求整齊，這三句也可譯作：

約會我在桑林中，
邀請我在上宮裡，

送別我在淇水上。

另外，從清代以後，懷疑〈詩序〉的人越來越多，所以這首詩，有不少學者在尋求它民間歌謠的原始面目。像崔述的《讀風偶識》就說此詩「但有歎美之意，絕無規戒之言」。民國學者如高亨的《詩經今注》，以為：「這是一首民歌，是男子們在工作時的集體口頭創作，歌唱他們的戀愛生活。」如程俊英的《詩經譯注》，以為：「這是一個勞動者抒寫他和想像中的情人幽期密約的詩。他在採菜摘麥的時候，興之所至。一邊勞動，一邊順口唱起歌來。……詩用一問一答的句式，表達詩人的柔情。末用複唱形式，抒發想像。」這些說法，都很生動活潑，但〈桑中〉一詩的本意是否如此，就不得而知了。

鶉之奔奔

一

鶉之奔奔，❶
鵲之彊彊。❷
人之無良，
我以為兄。

二

鵲之彊彊，
鶉之奔奔。
人之無良，
我以為君。

【直譯】

鶉鳥如此相奔逐，
喜鵲如此同飛翔。
這人如此不善良，
我還把他當兄長。

喜鵲如此同飛翔，
鶉鳥如此相奔逐。
這人如此不善良，
我還把他當君主。

【注釋】

❶ 鶉，音「淳」，鳥名。性好鬥，今名鵪鶉。
❷ 鵲，喜鵲。彊，同「強」。彊彊，義同「奔奔」。

·鶉·

【新繹】

〈毛詩序〉這樣解釋說：「〈鶉之奔奔〉，刺衛宣姜也。衛人以為宣姜，鶉鵲之不若也。」意思是說：衛宣姜原來是許配給公子伋為妻的，可是卻被宣公劫娶了。等到宣公去世，宣姜的兒子朔繼位，是為惠公。那時候，宣姜卻又與宣公的庶子公子頑有染，生了幾個兒女。這些宮闈醜聞，詩人深不以為然，以為宣姜的行為，連禽鳥都不如，所以寫了這首詩來諷刺她。

從《毛傳》、《鄭箋》的解釋來看，詩中諷刺宣姜的重點，在於她和公子頑淫亂的這件事情。尋繹詩中「人之無良，我以為兄」等句的語氣，前人多以為此詩係就惠公的觀點而發。像朱熹《詩集傳》就這樣說：

> 衛人刺宣姜與頑非匹耦而相從也，故為惠公之言以刺之曰：人之無良，鶉鵲之不若，而我反以為兄何哉？

這是說衛國詩人假託惠公的口吻，寫這篇作品來諷刺宣姜。這種說法，核對詩句來看，原無窒礙。像糜文開、裴溥言教授在《詩經欣賞與研究．續集》中就如此申論說：

> 鶴鶉喜鵲是無知的飛禽，牠們雖公開地在人前交尾，但鶴鶉只配鶴鶉，喜鵲只配喜鵲，決不至非其類而相配。現在宣姜與公子頑的穢行，簡直禽獸之不如，其可恥可歎，還有什麼話好說？此詩以鶉鵲起興，似甚平淡，實在諷刺得很厲害，而且連惠公也被嘲弄了。

不過，也有人認為「刺衛宣姜」的說法，是不足取的。像方玉潤《詩經原始》就說：「此言出，天理絕，人道盡矣。宣姜之于惠公，親生母也。親有過，子唯當泣涕而善諫之。諫之不從，諱之可也，逃之亦可也，而乃為此惡言以刺之，有是理乎？」就古人來說，方氏的這種疑問，是合乎情理的。

因此，像姚際恆的《詩經通論》、魏源的《詩古微》、王先謙的《詩三家義集疏》等書，都以為此詩乃「代衛公子刺宣公」之作。這種說法，雖然不像前說那樣流行久遠，但清代學者採信此說的，不在少數。因為詩中有「我以為兄」、「我以為君」二句，所以持此說者，都說諷刺宣公的衛公子，指的是宣公庶弟左公子洩、右公子職之輩。這種說法，是否一定比前說可取，事實上，仍然有待商榷。

除此之外，牟庭《詩切》又提出另一種看法。他「據經文語意，反覆求之」，同時根據襄公二十六年、二十七年《左傳》等等的資料，認定此詩係子鮮離開衛國時，諷刺衛獻公無信之作。這種說法，採用的人更少；能不能取代舊說，更成問題。

這首詩凡兩章，每章四句，每句四字。第一章和第二章的不同，除了易「兄」為「君」之外，只是將首句次句的順序互換而已。

「鶉之奔奔，鵲之彊彊」二句，據《鄭箋》的解釋，是說鶉鵲「居有常匹，飛則相隨之貌」，用來諷刺宣姜和公子頑並非匹偶。可是，高本漢的《詩經注釋》，以為這種解釋，在古籍中沒有例證；他引用《禮記．表記》鄭玄的注語，認為奔奔、彊彊，都是形容爭鬥時凶猛的樣子。因此，高本漢把這兩句解釋為：「鶉很猛烈，鵲很凶狠。」鶉鵲的習性究竟如何，應該由對動物有研究的專家來說明。我這裡只引用兩段古書中的話，來供讀者採擇、參考。《本草集解》說：「（鶉）性畏寒，其在田野，夜則群飛，晝則草伏。人能以聲呼取之，畜令鬥搏。」梁朝徐勉〈鶉賦〉也說：「觀羽族之多類，實巨細以群飛。……比之烈士，時起則雄。」這樣看來，上面所引《毛詩．鄭箋》和《禮記．鄭注》的兩種說法，都可以成立。不過，把「奔奔」、「彊彊」都解釋作奮力飛行的樣子，似乎兼有二者之長。

「人之無良」的「之」，《韓詩》作「而」。「而」字有假設的語氣，似乎不如「之」字的明確。「人之無良，我以為兄」二句，據《鄭箋》的解釋，是說：「人之行，無一善者，我君反以為兄。」可見鄭玄認為此詩是衛國詩人諷刺惠公的兄長之作。這一章裡稱之為「兄」，第二章裡卻稱之為「君」，於是使被諷刺者的身分，又變得複雜起來。這也就是前人爭論此詩是刺宣姜或刺宣公的原因。為了說「刺宣姜」，就不能不把「我以為君」的「君」，解作「國小君」，指君夫人；為了說「刺宣公」，就不能不把「我以為兄」的「我」，解作宣公的庶弟。在我想來，「我以為兄」、「我以為君」的「兄」和「君」，它的意思等於我們現在口頭上所說的「老大」，原來就不必呆看文字的。

「詩無達詁」，前人說得無可奈何的樣子，但畢竟是事實。

定之方中

一

定之方中，❶
作于楚宮。❷
揆之以日，❸
作于楚室。
樹之榛栗，❹
椅桐梓漆，❺
爰伐琴瑟。❻

二

升彼虛矣，❼
以望楚矣。❽
望楚與堂，❾
景山與京，❿
降觀于桑。⓫

【直譯】

定星正在天當中，
興建楚丘的新宮。
測度方向靠日影，
興建楚丘的居室。
栽種的樹有榛栗，
還有椅桐和梓漆，
可以砍下製樂器。

登上那座城墟呀，
來看楚丘地區呀。
遙望楚丘和堂邑，
遠測大丘和高岡，
下來觀察種農桑。

【注釋】

❶定，星宿名，一名「營室」。方中，正在天中央。定星每年陰曆十月下旬黃昏出現在天中央，古人以為是大興土木的好時辰。

❷作于，始為、開始興建。楚，指楚丘，在今河南滑縣東、濮陽縣西。

❸揆，測量。日，指日影。

❹樹，作動詞用，種植。榛栗，兩種果樹名，果實都可吃，可供祭祀之用。

❺四種樹木名。都是做琴瑟及建材的好材料。

❻爰，連繫詞，於是。

❼虛，同「墟」，故城。

❽楚，即楚丘。

❾堂，衛國邑名。

卜云其吉，⑫
終然允臧。⑬

三

靈雨既零，⑭
命彼倌人。⑮
星言夙駕，⑯
說于桑田。⑰
匪直也人，⑱
秉心塞淵，⑲
騋牝三千。⑳

占卜說會很吉祥，
果然一切真妥當。

好雨已經下過了，
吩咐那些駕駛員。
天晴了早早出發，
停車就在桑田邊。
不但啊對於人民，
操心實在又深遠，
良馬也要養三千。

·椅·

⑩ 景，即「影」，此作動詞用，觀測之意。山，山岡。京，大、大丘。

⑪ 降，下山。桑，指下文的桑田。

⑫ 卜，用龜甲或八卦占卜。吉，卜辭是吉祥的。

⑬ 允臧，確實吉祥。

⑭ 靈雨，及時雨。零，落。

⑮ 倌（音「官」）人，主管君王外出車馬的職員。

⑯ 星，通「姓」，古「晴」字。是說雨停星現。夙，早。

⑰ 說，通「稅」，停車休息。

⑱ 匪直，非徒、不只。一說：句同「彼直者人」，直，正直。

⑲ 秉心，用心、居心。塞淵，誠實沉著。已見〈邶風．燕燕〉篇。

⑳ 騋，音「來」，七尺以上的馬。牝，音「聘」，母馬。二者泛指良馬。

【新繹】

對於此詩，〈毛詩序〉是這樣解題的：「〈定之方中〉，美衛文公也。衛為狄所滅，東徙渡河，野處漕邑，齊桓公攘夷狄而封之。文公徙居楚丘，始建城市而營宮室，得其時制，百姓說之，國家殷富焉。」根據《鄭箋》、《左傳》等資料的記載，魯閔公二年，即公元前六六〇年，狄人伐衛。當時的衛國國君，是衛惠公的兒子，叫衛懿公，他輕視人才，不問政事，一味愛鶴成癖，甚至讓鶴乘坐軒車。因此狄人入侵之時，軍心渙散，一敗塗地。等到懿公被殺，衛國遺民渡過黃河，立戴公為君，避居於漕邑。戴公即位一年即死，於是文公繼立為衛君。魯僖公二年，齊桓公幫助衛國擊敗狄人，於是衛文公徙居楚丘（在今河南滑縣東），開始營建宮室，復興家國。《左傳》說他「務材訓農，通商惠工，敬教勸學，授方任能」，《史記》也說他「輕賦平罪，身自勞，與百姓同苦，以收衛民」，在他的勵精圖強之下，衛國終於日漸殷盛起來。這篇〈定之方中〉，就是為歌頌衛文公遷往楚丘、重建衛國而作。

〈毛詩序〉的這種說法，三家詩沒有異義，歷來說《詩》者也大都信從，所以我們這裡也就信而不疑了。

這篇詩凡三章，每章七句，每句四字。詩中寫衛文公徙居楚丘時，如何營建宮室城市，如何努力生產、親近人民，無疑地這是一篇具有歷史價值的敘事詩。詩分三章，據汪梧鳳《詩學女為》的分析，這三章分別是「言營建之事」、「述謀遷之始」、「明富強之本」，言簡而意賅，頗有參考價值。

首章寫營建楚丘宮室城市的事情。開頭四句，說營建之初，要先觀察星辰，選定時令，要根據日影，測定方向。這就是〈毛詩序〉中所說的「得其時制」。

「定之方中」的「定」，是星名，也叫營室星。夏曆十月、十一月之際，定星在黃昏時出現天空當中，古人往往利用這個時辰營建居室，這也就是定星一名「營室星」的由來。牟庭《詩切》釋「定」為「安」，把「定之方中」解作「謂文公遷國，正居中央，四方道里均也」，這種新解，知道和同意的人，恐怕不多。

「作于楚宮」和「作于楚室」，宮、室文異而實同，都是指文公新建的宮室。這開頭四句，雖然分為兩組，但事實上是互文而見義。意思是說，在營建宮室之初，先「定之方中」、「揆之以日」，而不是說觀定星之方位以建楚「宮」，測日影之方向以建楚「室」。

「樹之榛栗」以下三句，說明植樹表道，建立宏規。榛、栗、椅、桐、梓、漆等這六種樹木，有的果實可供祭祀，有的木材可製琴瑟，除了各種用途之外，這些樹木還可以綠化環境，做為標誌。顧炎武《日知錄》就這樣說過：「古人於官道之旁，必皆種樹以記里，至以蔭行旅。是以南土之棠，召伯所茇；道周之杜，君子來游。固已宣美風謠，流恩後嗣。」因此，我們知道這三句詩，說明文公不但營建宮室，而且對於周圍的環境，也都有了長遠的規畫。

第二章寫文公上城墟，下山岡，踏勘楚丘周圍的地形和農產。這是奠定基地，擴建城市的準備工作。「卜云

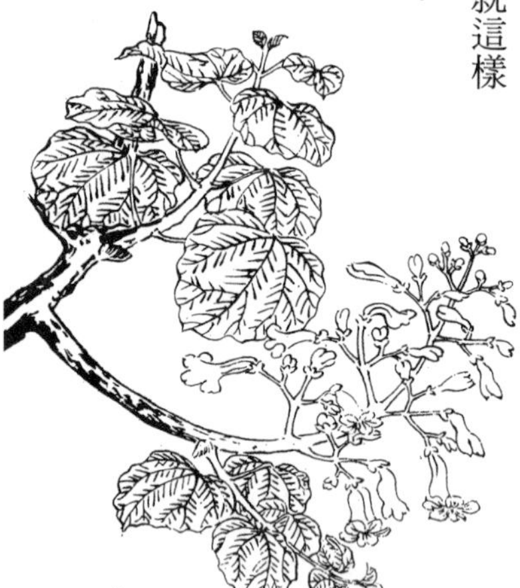

・桐・

其吉，終然允臧」，應是追述的語氣。王安石《詩經新義》（據程元敏《三經新義輯考彙評》引）就這樣說：「卜言吉，於是遂建城市而營宮室也。終然允臧者，言今信善如卜所言也。」占卜的結果，說在楚丘建都是吉祥的，而事實證明這一切也都非常適當。古人敬事鬼神，每以鬼神文飾人事，詩中這麼說，真是天時、地利、人和三者都兼而有之了。

第三章寫文公教民勸農勵戰，說明了衛國所以能夠轉弱為強的原因。當「靈雨既零」的時節，文公就趕快勸人從事農桑耕種。他坐著馬車，就停歇在桑田旁邊，「身自勞，與百姓同苦」。最後三句是說，他的思慮非常深遠，不僅是對於農民勸勉有加，就是對於馴養駿馬的戰備工作，也不敢忽略呢！王先謙《詩三家義集疏》說：「騋是馬種之良，牝則用以蕃育。舉良馬以概其餘，言牝而牡可弗計也。詩為初徙楚丘而作，則三千非實有其數，期望頌美之詞耳。」從第二章「終然允臧」一句來看，此詩恐非如王氏所言，是為文公「初徙楚丘而作」，但說是「頌美之詞」，則千古以下，應無疑義。

·梓·

蝃蝀

一

蝃蝀在東，❶
莫之敢指。❷
女子有行，❸
遠父母兄弟。

二

朝隮于西，❹
崇朝其雨？❺
女子有行，
遠兄弟父母。

三

乃如之人也，❻
懷昏姻也。❼

【直譯】

霓虹出現在東方，
它沒人敢用手指。
姑娘現在要出嫁，
遠離父母和兄弟。

早上虹起在西方，
整個早上都下雨？
姑娘現在要出嫁，
遠離兄弟和父母。

竟然有這種人呀，
心裡儘想婚姻呀。

【注釋】

❶ 蝃蝀，音「帝東」，出現在東方的虹。
❷ 民間早就傳說不能用手指虹。
❸ 有行，出嫁。已見〈邶風．泉水〉篇。
❹ 隮，音「機」，這裡指出現在西方的虹。
❺ 崇朝，終朝、整個早上。
❻ 之人，這樣的人。
❼ 懷，想。一說：敗壞。昏姻，婚姻。

大無信也，❽　　完全不守誠信呀，
不知命也。❾　　不知父母之命呀。

❽大，太。無信，沒有誠信。一說：信，貞潔。
❾命，父母之命。

【新繹】

〈毛詩序〉說：「〈蝃蝀〉，止奔也。衛文公能以道化其民；淫奔之恥，國人不齒也。」上一篇〈定之方中〉，〈毛詩序〉把它解釋為詩人對衛文公重建衛國的頌美之作，對〈蝃蝀〉這首詩，則以為是衛文公「能以道化其民」，因而國人對於男女淫奔表示不齒的作品。

這種說法，和〈韓詩序〉所說的「刺奔女也」，或者和《易林．蠱之復》所承襲的《齊詩》之說：「螮蝀充側，佞人傾惑。女謁橫行，正道壅塞。」道理是可以相通的。都是像後來朱熹《詩集傳》所說的，「此刺淫奔之詩」，只是有的從正面說，有的從反面說而已。陳子展《詩經直解》說得好：

> 〈蝃蝀〉，刺一女子不由父母之命，媒妁之言，而自主婚姻者之作。古文毛〈序〉以為「止奔」，從正面說教；蓋用采詩者之義，或序詩者之義。今文三家遺說以為「刺奔女」，從反面說教；蓋用作詩者之義。說教一也，後說近是。

陳氏所以認為「後說近是」的原因，應該是從詩中行文的語氣推測而來。詩中以霓虹為喻，說明一個不待父母之命的女子，就婚姻自己作主，出嫁去了。這種行為，在古代是容易遭受物議的，一般人會以為它可恥，以為它傷風敗俗；不像現代人對它習以為常，認為無關緊要。這是古今習俗的差異，觀念的不同，我們不必以今天大家通行的想法，來否定古代崇尚禮教的社會規範。

蝃蝀，就是霓虹。古人以為霓虹的出現，關係到雨水的多寡和收成的豐歉。應用到人事上，霓虹代表的是一種災異徵兆。《文子》說：「虹霓不見，盜賊不行，令德之所致也。」蔡邕〈月令章句〉說：「夫陰陽不和，婚姻失序，即生此氣。」甚至《逸周書》中也說：「小雪之日，虹藏不見；虹不藏，婦不專一。」從這些例子看來，霓虹的出現，在古人心目中，本來就是「陰陽不和，淫風流行」的徵象。

〈蝃蝀〉這首詩，我以為說它是「止奔」或「刺淫奔」之作，本來都沒問題，說它是頌美衛文公敬教勸學，戒淫化俗，也沒有什麼講不通的地方。但是，後來有些學者，卻力主此詩所詠，仍為諷刺衛宣公劫娶宣姜之事。像明代何楷《詩經世本古義》、清代方玉潤《詩經原始》、今人王靜芝《詩經通釋》等等，都採用這個觀點。方玉潤就如此說：「此詩舍卻宣姜，別無他解，蓋與〈新臺〉相為唱答耳。」又說：「〈新臺〉以刺宣姜，故詩人又設為宣姜之意，代答〈新臺〉，互相解嘲，亦諷刺中之一體也。」事實是否如此，有待商榷。

這首詩凡三章，每章四句。第一、二兩章，都以虹氣為比，來說明女子淫奔之非，第三章則是直接的斥責。如果全按《毛傳》、《鄭箋》的解釋，「女子有行，遠父母兄弟」這二句，應該解作：「女子本來就有嫁人的道理，終究要遠離父母兄弟。」這樣講的話，就必須把「蝃蝀在東，莫之敢指」和「朝隮于西，崇朝其雨」，解釋為：虹出現的時間和方向，有其一定的規則，人不可觸犯它，這就如同女子有其出嫁之道，不可違背一樣。筆者因為「女子有行，遠父母兄弟」，同時見於〈邶風．泉水〉篇和〈衛風．竹竿〉篇，都做女子辭家出嫁講，所以譯文並未全照舊說。

朱熹《詩集傳》說虹是天地間的淫氣，又說：「在東者，莫（即「暮」，下同）虹也。虹隨日所映，故朝西而莫東也。」這樣說來，第一章寫的「蝃蝀在東」，是指傍晚，與第二章的「朝隮于西」所指的早上，正好可以合看。有人合看前二章，就以為這是暗示女子夜奔，離家遠行。第三章「乃如之人也」以下四句，對於這位女子未經父母之命，離家出嫁的越禮行為，正面斥責。這也就是〈詩序〉中所說的「止奔也」或「刺奔女也」的旨趣所在。

相鼠

一

相鼠有皮，❶
人而無儀！❷
人而無儀，❸
不死何為？

二

相鼠有齒，
人而無止！❹
人而無止，
不死何俟？❺

三

相鼠有體，❻
人而無禮！

【直譯】

看看老鼠還有皮，
做人竟然沒容儀！
做人假使沒容儀，
不死還要幹啥的？

看看老鼠有牙齒，
做人竟然沒節制！
做人假使沒節制，
不死還要等何時？

看看老鼠有肢體，
做人竟然沒禮儀！

【注釋】

❶ 相，視。一說：地名。
❷ 而，竟。儀，容儀、儀態。
❸ 而，如。
❹ 止，節制、限度。指合禮的行為。一說：通「趾」，腳趾。
❺ 俟，等待。
❻ 體，身體，包括頭部和四肢。

人而無禮，　　做人假使沒禮儀，

胡不遄死？❼　　怎麼還不快死哩？

❼胡，何。遄，音「船」，快。

【新繹】

〈毛詩序〉對這首詩如此解釋：「〈相鼠〉，刺無禮也。衛文公能正其群臣，而刺在位，承先君之化，無禮儀也。」意思是說：這是一首諷刺在上位者不守禮儀的詩。至於是不是說衛文公能夠重建衛國，正其群臣，而一些「承先君之化」的在位者，卻仍然不守禮儀，因而詩人才加以諷刺，這就看讀者自己的體會，是不是願意接受〈毛詩序〉的說法了。像近人吳闓生在《詩義會通》中就說：「此無以見其必為衛文公之詩，〈序〉特以篇章次第推而言之。」陳子展在《詩經直解》中也這樣說：「〈相鼠〉，刺無禮也。〈詩序〉首句是。其續申之詞『衛文公』云云，此羨詞、衍說，與〈蝃蝀〉序同。」

這是歷來對〈毛詩序〉爭論而難決的問題。筆者在這方面，是主張除非有明確的證據，否則不必輕言疑古的。像王先謙《詩三家義集疏》引述《魯詩》之說，以為此乃「妻諫夫」之作，並引《白虎通》的〈諫諍篇〉為證：

> 妻得諫夫者，夫婦一體，榮恥共之。《詩》曰：「相鼠有體，人而無禮！人而無禮，胡不遄死？」此妻諫夫之詩也。

事實上，這種說法又何嘗不是今文學派的羨詞衍說？進一步說，這種「妻諫夫」的說法，也不一定要認為和〈毛詩序〉的「刺無禮」之說，互相矛盾。因為一位不守禮儀的人，詩人可以諷刺他，他自己的妻子也可以諷諫他。《詩》，原來就不可呆看的。可是歷來說《詩》的人，卻往往呆看文字，紛紛別立新說而引以自喜。

〈相鼠〉這首詩，凡三章，每章四句，每句四字，這是《詩經．國風》中最常見的一種格式。三章之中，字句複沓，所改易者不過是每句一字而已。可是我們讀了，絲毫沒有興味索然之感，反而覺得往復不盡，有加強主題的效果。

「相鼠有皮」、「相鼠有齒」、「相鼠有體」這每章的開頭第一句，是藉老鼠的有毛皮、有牙齒、有肢體，來說明做為一個人，尤其是身居上位的統治者，不可沒有容止、禮儀。古代「刑不上大夫，禮不下庶人」，因此詩中所諷刺的對象，不應是一般的人民，而是像《毛傳》所說的「雖居尊位，猶為闇昧之行」一類的官吏。威儀禮節是古代統治者必須講求的，否則無以維持禮教，統治百姓。這首詩所諷刺的在位者，言行不能一致，沒有羞恥之心，因此詩人諷刺他，說他連禽獸也不如。

「相鼠」的「相」，一般人都解作「視」、「看」，但馬瑞辰的《毛詩傳箋通釋》，卻引用陳第〈相鼠解義〉和孫奕《示兒編》等書的說法，說「相」是地名，相傳此地的老鼠，形體頗大，見到人的時候，就舉其前兩足，好像在向人打拱作揖的樣子。所以，又稱為「禮鼠」或「拱鼠」。這種說法，固然也可以講得通，但正如陳子展在《國風選譯》中所說的：「終嫌纖巧，上古詩人殆未必然也。」

對於此詩的解說，除了上面所介紹的以外，牟庭《詩切》的說法，是比較引人注目的一種。他這樣說：

余按，〈毛詩序〉據襄二十七年《左傳》慶封不敬，叔孫為賦〈相鼠〉，故曰：「相鼠，刺無禮也。」然刺人無禮，至於詈之以死，直而不婉，非詩教也。惟以為「妻諫夫」之詩，則所謂「夫婦一體，榮恥共之」。夫無儀，故使己無儀，己無儀，故不如死。非詈人死，乃自詈也。自詈所以諫夫也。以此意讀之，可以識溫柔敦厚之教，而知古義之可貴矣。

這種說法，基本上是根據《白虎通》來推衍的，但說得頗為詳盡，可供讀者參考。最後，抄錄牟庭所譯此詩首章於下，請讀者自己試作比較：

視彼鼠蟲皆賤之，
猶能自覆有毛皮，
我雖醜然而人面，
裸身不蔽無威儀。
無威儀，當死矣，
不死而活欲何為？

干旄

一

孑孑干旄，❶
在浚之郊。❷
素絲紕之，❸
良馬四之。❹
彼姝者子，❺
何以畀之？❻

二

孑孑干旟，❼
在浚之都。❽
素絲組之，❾
良馬五之。❿
彼姝者子，
何以予之？

【直譯】

挺挺的竿上旄旗，
飄在浚邑的郊地。
白色絲線縫接它，
好馬四匹駕著它。
那個美好的人兒，
什麼可以送給他？

挺挺的竿上旟旗，
飄在浚邑的近畿。
白色絲線編織它，
好馬五匹伴著它。
那個美好的人兒，
什麼可以贈與他？

【注釋】

❶ 孑孑（音「結」），特出、挺立的樣子。干，竿或杆。旄，此指旗竿頭的旄牛尾。
❷ 浚，衛國邑名。參閱〈邶風．凱風〉篇。
❸ 素，白色。紕，音「皮」，束絲縫邊。是說用白絲線在旗幟上鑲邊。
❹ 四之，是說用四匹馬來載它。四馬中間的兩匹叫服馬，在外側的兩匹叫驂馬。
❺ 姝，美好的樣子。一說：順從的樣子。子，女子。一說：借指賢者。
❻ 畀，予、贈予。
❼ 旟，音「魚」，以鳥隼圖案為裝飾的旗子。
❽ 都，此指王畿、近郊。

三

孑孑干旌，⑪
在浚之城。⑫
素絲祝之，⑬
良馬六之。⑭
彼姝者子，
何以告之？⑮

挺挺的竿上旌旗，
飄在浚邑的城裡。
白色絲線編綴它，
好馬六匹載著它。
那個美好的人兒，
什麼可以奉告他？

⑨ 組，縫合。
⑩ 五之，四馬之外，另加一匹驂馬。
⑪ 旌，音「京」，旗首有五彩翟鳥羽毛做裝飾的旗子。
⑫ 城，都城。東周諸侯的封邑，大一點的都稱都城。
⑬ 祝，通「屬」，連接、編織。
⑭ 六之，與上文「五馬」一樣，都是形容馬之盛。
⑮ 告，奉告、建議。

【新繹】

〈毛詩序〉說：「〈干旄〉，美好善也。衛文公臣子多好善，賢者樂告以善道也。」意思是說：衛文公因為能夠復興衛國，正其群臣，因此他的臣子也大多能招納賢士，訪求善道。「干旄」的「干」，同「竿」，就是竹竿。旄，是一種頂綴著犛牛尾做裝飾的旗子。干旄這種旗子，是古代有大夫身分的人才能插立的，所以，〈干旄〉這首詩，是讚美衛文公的臣子，準備良馬禮物，樹起招賢訪才的旗子，去浚邑訪才納諫的作品。

這首詩和前兩篇〈蝃蝀〉、〈相鼠〉，因為在篇次上，列於〈定之方中〉和〈載馳〉之間，所以〈毛詩序〉把它們當成一組與衛文公有關的詩來看待。朱熹的《詩集傳》就在此詩題下，加了一段說明文字：

此上三詩，〈小序〉皆以為文公時詩，蓋見其列於〈定中〉、〈載馳〉之間故爾。他無所考也。然衛本以淫亂無禮、不樂善道而亡其國，今破滅之餘，人心危懼，正其有以懲創往事，而興起善端之時也。故其為詩如此。蓋所謂生於憂患、死於安樂者。〈小序〉之言，疑亦有所本云。

因此，朱熹也認為這首詩是寫「衛大夫乘此車馬，建此旌旄，以見賢者」。不過，從清代開始，就有不少學者分別從不同的角度，對此提出疑問。像馬瑞辰的《毛詩傳箋通釋》說：「古者聘賢招士，多用弓旌車乘。此詩干旄、干旟、干旌，皆歷舉招賢者之所建。」因而懷疑此詩所寫的旌旄，是否專屬大夫所有。而姚際恆的《詩經通論》也說：

〈邶風．靜女其姝〉，稱女以姝；〈齊風．東方之日〉亦曰「彼姝者子」，以稱女子。今稱賢者以姝，似覺未安。

民國以來的學者，不願為舊說所拘，往往據詩直尋本義，企圖恢復民歌的原始面目，因此，對於〈干旄〉這首詩，有人把它解作「此蓋美貴婦人之詩」，有人把它解作「此美衛大夫夫婦出遊之詩」，有人把它解作「衛國一個貴族，乘車去看他的情人，作此詩以寫此事」。也有人根據

《禮記．雜記下》的「納幣一束」，以及《儀禮．覲禮》的「賜服者束帛四馬」等語，認為此詩是寫古代貴族婚禮納徵之事。古人說：「詩無達詁」，真是說得一點也不錯。

我不是拘守舊說的人，但是，我認為舊說可以講得通時，我們沒有理由對它棄而不用。像上面所舉的馬瑞辰的疑問，我們看看王安石《詩經新義》（按《三經新義輯考彙評》引）說的：

> 以素絲組馬以好賢者，臣子之好善也。人君之好善，則非特如此，必與之食天祿、共天位焉。……然則文公之臣子好善如此，亦以文公故也。故曰：一國之事，繫一人之本，謂之風。

另外，王先謙在《詩三家義集疏》中也這樣說：

> 〈序〉言衛臣好善，即使招聘出於君意，干旄本以求賢，而將命往招，亦是臣子之職，無妨是大夫建此旌旄、備此車馬也。蓋衛文草創於喪敗之餘，授方任能，勵精為國，其臣如甯莊子輩，皆能宣揚德化，留意人才，故巖穴之儒，聞風興起，思以善道告之，中興氣象，固不侔矣。

我們讀了，就會覺得馬瑞辰的疑問不必成立，而舊說也不必廢棄。

此詩凡三章，每章六句，每句四字。三章所寫，都是有關「良輔求才、賢人抱道」的內容，但在描寫車馬旌旄時，作者在用字修辭上，則力求變化。所以，「孑孑干旄」的「旄」字，到了第二、三兩章，就分別換成了「旟」和「旌」；「素絲紕之」的「紕」字，到了第二、三兩章，也分別換成了「組」和「祝」。可以說，除了「彼姝者子」一句之外，其他的句子，在三章之中，都只換了一個字，但由於它們的意義雖然近似，而層次卻有深淺的不同，因此就構成繁富優美的意象，增加了感染讀者的效果。

這首詩寫招賢訪才的臣子，帶著車馬，插著旗子，來到衛國新都楚丘附近的浚邑。綴著犛牛尾或畫著鳥隼、翟羽的旗子迎風招展，用白色絲縷綴連起來，準備奉獻給賢才的良馬，有很多很多匹。臣子如此好善求才，賢者又該如何回報呢？

真的，假使君臣如此好善求才，賢者焉能不樂告以善道呢！

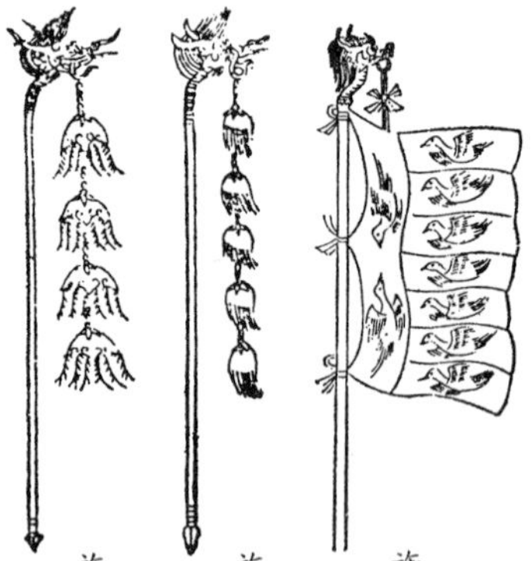

·旌·　·旄·　·旟·

載馳

一

載馳載驅，❶
歸唁衛侯。❷
驅馬悠悠，❸
言至于漕。❹
大夫跋涉，❺
我心則憂。

二

既不我嘉，❻
不能旋反。❼
視爾不臧，❽
我思不遠。❾
既不我嘉，
不能旋濟。❿

【直譯】

又策馬呀又趕車，
回國慰問衛侯去。
趕著馬車路悠悠，
我要趕到漕邑去。
大夫跋山涉水來，
我的內心真憂慮。

大家都不說我對，
我也不能就回頭。
看看你們沒良策，
我的考慮不迂闊。
大家都不說我對，
我也不能就渡河。

【注釋】

❶載，則、乃、就。馳、驅，是說車馬快奔。
❷唁，音「厭」，弔問。
❸悠悠，遙遠漫長的樣子。
❹漕，衛國邑名。已見前。
❺大夫，指許國來勸阻「歸唁衛侯」的官員。跋，山行。涉，水行。形容旅途困難。
❻嘉，贊同。
❼旋，回轉。反，同「返」。
❽視，有比較的意思。不臧，不善。
❾遠，這裡是迂闊的意思。
❿濟，渡水。

視爾不臧，
我思不閟。⑪

三

陟彼阿丘，⑫
言采其蝱。⑬
女子善懷，⑭
亦各有行。⑮
許人尤之，⑯
衆穉且狂。⑰

四

我行其野，
芃芃其麥。⑱
控于大邦，⑲
誰因誰極？⑳
大夫君子，
無我有尤。㉑

看看你們沒良策，
我的考慮不閉塞。

登上那高斜山岡，
我去採取那蝱草。
女子容易動情感，
也是各有各主張。
許國大夫責怪它，
都是幼稚又猖狂。

我走在那原野上，
蓬蓬茁長那麥田。
趕快投訴向大國，
誰能憑靠誰急難？
諸位大夫眾君子，
不要說我有過錯。

⑪閟，音「閉」，閉塞。一說：周密。
⑫阿丘，高丘。阿，偏高。
⑬蝱，音「蒙」，藥草名，即貝母。
⑭善懷，易感、多思。
⑮行，道、道理。
⑯許，地名，在今河南許昌一帶。尤，過、責備。
⑰穉，同「稚」，幼稚。眾……且，等於「終……且」、「既……又」。
⑱芃芃（音「蓬」），茂盛的樣子。
⑲控，赴、走告。今言控告。大邦，大國，指齊國。
⑳因，親、憑依。極，通「亟」，急、急難而來。
㉑無，通「勿」，不要（說）。

·蝱·

百爾所思，㉒
不如我所之。㉓

凡是你們所想的，
不如讓我自己走。

㉒ 即「爾百所思」。百，所有、一切。爾，你、你們。
㉓ 所之，所往。

【新繹】

〈毛詩序〉對此詩這樣解題：「〈載馳〉，許穆夫人作也。閔其宗國顛覆，自傷不能救也。衛懿公為狄人所滅，國人分散，露於漕邑；許穆夫人閔衛之亡，傷許之小，力不能救，思歸唁其兄，又義不得，故賦是詩也。」

衛懿公為狄人所滅，衛文公帶著臣民在漕邑避難的故事，在前面的詩篇中，已經談過了。這裡只談許穆夫人。許穆夫人是嫁到許國的衛侯之女。她和兩位哥哥戴公、文公，以及兩位姊姊齊子、宋桓夫人，都是衛宣公的兒子公子頑與後母宣姜所生。當衛國都城朝歌為狄人擊破時，人民流亡分散，她的姊夫宋桓公，迎接衛國遺民七百多人，渡過黃河，在漕邑這地方暫時住下來，而立戴公為衛君。不久，戴公病死，因此又立文公。許穆夫人聽到祖國淪亡的消息，又聽到戴公去世的噩耗，內心非常焦急，很想趕到漕邑去弔唁，並為衛國效力，但是，一則許國地小人寡，無力援助，一則按照古禮，父母死了之後，出嫁的諸侯之女，即使國滅君死，也不得歸寧祖國。因此，在許穆夫人自己正擬快馬加鞭、趕往漕邑時，許國大夫以為她的舉動，違背了先王禮制，所以紛紛加以阻攔。〈載馳〉這首詩，寫的就是許穆夫人當時的心聲。

根據《左傳．閔公二年》的記載，我們知道許穆夫人寫作此詩的時間，應該是在衛文公元年的春夏之交。衛文公元年，即魯僖公元年、周惠王十八年，也就是公元前六五九年。這一點，前人如胡承珙、王先謙等人，都有相當明確的考證，應無疑問。《詩經》三百篇中，作者姓氏和寫作年代可考者並不多，〈載馳〉是其中之一。

〈載馳〉全篇凡四章。第一章的開頭，「歸唁衛侯」一句，就點醒了題目，說明了許穆夫人自許歸衛的原因。「驅馬悠悠」呼應首句「載馳載驅」，說明車馬的奔馳和路途的遙遠。「言至于漕」呼應次句「歸唁衛侯」，交代了此行的目的。按照古禮，許穆夫人嫁到許國以後，非三年之喪，是不能離開許國國境的；尤其是父母死後，即使是國滅君亡，她也不能回去弔唁。可是，許穆夫人愛國心切，骨肉情深，她不顧一切，一定要回到衛國去。「大夫跋涉，我心則憂」二句，正說明她在自許歸衛的途中，許國大夫紛紛跋山涉水，不辭辛苦，前來攔阻。在祖國危急存亡之秋，許穆夫人這種突破禮教大防的愛國表現，後人大都是予以肯定的。

第二章寫她返回祖國的堅定意志，力陳許國大夫勸阻之非。八句之中，前四句和後四句，句型重複，讀起來恰如姚際恆《詩經通論》所說的「其辭纏綿繚繞」。許穆夫人告訴前來攔阻的許國大夫，說：你們假使沒有兩全其美的辦法，我還是要回衛國去，我是不會輕易折回許國的。

《韓詩外傳》卷二有這樣一段對話：

高子問於孟子曰：「夫嫁娶者，非己所自親也，衛女何以得編於《詩》也？」孟子曰：「有衛女之志則可，無衛女之志則怠。……夫道二，常，謂之經；變，謂之權。懷其常道而挾其變權，乃得為賢。夫衛女行中孝，慮中聖，權如之何！」

可見孟子對於許穆夫人的行為，也認為是通情達理的。這一章裡的文字，在訓解上，歷來有許多不同的意見，茲不贅引。

第三章承接上章，是進一步強調許穆夫人歸衛的意願。她登上偏高的山丘，採取貝母藥草。這一方面暗示她登高望遠，眺望祖國的所在，另一方面也暗示她的內心，憂悶難遣。貝母這種藥草，據說可以解憂忘愁，因此，作者說「言采其蝱」，也就有藉以解憂的意思。「女子善懷」以下四句，是她對許國大夫以禮相責的再次抗議。語氣和第二章的「視爾不臧」等句比較起來，顯得更為憤激。

第四章寫她想回去共赴國難，訴請大國給予援助。「芃芃其麥」一句，點明季節。前人就根據這一句，推論此時是衛被狄滅後第二年春夏之交所作。我們讀到「控于大邦」二句時，也才知道許穆夫人不僅是想回去衛國弔唁，而且她還要為祖國策畫復國的大計。這真是一位堅毅勇敢的女性。

最後四句再次強調遂往不顧的決心。有人把這四句另立一章，認為是許穆夫人最後毅然決然，不顧一切，自許歸衛。王先謙《詩三家義集疏》就引用《左傳》服虔注語所說的「言我遂往，無我有尤」，來說明「是夫人竟往衛矣」。我以為這個說法，值得參考。

〈載馳〉是《詩經》中的名篇，作者許穆夫人也可能是中國文學史上的第一位女詩人，一位有膽有識的愛國女詩人。

詩經新繹 國風編

國風一：周南・召南・邶風・鄘風

作者：吳宏一
主編：曾淑正
企劃：葉玫玉
內頁設計：Zero
封面設計：丘銳致

發行人：王榮文
出版發行：遠流出版事業股份有限公司
地址：台北市南昌路二段八十一號六樓
郵撥：0189456-1
電話：（02）23926899
傳真：（02）23926658

著作權顧問：蕭雄淋律師
二〇一八年五月一日　初版一刷（印數：二五〇〇冊）
售價：新台幣三二〇元

ISBN 978-957-32-8254-9（平裝）

遠流博識網 http://www.ylib.com
E-mail: ylib@ylib.com

國家圖書館出版品預行編目（CIP）資料

詩經新繹・國風編・國風一：周南・召南・
邶風・鄘風／吳宏一著．-- 初版．
-- 臺北市：遠流，2018.05
面；　公分．--（詩經新繹全集；1）
ISBN 978-957-32-8254-9（平裝）

1. 詩經　2. 注釋

831.12　　107004662